폭군의 행방

유한려 지음

ROMANCE STORY

fioret

폭군의 행방 3

초판 1쇄 인쇄 2020년 7월 20일
초판 1쇄 발행 2020년 8월 7일

지은이 유한려
발행인 오영배
편집 편집부
디자인 무이
본문 디자인 오정인
제작 조하늬

펴낸곳 (주)삼양출판사 · 피오렛
주소 서울시 강북구 도봉로 173
대표 전화 02-980-2112 / **팩스** 02-983-0660
편집부 전화 02-987-9393 / **팩스** 02-980-2115
블로그 blog.naver.com/dan_gul
출판등록 1999년 3월 11일 제9-00046호

ISBN 979-11-283-9958-9 (04810) / 979-11-283-9955-8 (세트)

fioret 은 (주)삼양출판사의 로맨스 판타지 문학 브랜드입니다.

폭군의 행방

유한려 지음

ROMANCE STORY

fi o ret

목차

프롤로그.
공허한 개선식

벨하르트가 일곱 살이던 무렵, 수도에서 라온 백작의 개선식이 있었다. 라온 백작은 지난 30여 년간 이어져 온 야만인들과의 소요 사태를 완전히 끝낸 장본인이었다.

라온 백작은 그전에도 압도적인 무력으로 공적을 상당히 쌓은 상태였으므로, 황실에서는 흔쾌히 그를 위한 개선식을 허락했다.

넘쳐나는 꽃 무더기와 환호와 함께 당당히 황성 문을 통과한 라온 백작은 그를 맞이하는 황제 일가 앞에 무릎을 꿇고, 찬미의 말을 읊었다.

― 제가 이 놀라운 업적을 이룩할 수 있던 것은 어디까지나 제국의 가호가 있기 때문이며, 이는 제국과 황실을 향한 저의 충정심이 진

실됨을 증명하는 것입니다.

그렇게 말하며 가슴에 한 손을 대고 깊이 몸을 숙이는 라온 백작을 향해 황제 일가는 흐뭇하게 웃었다. 오직 벨하르트만이 아무런 감정도 떠오르지 않은 눈으로 그를 바라보았다.

그 가운데, 라온 백작은 자신과 함께 싸운 병사들의 노고 또한 잊지 않고 치하했다.

— 그들의 검 끝을 날카롭게 한 것은 사랑하는 가족들을 등 뒤에
두었기 때문일 것입니다.

그 말에 그 자리에 모여 있던 가족과 연인들은 서로의 어깨를 감싸며 애틋한 표정을 지었다.

개선식이 끝나고, 벨하르트는 여전히 여운에 취한 군중들에게서 돌아서며 스승, 그랜트 후작의 옷자락을 잡아당겼다.

그가 물었다.

— 후작. 병사들의 검 끝이 날카로웠던 것은 그들이 평소 훈련을
열심히 하고, 무기를 제대로 관리하였기 때문이 아닙니까?
— 전하.

주름진 눈가를 휘며 난처한 듯 웃는 그랜트 후작을 보면서도, 그는 그치지 않고 다시 말했다.

― 또한, 라온 백작이 공을 세운 것은 그의 제국에 대한 충정과는 관계없이, 그가 무인으로서 뛰어난 기량을 갖추었기 때문이 아닙니까?

― 전하. 어찌 그런 말씀을 하십니까. 라온 백작의 진심을 의심하시는 겁니까?

그랜트 후작이 여전히 난처하게 웃으며 대답하자, 벨하르트는 고개를 내저었다.

― 저는 그의 진심을 의심하는 게 아닙니다. 다만 진실을 의심하는 겁니다.

― ……

― 마음은 단지 마음일 뿐, 아무것도 아니잖습니까? 그것에 팔과 다리가 달렸다면 모를까.

그에 잠자코 듣던 그랜트 후작이 다시 입을 열었다.

― 하지만 전하, 행동 뒤엔 언제나 마음이 있습니다.

― 마음이 없이도 행동은 있을 수 있습니다.

곧바로 그리 대답한 벨하르트가 눈을 내리깔았다.

― 사랑 없이도 결혼할 수 있듯이요.

그 말에 그랜트 후작은 안타깝다는 표정으로 벨하르트를 보며 대답했다.

― 전하…… 그러나 사랑 있는 결혼이 사랑 없는 결혼보다 행복함
은 두말할 필요도 없을 것입니다.
― 후작은 또한, 지킬 것이 있는 사람이 지킬 것 없는 사람보다 강
하다고 말하고 싶겠지요?
― 바로 맞추셨습니다, 전하.

벨하르트는 조금의 망설임도 없이 말을 이었다.

― 하지만, 제아무리 강한 검사라도 인질로 잡힌 가족 앞에서 검
을 떨어뜨리는 것은 어찌 설명하시겠습니까?
― …….
― 또한, 전략상 영지를 포기해야 하는 것을 알고 있으면서도, 끝
까지 버티다가 영지민들과 함께 전멸하는 어리석은 선택을 하는 수많
은 영주에 대해서는 어찌 생각하시는지요.

무거운 정적이 흘렀다. 그 속에서 그랜트 후작은 어린 황자의 눈
을 한참이나 뚫어져라 바라보았다. 마치, 그 너머에 숨은 영혼의 존
재를 찾기라도 하듯이.

가족을 인질로 잡힌 라온 백작이 가족에 대한 애정과 제국에 대한 신의 사이에서 이도 저도 못 한 채, 검으로 스스로의 가슴을 꿰뚫은 것은 그로부터 1년 뒤의 일이었다.

벨하르트가 빛의 신전 외곽에 은밀히 거주하고 있다는 제라드, 헤카테 쌍둥이를 만나러 간 것은 그로부터 채 몇 년도 지나지 않고서였다.

사실 헤카테를 추궁하던 자리에선 내색하지 않았으나, 벨하르트는 이미 그들이 동일 인물이 아님을 알고 있던 셈이었다.

다만 빛의 교단에서는 그것을 당당히 밝히지 못할 이유가 있었고, 그것을 알고 있던 벨하르트는 거리낌 없이 이용하였다.

벨하르트는 황제가 원하던 것보다도 더 빠르게 황태자로서 해야 할 일들을 깨우쳐 나가고 있었다. 그러나 그 속도가 너무 빠른 나머지, 가르치던 그랜트 후작조차 '전하, 어린 나이에 너무 많은 것을 알게 되는 것은 좋지 않습니다.'하고 말릴 정도였다.

허나 벨하르트는 개의치 않았다. 대관절 그들이 원하는 '아이다움' 따위를 무엇에 쓰는지, 그는 이해할 수가 없었다.

황제와 그랜트 후작의 반대에도 불구하고 그가 기어이 얻어낸 황실 비밀 직속부대, '그림자단'과 접선할 권리를 얻어 낸 것은 그래서였다.

그림자단이 보관하는 정보를 훑어보던 중 벨하르트는 흥미로운 것을 발견했다.

빛의 교단에서 은밀히 수집하여 보관한 것 중 '사람'이 있으며, 그들은 고작 벨하르트 또래에 불과한 예닐곱 살 어린아이라는 점.

벨하르트가 신경 쓰인 것은 자비로 세상 만물을 감쌀 것을 주장하는 빛의 교단에서 그 쌍둥이가 비인도적인 처우를 당하고 있는지 따위가 아니었다.

보고에 따르면 쌍둥이 중 형 쪽은 비정상적으로 빠르게 말을 깨우치고 자아를 확립하였으며, 자신을 돌봐 주는 신도들에게 몹시 거친 말을 쏟아붓는다고 하였다.

그에 빛의 교단에서는 날로 흉포해지는 그가 곧 이곳을 자기 힘으로 벗어날 가능성에 대해 걱정하며, 그를 지하에 가두어야 할지에 대해 논하고 있었다. 그것이 벌써 몇 달쯤 전의 보고이니, 그는 지금쯤 벌써 지하에 갇혔을지도 몰랐다.

그 보고를 읽으며 벨하르트가 떠올린 것은, 그가 자신과 동류일지도 모른다는 의심이었다.

그 쌍둥이 중 형이란 자는 분명히 빛의 교단이 지긋지긋하게 주워섬기는 '사랑'이나 '신앙심' 따위의 가치가 마음에 들지 않는 것이다. 그렇지 않으면 어렸을 적부터 그들을 거두어 돌봐 주는 자들에 대해 그토록 맹렬한 적개심을 드러낼 리 없다.

그리고 그것은, 머지않아 자기 것이 될 제국에 대한 사람들의 사랑과 충성심에서도 아무런 가치를 느끼지 못하는 자신과 비슷했다.

그렇게 생각한 벨하르트는 어느 날 그를 만나기 위해 몰래 황궁을 나왔다. 아무리 벨하르트라 하여도 어린아이에 불과한 그가 몰래 빛의 신전에 다녀갈 수는 없는 일이었으므로, 그림자단 두 명이 그와 동행했다.

그렇게 이루어진 만남은 벨하르트에게 큰 실망만을 안겨 주었
다.

  — 넌 또 뭐야? 설마하니 감히 날 구경하러…….

과연, 보고를 보며 짐작한 그대로였다. 쌍둥이 중 형은 이미 빛의
교단 지하에 갇혀 있었다.

지하라고는 해도 빛의 교단이기 때문인지, 벽 곳곳에 빛이 나는
마석을 박아 두어 창문만 없다 뿐 지상과 똑같이 밝았다. 때문에 보
통의 지하에서 느껴지는 음산한 분위기 따위는 전혀 없었다.

그럼에도 한없이 밝은 이 공간에는 묘한 피비린내가 감돌았다.
눈앞에 묶인 소년의 사나운 눈동자를 통해 벨하르트는 그 이유를
깨달았다.

'이 소년이 상처 입힌 자들로부터 흩뿌려진 피겠지.'

그렇지 않으면 열 살도 안 된 어린 소년의 몸에 마나 억제용 쇠사
슬을 꽁꽁 감아 뒀을 리 없으니. 마치 어떤 지독한 마물을 봉인하기
라도 하듯이.

그렇게 생각하는 벨하르트를 사납게 노려보며 소년, 제라드가
다시 으르렁댔다.

  — 기분 나쁘게 뭘 보는 거야? 네놈도 날 그렇게 보던 다른 놈들처
  럼 피곤죽으로 만들어 줄까?

그의 목소리는 계속되었다.

　— 네놈들 따위, 나와 같이 태초부터 존재하신 분의 섭리하에 있
지도 않으면서…… 뒤늦게 태어난 열등한 존재를 섬기는 주제에, 감히
나를 불쌍하다는 식으로 말해? 내게 교화가 필요하다고…… 너도 그
렇게 말해. 네 귓구멍을 통해 쓸모없는 뇌를 끄집어내 줄 테니.

도무지 어린애가 할 법하지 않은 그 사나운 말에 동행했던 그림
자단 중 한 명이 눈살을 찌푸렸다. 그가 벨하르트를 향해 속삭였다.

　— 전하, 아무래도 이 애에게는 뭔가 들린 것 같군요. 그렇지 않고
서야 자비로 만물을 포용하는 빛의 교단에서 이 애를 지하에 가두어
둔 이유도 없을 것입니다…… 위험할지도 모르니 이만 물러나는 게.

벨하르트는 그에게 무표정하게 말했다.

　— 물러나라.
　— 전하!

그림자 단원의 뒤에서 소년이 다시 이죽거렸다.

　— 호위가 감싸고 도는 꼴을 보아하니 신분이 꽤 높은 모양인데.
그걸 믿고 겁도 없이 이러는 건지 모르겠지만, 나는 네 흠집 하나 없

는 얼굴에 흉터를 내줄 수도 있어. 알았으면 이만 꺼져라.

벨하르트는 눈 하나 깜짝하지 않고 그의 말에 대답했다.

─ 내가 네가 그토록 우습게 여기는 신분을 이용해 당장 네 목을
날리기 전에, 너야말로 내 질문에 대답해라. 쓸데없는 말을 더 지껄였
다가는 손가락부터 하나씩 자르겠다.

벨하르트의 옆에서 그림자 단원이 질렸다는 눈으로 제라드와 그
를 번갈아 응시했다.

한편, 제라드는 뜻밖에도 유쾌한 듯 낄낄 웃었다. 그가 마침내
웃음을 그치더니 말했다.

─ 좋아, 좋아, 그렇군! 너도 '기억하고' 있는 애송이로구나. 하등한
인간들 중에 그게 가능한 이는 몇 없다고 알고 있지만, 자아나 원념
이 너무 강하면 그럴 수도 있다고 듣긴 들었지…… 그런 녀석을 직접
보게 될 줄은 몰랐구나.

그가 물기 어린 눈꼬리를 휘며 물었다.

─ 좋아. 특별히 대화에 응해 주마, 애송아. 무엇이 궁금해서 찾아
왔지?

애송이라니, 제국의 지엄한 황태자를 향한 파격적인 호칭에 그림자 단원은 기함했으나, 벨하르트는 가만히 있었다.

그에게 있어 기분 나쁘다는 것이 무슨 조처를 할 이유가 되진 못했다. 기분 좋다는 것이 무슨 행동을 할 이유가 되지 않는 것과 마찬가지로.

담담히 생각을 곱씹던 그가 다시 고개를 들며 물었다.

— 네가 갈 곳 없는 너를 거둬 준 빛의 신전에 고마워하긴커녕, 반항적인 태도를 보이는 것은, 빛의 신의 교리에 반대하기 때문인가?

— 하?

— 그러니까, 사랑이나 믿음, 충성심 같은 것들. 그것들의 가치를 숭상하는 행위. 네가 그로부터 아무런 감정도 느낄 수 없는 것이 아니냐고 물었는데.

그렇게 말하는 벨하르트를 그림자 단원이 어쩐지 조금 질린 눈으로 쳐다보았다. 한편, 그를 즐거운 듯 바라보던 제라드는 웃으며 말했다.

— 하하, 진심인가? 진심으로 그런 말을 하는 건가? 이거, 빛의 신에게 속하는 것이 어울리지 않는 인간은 어디에나 있군. 신분이 어떤 지조차 상관없이. 어쩌면 네게는 빛의 신보다 내 주인을 섬기는 것이 더 어울릴지도 모르겠어.

— 마귀에 씐 주제에, 감히! 지엄한 분께 더러운 말을 지껄인 죄, 목

숨으로 갚아라!

몹시 분노하며 검을 뽑아 드는 그림자 단원을 벨하르트가 만류했다.

　　— *그만해라, 메이.*
　　— *하지만……*
　　— *이거 짐작했던 것보다도 더 높은 신분인가 보군. 이 제국의 황*
　태자라도 되나?

자신이 신분 파악의 단서를 제공했다는 생각에 순식간에 딱딱하게 굳는 그림자 단원을 보며, 제라드가 다시 낄낄 웃었다.
그에도 아랑곳하지 않고 벨하르트가 물었다.

　　— *내 물음에 대답하기로 했으면 약속을 지켜라.*
　　— *아, 물론 그러지. 내가 사랑이나 충성심 따위에 대해 아무런 감*
　흥도 느끼지 못하냐고?

그러나 벨하르트는 이미 이어질 제라드의 대답을 예감하고 있었다.
지하에 들어와 감옥에 갇힌 그와 눈이 마주치는 순간 곧바로 알 수 있었다.
이 자는 자신과는 달리 그런 것에 아무 감흥도 느낄 수 없는 자가 결코 아니다.

그러지 않으면 이 자의 눈 안이 그토록 선연한 불꽃으로 타오를 수는 없는 일이다.

그것은 분명 목숨보다도 중한 무언가가 있는 자의 눈이었다. 라온 백작의 눈에서, 또 그랜트 후작의 눈에도 종종 보이던 그것.

그러나, 벨하르트에게는 그 감정들이 이해 못 할 것을 넘어서서 간혹 경멸스럽게까지 느껴지기까지 했다.

웃던 것을 그친 제라드가 마침내 조롱 가득한 표정으로 입을 열었다.

— 물론, 아니다. 내가 빛의 신의 교도들을 경멸스럽게 생각하는 것은, 그들이 충성을 바칠 대상을 전혀 잘못 골랐기 때문이지.

— …….

— 나는 '그분'께 충성하며, '그분'만이 내 삶의 이유다. 이까짓 빛의 교단의 방해쯤, 내겐 아무것도 아니다. 조금만 기다리면 그분이 곧 나를…… 잠깐, 어디 가는 거냐?

벨하르트가 들을 가치도 없다는 듯이 몸을 돌리자 제라드는 심취해 있던 연설을 방해당한 것이 기분 나쁘다는 듯 얼굴을 찡그렸다.

벨하르트는 그에 답하지 않고 말했다.

— 메이, 풀어 줘라.

— 하지만, 전하! 마귀가 들린 놈을 풀어 줬다가는, 전하의 제국에 해를 끼칠 것이 분명…….

— 그대 말대로 마귀에 들려 제정신도 아닌 자가 뭔가를 이룰 리 있나? 저자는 세간으로 나가 봐야, 스스로의 광기에 휩쓸려 얼마 살지도 못하고 아무것도 이루지 못한 채 사그라들 것이다. 스스로를 태우고 사라지는 불처럼.

벨하르트의 계속되는 명령에 하는 수 없어진 그림자 단원이 결국 사슬을 끊었다.

그러자, 뭔가를 말할 듯하며 입술을 달싹이던 제라드는 곧 온몸이 안개로 흩어져 사라져 버렸다. 그 자리에 있던 그림자 단원들조차 대응 못 할 정도로 빠른 속도였다.

메이가 잔뜩 찡그린 눈으로 제라드가 사라진 빈자리를 보며 물었다.

— 어쩌지요, 전하? 마나 억제용 사슬로 구속된 것에서 알아보긴 했으나, 마법사인 모양입니다…… 그것도 나이에 어울리지 않는 실력을 가진.
— 신경 쓸 것 없다. 내 말대로 그는 얼마 안 가 스스로의 광기에 휩쓸려 자멸할 테니. 이만 가자.
— 네…….

제라드가 성물 사냥꾼으로 불리며 제국의 골칫덩이가 되는 것은 그로부터 십 년쯤 뒤의 일이었다.

벨하르트는 모처럼 옛날의 기억을 떠올리며 응접실에 앉아 있었다. 그가 지난 일에 대해 후회하는 것은 흔치 않은 일이었다.

　　아무리 보아도 그때의 제라드는 그만 마귀가 들려 미쳐 버린 소년, 그 이상도 그 이하도 아니었고, 그에 벨하르트가 그가 위협이 되지 않을 거라 판단하고 풀어 준 것은 별로 이상한 일이 아니었다.

　　비록 '자신 또래의 소년이 지하에 꽁꽁 묶인 채 갇혀 있는 게 불쌍해서' 따위의 인도적인 이유가 전혀 아니었다고 해도.

　　차라리 그런 이유였다면 동정심에 의한 거라 어느 정도 참작을 받을 수 있을 테지만, 이유가 그런 게 아니었다는 것쯤은 동행했던 그림자 단원 모두 알았다.

　　물론 벨하르트도 마음에도 없는 동정심 따위를 입에 올려 책임을 피하고 싶은 생각 따위는 없었다.

　　'이번 북부 원정 때 그 역시 뿌리 뽑을 수 있으면 좋겠지.'

　　그의 목적에 대한 단서 또한 틀림없이 그와 적잖은 인연을 맺고 있는 북부에서 얻을 수 있을 것이다. 보고 받은 바로는 그가 마물들에게 '피조물'이란 호칭을 썼다고 하니 확실했다.

　　'마물들의 이상 행동은 틀림없이 마왕의 신변과 관련이 있다.'

　　손안에 체스 말을 굴리며 생각하던 벨하르트는 누군가의 방문을 알리는 소리를 듣고 고개를 들었다.

　　"그랜트 후작."

　　"간만에 뵙습니다, 전하."

응접실로 들어오며 그랜트 후작이 그렇게 말했다. 예를 갖추어 인사하고 다시 고개를 드는 그의 얼굴에는 주름이 자글자글했다.

벨하르트가 그를 어렸을 때부터 보아 온 것은 사실이나 그는 세월의 흐름에 별로 영향을 받지 않는 편이었는데, 근래에 저런 모습이 되어 버린 것은 그의 손녀의 안타까운 사고 때문일 터였다.

그러나 공적인 자리라면 모를까, 사적인 자리에서라면 굳이 그에 대해 말을 얹을 필요는 없다고 생각한 벨하르트는 곧바로 말했다.

"앉으시지요."

"예."

그랜트 후작과 벨하르트는 한동안 마주 앉은 채로 침묵했다.

큰 창에 걸러진 오후의 햇살이 응접실을 가득 비추었다. 햇살을 반사한 대리석 바닥은 거울처럼 밝게 빛났다.

그랜트 후작은 이런 순간이면 벨하르트를 교육하던 몇 년 전으로 돌아간 것 같아 기꺼워지곤 했으나, 시간 낭비를 끔찍이 싫어하는 그 때문에 더는 여유를 부릴 수 없었다.

느긋한 미소를 입가에 띄우며 후작이 말했다.

"전하, 오래전 일선에서 물러난 한물간 늙은이이지만, 그런 제게도 최근 궁에서의 재미있는 소문이 하나 들려오더군요."

과거에 사사받은 스승에 대한 예우로 벨하르트는 존대를 갖추었다.

"그게 무엇입니까?"

무심하게 물었던 벨하르트의 얼굴이 그랜트 후작의 다음 말에 조금 변했다.

"브리지트 가문의 삼남이 데려온 하녀 말입니다."

그 말을 들은 벨하르트는 차가운 눈으로 생각했다.

'지엔이 지닌 항마력이란 힘에 대한 소문이 벌써 퍼졌나.'

그 자리에 있던 모두는 북방 원정의 귀한 전력. 입막음에 대한 경고를 충분히 하지 않은 것은 그 때문이었지만…….

'역시 한 명쯤은 본보기를 보여야 했나.'

그때, 그의 생각을 읽은 것처럼 그랜트 후작이 말했다.

"무슨 생각을 하는지는 모르겠으나 너무 걱정하지 마십시오. 전하가 걱정하실 만큼 중대한 사안이 아닐 것입니다."

그랜트 후작이 부드러운 목소리로 덧붙였다.

"그 하녀, 체스를 둘 줄 안다지요."

그에 벨하르트의 눈썹이 다시 펴졌다. 차를 한 모금 마신 그가 대답했다.

"직접 확인한 바는 없지만, 그렇다고 하더군요."

"호오라."

"제 약혼녀가 확인했으니 아마 확실할 것입니다."

그랜트 후작이 온화하기 짝이 없는 얼굴로 말을 받았다.

"발리아 폰 크레센트 영애 말이군요. 그 영애의 총명함이라면 과연 믿어 볼 만하지요."

"……."

벨하르트가 말없이 찻잔만 기울이는 가운데 후작이 다시 말했다.

"그럼 그 하녀의 체스 실력이 수준급이란 것도 틀림없는 사실이겠군요."

그에 대해선 장담할 수도 없고, 애초에 관심도 없었기에 벨하르트는 침묵하는 쪽을 택했다. 그러자, 그런 벨하르트를 향해 인자한 눈길을 던지던 후작이 이윽고 옆에 놓인 체스 테이블을 가리켰다.

"전하. 오랜만에 이 늙은이에게 가르침을 주시겠습니까."

애초에 그랜트 후작과 만나게 될 때면 체스를 두는 것은 당연한 수순이었기에, 벨하르트는 고개를 끄덕이고 말을 쥐었다.

한동안 응접실 안에는 말 움직이는 소리만이 건조하게 울렸다. 주름진 손으로 말을 옮기던 후작이 다시 말을 꺼냈다.

"전하. 이 게임을 고안하신 초대 황제 폐하께서 한낱 놀이에 불과한 이것을 왜 제왕 수업에 넣을 정도로 중히 여기셨는지, 알고 계십니까?"

"모릅니다."

어떤 것에 세월이 쌓였다고 해서 더 가치를 갖게 되는 것은 아니라 믿는 벨하르트는 선대의 생각 따위에도 관심이 없었다. 그에 옅게 웃은 그랜트 후작이 대답했다.

"이 체스판은 하나의 세계이기 때문입니다."

"체스로 사람 됨됨이를 읽을 수 있다는 말씀까지 하실 참입니까?"

"바로 그 말입니다, 전하. 여전히 영민하십니다."

옅은 조소와 함께 던진 말에 곧바로 대답이 돌아오자 벨하르트는 잠시 침묵했다.

이윽고 말 하나를 옆으로 옮기며 그가 다시 입을 열었다.

"그럼 후작은."

한 박자 쉰 그가 다시 말했다.

"그럼 후작은, 이 판 위의 제게서 무엇을 보십니까?"

그랜트 후작은 망설임 없이 말했다.

"승리의 화신을 봅니다. 전하."

벨하르트가 눈 하나 깜빡하지 않고 대답했다.

"후작이 무의미한 공치사를 하려 이 게임을 청한 것은 아닐 테고."

"물론 그렇습니다. 화신이라 함은 말이지요, 전하."

후작이 흔들림 없는 목소리 그대로 대답했다.

"사람이 아니란 얘기입니다."

"……."

언뜻 들어서는 무례한, 상대에 따라 경을 치기까지 할 수 있는 말이었으나, 벨하르트는 다른 사람이 자신을 일컫는 호칭에 대해 대체로 신경 쓰지 않았다. 또래의 소년에게 '애송이'라고 불렸지만 화 한 번 내지 않은 어렸을 때와 마찬가지로.

그는 말없이 체스 말을 한 칸 더 움직였다. 그의 맞은편에서 후작의 말소리가 음악처럼 부드럽게 이어졌다.

"사람에겐 욕망이 있습니다. 전하. 욕망에서 우러나오는 초조함. 갈등. 고뇌. 저는 그것들을 주로 봅니다."

"……."

"그런데 전하에게선 욕망 없는 승리만이 있습니다. 전하께서는 승리로 인해 얻는 그 무엇도 원하지 않으시면서 그저 승리를 원하시고, 실제로 승리하시지요. 실로 그를 위해 태어난 화신 같습니다."

그랜트 후작이 마침내 본론을 꺼냈다.

"하지만 저는 그런 전하의 승리에 경하드리면서도, 때때로 그에 어떤 의미가 있을지 감히 의구심을 느낍니다. 스스로 의미를 찾지 못하는 일에 매진하는 것이 도대체 어떤 의미가 있습니까, 전하?"

벨하르트가 대답하지 않자, 후작이 전보다 조바심 내는 목소리로 물었다.

"전하의 승리를 위해 희생해야 하는 그것들의 가치를 승리의 가치와 비교해 보실 생각, 한 번이라도 하셨습니까?"

"'승리를 위해 희생해야 하는 것들'이라."

그제야 벨하르트가 잃어버렸던 목소리를 되찾기라도 한 것처럼 말문을 텄다.

열기 없이도 선명한 광채를 뿜어내는 눈이 그랜트 후작을 직시했다.

"내가 그들이 희생하기를 바랄 때 희생하는 것은 그들의 의무인데, 내가 그 가치에 대해서까지 신경 쓸 필요가 있나?"

갑자기 존대를 그만두는 것은 벨하르트가 '제자'가 아닌 '황태자'로서 말하기를 택했다는 뜻이었다.

그에 후작은 동요하지 않고 침착하게 대답했다.

"전하, 저는 전하가 바라는 것들이 결코 그들의 희생보다 가치가 없다고 말씀드리고자 한 게 아닙니다. 전하의 선택이 늘 제국을, 나아가 이 대륙을 위한 것임을 제가 감히 의심하겠습니까."

그랜트 후작은 태연히 거짓말을 입에 담았다. 심지어 벨하르트 또한 그것을 알고 있었으면서도 침묵했다.

후작이 다시 말했다.

"전하의 선택에는 늘 개인의 감정이 거의 개입되지 않았고, 대부분 몹시 합리적이었습니다. 하지만 전하."

"그래."

"저는 전하께서 그들의 무언가를 간절히 원하는 마음, 그럼에도 불구하고 그것을 포기하고 의무를 다하기 위해 기꺼이 전하께 모든 것을 바치는 그 마음을 한 번이라도 헤아려 보길 바라는 겁니다."

"……."

여전히 말이 없이 눈을 내리깔고 있는 벨하르트에게 후작이 말을 맺었다.

"무릇 희생의 무게를 아는 자만이 그것을 더욱 의미 있는 곳에 쓰지 않겠습니까."

"의미, 의미라."

홀로 뇌까리던 벨하르트가 문득 입꼬리를 끌어올려 웃었다. 그 모습을 보고 그랜트 후작은 흠칫했다.

여신의 입맞춤으로 석상에 잠시나마 숨결이 깃들 듯 그 모습은 아름답고, 어쩌면 경이롭기까지 했으나, 후작은 도리어 오싹하기만 할 뿐이었다.

그때 벨하르트가 다시 말했다.

"아무리 '의미'니 '가치'니 하는 말로 포장한다 해도, 죽음은 죽음일 뿐이고 피 또한 향기롭지 않지. 그들의 용기와 미덕에 대해 찬양하면서도 사람들이 기도하는 것은 사실, 다음에 죽는 것이 자신이 아닌 것뿐. 그렇지 않나?"

"……."

"후작, 그대의 의미 없는 말과 요구는 내가 어렸을 때부터 도통 변하질 않는군…… 물론 그 이유 또한 알고 있다."

그가 눈빛을 가라앉히면서도 한쪽 입꼬리는 더욱 끌어올렸다.

"그대는 내가 감정을 거의 느끼지 못하는 것에 대해 여전히 염려하겠지. 특히 내가 북방 원정을 앞두고 제국의 인재들을 사지로 데려가야 하는 지금 더더욱 말이야. 그렇지 않나."

"……."

과연 그 말대로였다. 그렇게 말하는 벨하르트를 보며, 후작 또한 느꼈다.

자신이 벨하르트에게 지치지 않고 이런 요구를 하는 것만큼이나, 벨하르트 또한 어렸을 때와 조금도 달라지지 않았다는 것을.

처음 벨하르트를 맡아 가르치게 되었을 때, 그는 벨하르트가 황태자인 이상 제국의 미래는 밝다고 생각하였다. 지금도 그 생각에는 변함이 없었다.

그러나, 제국이 강대하고 부유해진다고 해서 제국민들 또한 반드시 행복해지란 법은 없을 뿐.

'제국은 인간이 다스리는 나라 같지 않을 것이다. 그보다는 정복의 화신이 썬 무언가 같겠지. 점점 넓어지는 영토에 제국민들이 기뻐하기도 잠시, 그들은 곧 전장으로 떠나 돌아오지 않는 이들을 찾게 될 것이고, 그러는 와중에 제국은 그들 눈에 닿지 않을 만큼 커져만 갈 것이다. 마치 전설 속의 '그분'이 황제이셨을 때처럼.'

거기까지 떠올린 그랜트 후작은 아무 감정도 떠오르지 않은 벨하르트의 눈을 바라보며 다시금 속으로 탄식했다.

'황가의 계보에서 이러한 자가 또 한 번 나오고야 만 것은, 실로 혈통의 무서움을 증명하는가?'

그러면서 그는 이번에 궁을 찾을 때 혹시나 했던 것을 떠올리며 쓸쓸해했다.

옛 전설 속의 존재인 크레센트 일족. 그 일족의 영애가 예비 약혼녀로서 황궁에 머무르고 있다는 말을 들었을 때, 그녀의 성품과 현명함, 사랑스러움에 대해 논하는 말을 들으며 후작은 내심 기대했었다.

어쩌면 그녀가 벨하르트의 마음을 아주 조금이라도 돌려놓았을지도 모른다고. 많은 전설에서 폭군들에게 그들의 연인이 그러했던 것처럼.

'그러나 내 생각이 틀렸군. 저자는 평생 인간의 마음을 배울 수 없는 괴물로만 살아가려는가.'

그렇게 생각하며, 그랜트 후작은 환한 응접실 소파에 앉은 채로도 까마득한 절망의 구렁텅이에 빠져들어 갔다.

그런 후작을 무심히 보며 찻잔을 매만지던 벨하르트가 이윽고 말을 꺼냈다.

"후작, 용건을 말하게."

"아, 바쁘신 전하의 앞에서 넋을 놓다니. 실례했습니다, 전하."

그제야 후작은 정신을 차렸다. 담담한 목소리로 대답한 그는 주름진 손으로 한 번 얼굴을 쓸어내리고 다시 말했다.

"처음 말씀드렸던 대로 제 용건은 아까의 하녀에 관한 것입니다. 어려서부터 배워도 잘하지 못하는 귀족 자제들이 속출하는 체스를 잘

두는 하녀라니, 흥미가 가는군요. 한 번쯤 만나 보았으면 합니다."

다소 느닷없는 후작의 제안에도, 벨하르트는 그에 대해 놀라긴 커녕 여상하게 대꾸했다.

"후작이 무슨 생각을 하는지 알겠군."

그는 여전히 담담한 목소리로 말을 이었다.

"신분도, 외양도 전혀 닮지 않은 자에게서 이미 없는 자의 편린을 찾아내려 하다니, 그야말로 부질없는 시도가 아닌가. 감정 때문에 그런 비합리적인 일을 시도하는 후작이, 내가 감정을 모른다고 해서 결여되었다고 말하다니. 이거야말로 우스운 일이 아닌가?"

"부질없다는 것을 알면서도 매달리게 된다는 것이 사랑의 가장 무서운 점입니다, 전하. 이는 다른 이들에게도 보편적으로 존재하는 감정이니, 이해하신다면 차후 나라를 다스리시는 데 도움이 되시지 않겠습니까."

"그럴듯하긴 하군."

그리고 잠시 턱을 괴었던 벨하르트가 다시 입을 열었다. 뒤이어 나온 그의 말에 후작은 흠칫 놀랐다.

"그렇다면 후작…… 곧 그걸 볼 수 있을지도 모르겠어."

"네? 그게 무슨 말이십니까, 전하."

후작이 흔들리는 눈으로 물었다.

"그 말씀은, 전하께서 감정을 느끼시는 상대가 나타났다는…… 혹시 그게 크레센트 영애입니까, 전하?"

"하지만 후작이 그 상대를 보는 건 북부 원정 뒤가 될 수밖에 없겠군. 그때 그대가 말한 하녀를 데려오겠다."

그렇게 말한 벨하르트가 아니나 다를까 살벌한 소리를 덧붙였다.

"그때 그 하녀가 살아 있다면 말이지."

"⋯⋯."

후작은 잠시 미간을 좁힌 채로 생각했다.

벨하르트가 감정을 느낀다는 대상, 그리고 체스를 잘 둔다는 그 하녀는 당연히 서로 다른 사람일 것이다. 그 둘이 동일 인물일 리 없다.

'그럼에도 불구하고, 전하의 방금 그 말씀만 듣자면 그 둘이 동일 인물처럼 느껴지는 것이 어찌 된 일인지⋯⋯.'

그랜트 후작이 조심스럽게 그렇게 생각하던 그때, 찻잔을 비운 벨하르트가 담담한 목소리로 축객령을 내렸다.

결국 후작은 궁금했던 것을 차마 묻지 못한 채 응접실을 나설 수밖에 없었다.

메인 챕터 1.
위험한 북부와 더 위험한 일행들

1. 그 기사의 심기가 불편한 이유

황실 숲에서 열리는 사냥 대회는 제국민들에게 있어 수확제 다음으로 손꼽히는 주목할 만한 축제였다.

제국의 유망한 젊은이들이 한자리에 모인다는 것 때문인지, 사냥 대회에 대해서는 별거 아닌 일조차 부풀려져서 소문나는 경우가 많았다. 진짜 소문과 헛소문이 반반씩 섞여 난무하는 그때를 제국민 모두는 기대에 부풀어 기다렸다.

그러나 어찌 된 일인지, 올해 사냥 대회는 제국민들에게 아무런 화젯거리도 가져다주지 않았다.

누가 가장 많은 사냥감을 처치하여 제일가는 영예를 차지했는지, 그가 누구에게 이 영광을 돌리기로 하였는지 따위의 가장 기본적인 일 따위조차.

그러던 찰나, 그런 제국민들의 아쉬움을 달래 주기라도 하듯이 벨하르트 황태자의 약혼녀, 발리아 폰 크레센트 영애가 황태자와 함께 대륙 횡단 여행을 떠난다는 것이 전격 발표되었다.

제국의 가장 서쪽에 있는 영토이자, 오지로 손꼽히는 초승달 숲에서 온 크레센트 영애는 수도는 물론, 다른 곳에도 전혀 가 본 적이 없었다. 그녀는 마석이 나고, 많은 전설이 전해 내려오는 위험한 땅 북부에 특히 큰 관심을 보였다.

혼인식을 치르고 정식 황태자비가 되면 더는 멀리까지 여행 다니기 힘들 거란 이유로, 그들은 올해 겨울이 오기 전에 빠르게 여행길에 오르기로 하였다.

그 소식에 단연 많은 제국민들이 들썩였다. 소문의 주인공 중 하나가 다른 누구도 아닌 크레센트 일족이니만큼, 닳고 닳은 저잣거리의 상인들조차 그 얘기를 입에 담을 때면 꿈꾸는 소년 소녀 같은 눈빛을 했다.

"아, 그분을 먼발치에서 한 번이라도 뵀으면 좋겠어! 하늘색 머리칼이 정말 신비롭고 아름다우시다지!"

"예끼, 황태자 전하께선 발리아 님께서 수많은 인파에 익숙지 않음을 고려해서 환송식은 하지 않기로 하셨네. 우린 그저 보이지 않는 곳에서 그분들의 무탈함을 기도하기나 하세."

"큰일이 날 리가 있나! 전장의 붉은 장미, 발레노르 경과 천재 마법사로 유명하신 루디나토 대공가의 칼리스 공자께서 동행하시는데! 무슨 문제가 생길 리 없네, 암! 생길 리 없고말고!"

＊　　＊　　＊

그 시각, 지엔은 어울리지도 않는 커다랗고 호화스러운 마차에
타고 있었다.

마차의 구석에서 안 그래도 작은 몸을 더더욱 옹송그린 그녀가
생각했다.

'문제다. 이 여행은 처음부터 끝까지 죄다 문제다.'

뭐가 문제냐고? 일단 여행의 목적부터였다.

마기로 충만하고 마물이 가득한, 숙련된 용병들조차 들어갔다
하면 반이 죽어 나오는 위험천만한 북부 땅에 백 명도 안 되는 인원
으로 들어가겠다니.

그 백 명의 인원에 자신이 포함되었다는 것 또한 지엔은 도무지
이해할 수 없었다.

'항마력? 알 게 뭐야. 그래 봐야 마나도 아니고, 신성력도 아닌데.'

마기 속에서 남들보다 숨쉬기 좀 편하고 마나 없이도 마물에게
공격이 통할뿐, 발톱 한 번에 갈가리 찢길 종잇장 같은 몸이란 사실
은 변함이 없었다.

마물들이 날뛰는 원인을 찾기 위한 원정이라고? 그럼 그 원인이
란 것을 찾을 때까지는 기약 없이 북부 땅을 헤매야 할 텐데.

'내가 그때까지 잘도 살아 있기도 하겠다…….'

지엔의 안색이 푸르죽죽하게 물들었다.

물론 마물 문제가 비단 북부만이 아닌 전 대륙적인 문제란 것쯤
은 지엔도 알았다.

하지만 스케일이 나라도 아니고 대륙급쯤 돼 버리면, 평범한 사람으로서는 당연히 '아, 저기요. 저는 그럼 이만 집으로 돌아가 멸망까지 얼마 남지 않은 시간을 가족들과 함께 보낼까 하는데요.' 하고 말하고 싶어지기 마련이다. 물론 지엔에게는 그렇게 말할 가족은 남아 있지 않지만.

아무튼 그 외에도 문제는 많았다.

이 일행에 성물의 주인이 둘이나 포함되었으니만큼, 그 성물을 찾아 언젠가는 반드시 나타날 헤카테의 형, 제라드라든가. 그가 뭔가를 착각하고 지엔에게 심상치 않게 집착하고 있다는 것까지.

그러나 지금 지엔이 당면한 가장 큰 문제는 따로 있었다.

지엔은 눈을 힐끔 들었다. 바로 옆에서는 발리아가 두 손을 모으고 얌전히 앉아 있었다. 두 눈을 내리깐 그녀의 얼굴이 조금 침울해 보였다.

지엔은 다시 고개를 돌려 이번에는 맞은편을 보았다. 초록빛을 머금은 새카만 머리카락이 마차의 움직임에 따라 가볍게 흔들리고 있었다.

턱을 괴고 마차 바깥을 응시하고 있는 벨하르트는 그대로 그려서 초상화 채 팔아먹고 싶을 정도로 하나의 예술품과도 같았다. 비록 지엔의 눈에는 그와 자신 간에 꼬인 악연의 실만 보일 뿐이었지만.

그를 응시하던 지엔이 무엄하게도 얼굴을 찡그리자, 벨하르트 또한 이쪽을 돌아보았다. 그에 지엔은 흠칫 놀라며 재빨리 창밖을 돌아보았다.

이번에는 벨하르트가 지엔을 바라보는 채로 불편한 시간이 흘렀다. 그러는 동안에도 마차 안을 짓누르는 침묵은 무겁다 못해 차차 숨이 막혀갔다.

그러니까 문제는 이것이었다.

제국민들 사이에 마물 침공에 대한 불안감이 조성되면, 그것은 당연히 경제력과 생산력 저하를 야기한다.

아직 침공이 확실시되지도 않은 시점에서 그런 부정적인 여파는 피할 필요가 있다고 벨하르트는 생각했다. 한번 침체된 경기를 원상복구 시키기란 쉽지 않을 것이다.

결국, 그들의 북부 원정은 '황태자가 예비 황태자비에게 세상 구경을 시켜 주고 싶어 한다'는 낭만적인 이유로 포장되었고, 그 때문인지 그들이 수도를 떠나올 때 사람들은 성 바깥까지 따라오며 손수건을 휘날리며 환호했다.

'하지만, 과연 그 사람들이 지금 이 마차 안을 본다면 충격을 받지 않을 수 있을까?'

그렇게 생각한 지엔이 다시금 한숨을 내쉬었다.

애초에 이 이상한 마차 구성 인원도 다 벨하르트의 기행으로부터 비롯된 것이었다.

원정의 핑계가 핑계이니만큼 벨하르트가 발리아와 단둘이 마차를 이용하게 되었을 때, 지엔은 뒤에서 홀로 두 손 불끈 쥐며 그들의 미래를 응원했다.

'발리아 님! 힘내세요! 꼭 벨하르트 황태자님의 사랑을 쟁취하시는 겁니다! 그래야 내가 이 생에서 망할 확률이 낮아지니까!'

정말이지 두 사람의 마음 따위는 하등 고려하지 않는 제멋대로인 이유였다.

그렇긴 해도 어쨌든 한쪽은 확실히 다른 한쪽을 좋아하니 그것으로 괜찮지 않을까?

그렇게 생각하며 지엔은 벨하르트가 먼저 마차에 올라타고, 발리아에게 손을 내미는 광경을 지켜보았다.

그의 손을 잡는 발리아의 볼이 조금 발그레해졌다.

바로 그때, 벨하르트가 이번에는 지엔 쪽을 돌아보며 말했다.

— *거기 하녀.*

시선과 목소리가 똑똑히 자신에게 향한 것을 보았음에도 지엔은 현실을 부정하고 싶어 했다.

'날 부른 건 아니겠지.'

하지만 물론 소수 정예라는 이 원정대의 특성상, 하녀라는 얼토당토않은 직업을 가진 것은 지엔 하나뿐이었다.

결국 지엔은 반쯤 울 것 같은 얼굴로 벨하르트를 돌아보았다.

예상치 못한 이 상황에 헤카테와 나세르, 칼리스 또한 염려 가득한 눈으로 지엔을 쫓았다.

— *네, 부르셨는지요……*

— *네가 이번 여행에서 발리아의 시중을 들도록. 함께 마차에 올라라.*

벨하르트의 예상치 못한 말에 지엔은 눈을 휘둥그레하게 떴다.

벨하르트의 요구는 언뜻 합리적이긴 했다. 여행 중인 귀족이 영애는 최소 두 명의 수행인을 두는 것이 보통이었다. 그녀 본인이 뛰어난 실력의 정령사이니 호위는 필요 없더라도, 시중들 시녀 정도는 필요했다.

발리아는 몹시 당황하며 말했다.

— 저는 괜찮습니다, 전하. 초승달 숲에서는 아무도 저를 시중들어 주지 않았는걸요.

그에 대답하는 벨하르트의 태도는 단호했다.

— 하지만, 나와 혼인하면 제국의 황태자비가 될 테지.

그가 직접 입에 담은 '혼인'이란 말에, 모두의 눈이 크게 뜨였다.
'혼인'이라고?

'그가 이 약혼에 반대하지 않은 줄은 알았지만……'

그 자리의 모두는 생각했다.

아마도 벨하르트는 상대가 인간이 아닌 어떤 것이 아닌 이상, 황제가 어떤 약혼녀를 데려와도 '좋다'고 했을 것이다. 아니, 인간이 아닌 어떤 것이라도 인간과 흡사한 형태를 하고 있으며 의사소통이 되는 이상 개의치 않았을 것이다.

그에게 결혼이란 제국의 황태자로서 당연히 치러야 하는 어떤 의식에 불과했다. 그러니 상대는 아무래도 상관없었다.

즉, 누가 들어가도 좋은 자리였기에 사람들은 발리아를 부러워하는 한편 안타깝게 여겼다. 심지어 벨하르트를 흠모하던 영애들조차 간혹 그랬다. 사랑하는 이에게 대체 불가능한 유일한 존재가 되고 싶은 마음은 당연한 것이니까.

'그런데 그에게서 저런 말이 나오다니?'

모두가 놀라워하던 가운데, 벨하르트가 발리아에게 몸을 숙였다.

그가 그녀에게만 들릴 크기로 은밀히 속삭였다.

— 그때, 사냥 대회 도중에 그대가 말했었지.

— 네, 네?

— '역할의 증명'을 해내겠다고.

그렇게 말한 벨하르트의 눈매가 꿈결처럼 휘어졌다. 비록 녹아내릴 만큼 달콤하다고는 못 하겠으나, 처음으로 그의 미소를 본 발리아를 당황케 하기엔 충분했다.

— 아, 네. 물론입니다.

그러나 벨하르트의 미소에 넘어가지 않은 이가 몇 명 있었으니, 본디 사람 생김새에 무심한 헤카테나 나세르, 벨하르트의 됨됨이를 누구보다도 잘 아는 칼리스 정도였다.

지엔 또한 그저 찝찝한 장면을 목도한 듯 떨떠름한 표정을 짓고 있었다. 그녀는 힐끔 칼리스를 바라보았다.

'그렇지. 저 사람, 일단은 칼리스 님의 사촌이었지…….'

과연 바람둥이의 피는 진하구나!

놀랍게도 그때 칼리스 또한 비슷한 생각을 하고 있었다. 가늘게 뜬 눈으로 벨하르트를 노려보며 그가 중얼거렸다.

'벨, 너 나한테는 칠렐레 팔푼이처럼 아무 데서나 웃음 팔고 다니지 말랬으면서.'

그가 자신에게 그런 말을 했던 것이 열셋 즈음의 일이었지만 칼리스는 똑똑히 기억하고 있었다.

'그런데 자기는 고작 지엔과 같이 마차 타려고 생전 짓지도 않던 미소를 지어? 너, 제대로 된 미소를 본 게 10년은 됐단 걸 알고는 있냐?'

그도 이제 벨하르트가 지엔을 대하는 태도가 유난하다는 것 정도는 눈치채고 있었다.

처음에는 지엔이 벨하르트를 너무 신경 쓴다고 여겨, '한낱 하녀가 일국의 황태자와 얽힐 일이 있으면 얼마나 있으려고?' 하며 지엔의 걱정을 기우라 일축했지만, 지금 보니 벨하르트 또한 지엔을 여간 신경 쓰는 게 아니었다.

그렇게 제각기 다른 생각이 담긴 눈빛들이 오가는 가운데, 벨하르트가 지엔에게 다시 말했다.

— 그럼 그런 줄 알고 타도록.

— 네, 네!

지엔은 허둥지둥 외치며 마차에 올라탔다. 그 뒤로 마차 안은 내내 한결같이 이런 분위기였다.

지엔도 처음에는 벨하르트가 자신을 마차에 타게 한 게 정말로 발리아를 위해서, 그녀가 익숙지 않은 여행이 불편할까 봐 신경 써 준 건가 싶었으나 역시나 그렇진 않았다.

벨하르트는 마차에 타자마자 편하게 얘기 나누란 말만 남기고 창밖만 바라보았다. 즉, 말동무를 데려다 놓았으니 자신한테 말 걸지 말란 뜻이었다.

그러자 발리아의 표정은 점차 생기를 잃어갔다. 벨하르트의 손을 잡고 마차에 오를 때만 해도 반짝이던 눈이 점차 가라앉고, 상기되었던 양 뺨은 밀랍처럼 창백해졌다. 발리아는 마치 햇빛을 받지 못해 시드는 화초처럼 마차의 구석에서 차차 시들어 갔다.

그 모습을 보며, 솔직히 말해서 신분만 아니었다면 지엔은 벨하르트를 한 대쯤 치고 싶었다.

씨근거리다 말고 눈을 반쯤 감은 지엔이 침착하게 되뇌었다.

'아니야, 저건 다 내 전생의 업보다. 전생에 난 그에게 이보다 심한 짓을 했잖아. 그러니 넘어갈 수 있······.'

있을 리 없지. 지엔은 관자놀이를 짚었다.

왜 죄는 자신이 저질렀는데 대가는 죄 없는 발리아 님이 치르는가?

그러는 사이 마차 밖의 풍경은 점차 바뀌었다. 수도에 가까울수록 지붕이 높고 벽돌로 되어 있던 집들은 점차 지붕이 낮고, 재료는 허름한 나무판자로 바뀌었다.

그 모습을 보며 지엔은 여행을 떠나오기 전 칼리스에게 들었던 말을 떠올렸다.

— 엄밀히 말하자면 지엔은 '남부 촌사람'이고, 목석이야 말할 것도 없는 '신전 촌놈'이니까. 그런 너희를 위해 견문 넓은 마법사인 이 내가 특별히 설명해 주지.

— 와아, 정말 듣기 싫어지는데요.

— 마찬가지다.

지엔과 나세르의 추임새에도 아랑곳하지 않고, 칼리스는 스스로에 도취된 것처럼 말을 이었다.

— 알고 있겠지만 우리 제국은 수도가 유난히 북쪽에 치우쳐 있지. 수도에서 북쪽 국경까지는 너희 브리지트 백작령까지의 반밖에 안 되는 거 알지? 이게 제국이 유난히 마물 침공에 신경을 쓸 수밖에 없는 또 다른 이유지.

어느새 불만도 잊고 고개를 끄덕거리는 지엔과 나세르에게 칼리스가 말을 계속했다.

— 그런데 북부는 사실 수도는 물론 남부와도 비교도 안 될 만큼

가난해. 그러니 남부에서 나고 자란 너희는 사실 운이 좋은 거지.

— 그래요?

— 그래. 그뿐만 아니라 북부는 남쪽과는 놀랄 정도로 문화가 달라서, 무를 숭상하고 예술은 천시해. 그러니 수도에서 남부인들을 일컬어서 하는 모욕은 '남부 촌놈' 정도에 그치지만, 북부에 대해서는 '미개한 북부놈들'이란 표현까지 쓴다고.

눈을 휘둥그레 뜬 지엔이 물었다.

— 같은 나라인데도 그렇게까지 다른 이유가 뭔데요?

확실히 지엔은 따뜻하고 예술을 사랑하는 남부 출신이다 보니, 마을 광장이나 여관에 언제나 서정시를 읊는 음유시인이 있는 것에 익숙했다. 또한, 달리 교육받지 않은 하녀들조차 유행하는 책을 찾아 읽을 정도로는 글을 읽을 줄 알았다. 그래서 지엔은 그게 보통이 아니란 생각조차 못 해 보았다.

그에 검지를 흔든 칼리스가 대답했다.

— 뭐, 맞닿아 있는 잇사 왕국이 가난하다는 것도 이유 중 하나일까? 잇사 왕국은 마물들에게서 땅을 지키는 데만도 골머리를 앓는데, 더군다나 그렇게 애써 지켜 낸 땅이 죄다 척박하거든. 그렇다고 남쪽에는 우리 제국이 버티고 있으니 새 영토를 얻을 수도 없지.

— 그렇군요.

— 수출품이라고 해 봐야 상급 마물한테서 가끔 나오는 마석 정
도밖에 없어. 마석을 노리고 그 땅에 모인 녀석들은 다들 인생 한 방
을 노리는 거친 용병들뿐이고. 그러다 보니 자연스레 그곳 주민들의
가치관도 실용주의가 될 수밖에.

— 으음.

— 일단 다른 곳보다 유난히 무를 숭상하는 풍토인 건 확실해.

— 과연.

나세르가 납득하여 고개를 끄덕거리는 사이, 턱을 매만지며 무
언가를 곰곰이 생각하던 지엔은 이윽고 고개를 들었다. 그녀가 웃
으며 입을 열었다.

— 공자님, 칼 님.

— 왜?

— 마석을 얻어 인생 한 방의 기회를 얻는 바로 그 사람이 저일 가
능성에 대해 어떻게 생각하세요?

나세르는 에휴 하고 한숨을 내쉬었고, 칼리스는 들을 가치도 없
다는 듯 고개를 돌렸다. 그에 지엔이 버럭 외쳤다.

— 아, 왜요! 사람이 죽을 위험 감수하고 가는 건데, 아니, 솔직히
반드시 죽게 될 텐데. 이런 희망 정도는 있어야⋯⋯.

그렇게 말하던 지엔은 심상치 않게 굳어진 둘의 얼굴을 마주하고 입을 다물었다.

— 담요…… 아니, 지엔. 그런 말 하지 마라. 그럴 일은 절대 없으니까.

— 이번만큼은 목석 말이 맞아. 그럴 일 절대 없으니, 그런 걱정은 하지 마.

천하의 칼리스조차 단호하게 그렇게 말하는 것을 보고 지엔은 끝내 아무 말도 하지 못했다.

그때의 기억을 떠올린 지엔이 볼을 긁적였다. 두 사람 다 아무리 그래도 그렇지 너무했다.

'인생 대박 따위 꿈도 꾸지 말라고 그렇게 단호하게 말하다니.'

항상 그들의 아래에 있던 자신이 갑자기 자유의 몸이 되어 통제를 벗어난다는 사실이 불쾌한 걸까? 그래 봐야 그들 손짓 한 번이면 목이 뎅겅 썰릴 처지인 것은 변하지 않을 텐데.

전생의 죄가 큰 지엔으로서는 둘이 말한 의도에 대해 그렇게 생각할 수밖에 없었다. 그녀를 위해 목숨까지 걸고 결투한 나세르라면 모를까, 칼리스에 대해서는 아직 의심이 많았다.

'하긴, 전생의 죄를 생각하면 앞으로 곁에서 한참 갚아 나가야 하는 건 사실이지…… 맞아, 그렇긴 해.'

확실히 불쾌하실 수도. 지엔이 턱을 짚고 고개를 끄덕이던 그때였다.

[이봐, 벨!]

지엔이 화들짝 놀라 주변을 둘러보니, 익숙한 목소리는 바로 벨하르트의 귀걸이로부터 나오고 있었다.

'나한테까지 들릴 정도면 목소리 엄청 큰 것 같은데.'

과연, 벨하르트는 목소리를 들은 것만으로 머리가 아프다는 듯 미간을 좁히고 있었다.

그가 대답했다.

"칼, 무슨 일이지."

그러는 사이 지엔은 요요로이 붉은빛을 뿜어내는 벨하르트의 귀걸이를 바라보았다.

'혹시, 저게 바로 마석?'

그리고 칼리스가 다시 말했다.

[물어볼 게 있는데.]

"시답잖은 질문인가?"

벨하르트가 물은 말에 지엔은 잠시 식겁했다. 우와, 저 사람. 사촌한테도 아무 망설임 없이 '시답잖은' 질문이냐고 물어봤어.

'아니, 오히려 사촌이니까 쓸 수 있는 표현인 걸까.'

그렇게 생각하는 지엔의 귀에 칼리스의 대답이 다시 들려왔다.

[아니! 아주 중요한 문제라고.]

"그게 뭐지?"

[우리 오늘 어디서 묵어? 북부에 많은 인원을 수용할 만한 변변찮은 숙소가 없는 것 정도야 익히 알고 있으니까 말이야. 게다가 네가 그런 것을 세세히 신경 쓰는 성격도 아니고. 하지만 제발, 목욕

정도는 할 수 있는 곳으로 가자. 여행 중에 목욕을 못 하다니, 대공자 체면에 이게 말이나 되는…….]

"……."

벨하르트가 경멸 어린 표정으로 귀걸이에 손을 가져갔다. 지엔은 귀걸이에서 은은히 흘러나오던 붉은빛이 뚝 끊기는 것을 보았다.

'그리고 누군가의 이성도 같이 끊긴 것 같은데…….'

지엔이 생각하는 사이, 무슨 생각에선지 귀걸이를 만지작거리던 벨하르트는 다시 귀걸이에 빛을 밝혔다.

그가 입을 열었다.

"칼, 네 질문에 대한 답이다. 리어 성의 영주에게 오늘 하루 성에서 신세를 지겠다고 전해 뒀으니, 우리가 성에 도착하기를 기다리고 있을 거다. 며칠 전에 미리 말해 두었으니 준비도 충분히 해 뒀겠지."

[아, 그래? 리어 성이라, 우리 일행 중의 누군가가 걱정되긴 하지만…… 아무튼 숙소에 대한 걱정은 안 해도 될 것 같군! 정말 고마워! 그럼!]

발랄한 대답과 함께 다시 귀걸이의 붉은빛이 꺼졌다.

내내 우울해하던 발리아조차 휘둥그레진 눈으로 벨하르트를 쳐다보고, 잠시 침묵이 흐르는 가운데 그가 마침내 몸을 일으켰다.

발리아가 의아한 표정으로 물었다.

"전하, 어딜 가시는 건가요?"

"공기가 답답해서, 잠시 바깥에 다녀오지."

천하의 벨하르트가 거짓말할 이유는 없으나, 지엔이 듣기에는 어째 그것이 핑계 같았다.

지엔이 미간을 좁히는 사이, 벨하르트가 마차 문을 휙 열었다. 발리아가 더욱 당황하며 말했다.

"아직 마차도 멈추지 않았는데⋯⋯."

달리는 마차가 갑자기 안에서부터 문이 열렸으니 바깥에 있던 사람들 또한 당황할 수밖에 없었다.

황태자의 호위 기사니만큼 가장 가까이에서 말을 달리던 로아나가 문을 향해 고개를 숙였다.

"전하? 이게 어찌 된 일입니까? 뭔가 급한 일이 생긴 겁니까?"

상식적으로 용건이 생겼다면 덧창을 열고 말하면 되었을 일이니, 로아나가 저렇게 생각하는 것도 당연했다.

그에 고개를 내저은 벨하르트는 대답했다.

"경, 경의 말을 잠시 빌리지."

"예?"

대답도 듣지 않고서 팔을 뻗은 벨하르트가 로아나의 팔을 끌어당겼다.

달리는 마차와 달리는 말 위에서 이루어진 실로 위험천만한 일이었으나, 말도 안 되는 반사 신경의 소유자인 로아나는 그 와중에도 마차 입구에 안정적으로 착지하는 위업을 보여 주었다.

그러고서도 한동안 황당한 표정을 짓고 있던 그녀가 다시 벨하르트를 돌아보며 말했다.

"전하, 정말로 이게 무슨?"

그때 벨하르트는 이미 로아나의 흑마에 뛰어오르고 있었다.

갑자기 주인이 바뀌었는데도 상대가 제국의 주인임을 알아보기라도 한 듯, 흑마는 반항 한 번 하지 않았다.

그의 말고삐를 잡아채며 벨하르트가 말했다.

"잠시 후에 돌아오지."

"전하!? 전하!"

이게 대체 어느 나라 법도랍니까…… 황당하게 중얼거리는 로아나를 보며, 지엔과 발리아 또한 황당함을 감추지 못했다.

한참 뒤에야 정신을 차린 로아나는 고개를 절레절레 내젓더니 문을 닫고 벨하르트가 방금까지 앉아 있던 자리에 앉았다.

그래도 지난 몇 년간 벨하르트를 보필하면서, 로아나는 그가 칼리스와 사촌은 사촌이란 것을 깨달았다.

칼리스는 대부분 합리적인 이유가 없고 벨하르트는 언제나 타당한 이유가 있지만, 그 결과가 이상한 행동으로 나타나는 것은 둘이 같았다.

머리 아프다는 듯 관자놀이를 짚은 로아나가 말했다.

"황태자 전하께서 갑자기 왜 저러시는 걸까요? 호위 기사인 저에게도 한마디 말조차 해 주지 않으시다니…… 영애께서는 그 이유를 아십니까?"

"아, 그건."

발리아가 머뭇거리면서도 입을 열었다.

"칼리스 대공자님께 가시는 것 같았어요."

"예? 그에게는 왜……?"

어리둥절하게 되묻는 로아나에게 발리아가 대답했다.

"글쎄요, 칼리스 님께서 오늘 묵게 되는 숙소에 관해 물으셨는 데."

마음씨 고운 발리아는 이 와중에도 어떻게 말해야 칼리스의 명예에 누가 되지 않을지 고민하는 것 같았다.

그 모습에 지엔은 속으로 눈물을 흩뿌리며 생각했다.

'발리아 님, 그냥 있는 그대로 말씀하셔도 돼요. 그 사람은 이미 글렀어요. 발리아 님의 말씀이 하나 보태진다고 해도 티도 안 나요.'

그때 로아나의 얼굴이 눈에 띄게 굳어졌다. 그녀는 금세 딱딱해진 표정으로 대답했다.

"그렇습니까. 대강의 경위는 알 것 같습니다. 칼 오라버니께서 또 숙소에 대해 시답잖은 질문들로 벨하르트 전하를 괴롭히셔서 그에 대해 짜증…… 아니, 화가 나신 거겠지요."

'그래도 짜증은 내는구나. 인간적인 모습이 있기는 하네.'

지엔은 생각했다. 하긴 칼리스 앞에서라면 누구든 짜증을 내지 않고선 힘들겠지……. 심지어 그 제라드마저 가당찮다는 표정을 짓지 않았던가.

그러는 가운데, 발리아가 돌연 밝아진 얼굴로 입을 열었다. 내내 가라앉아 있던 마차 안의 분위기를 환기하려는 듯했다.

"아, 그러고 보니 얼마 전 제국의 가문들에 대해 익힐 때 배운 적이 있어요. 리어가는 발레노르가의 방계라지요?"

그에 로아나가 짧게 대답했다.

"그렇습니다."

짧게 대답하고 무릎 위로 주먹을 작게 말아 쥐는 그녀를 보며 지엔은 어리둥절해 했다.

'무슨 문제라도 있나? 고작 방계인 가문에 대해 얘기가 나왔을 뿐인데 저런 표정을 지을 필요가? 더군다나 발레노르 공작가는 리어가에 있어서 우위를 차지하고 있을 텐데.'

그 낌새를 눈치챈 발리아 또한 당황한 듯 입술을 매만지며 말했다.

"아, 저는 그저 교류가 있지 않은지, 어렸을 적 가 본 적이 있지는 않은지 묻고 싶었던 건데…… 제국법도 상 무례한 질문이었다면 죄송해요."

"아니요, 무례라니. 전혀 그렇지 않습니다. 영애."

대답은 그렇게 했지만 로아나의 표정은 여전히 심상치 않았다. 그에 발리아가 안절부절못하는 찰나, 로아나가 다시 입을 열었다.

그녀의 얼굴도 어느덧 한결 차분해져 있었다.

"리어가에는 저도 가 본 지는 벌써 십여 년이 넘었습니다. 때문에 성을 안내하거나 소개하는 것은 무리일 듯합니다."

"아, 아니요. 감히 발레노르 경께 그런 청을 할 생각은 하지 않았어요. 괜찮습니다."

"다음에 제가 잘 아는 곳에 도착하게 된다면, 그때는 기꺼이 안내해 드리겠습니다."

"호의 어린 말씀 감사해요, 경."

발리아가 뺨을 발그레하게 물들이며 말했다. 그것을 마지막으로 다시 침묵이 찾아왔으나, 벨하르트가 있던 때와는 달리 살얼음판 걷는 듯한 침묵이 아니었다.

'흑흑, 이것만으로도 난 괜찮아. 벨하르트 전하, 나가 주셔서 감사합니다.'

속으로 생각한 지엔이 맞은편에 앉은 로아나를 힐끔 보았다.

사실 지엔과 로아나의 관계는 벨하르트와의 관계보다 못하면 못했지, 결코 낫다고는 볼 수 없었다. 그는 자신을 본체만체하는 반면, 그녀의 경우 직접적인 적대감을 드러낸 것만 벌써 여러 번이니.

그럼에도 지엔은 애써 긍정적으로 생각하려 노력해 보았다.

'뭐, 기사답게 명예와 체면을 중요시하는 것 같았으니 특별한 일이 있지 않은 한 하녀에게 말을 걸진 않으시겠지…….'

과연, 로아나는 푹신하기 짝이 없는 소파와 쿠션 사이에서도 말이라도 타듯 허리를 곧게 펴고 두 손은 무릎에 얹은 자세로 앉아 있었다. 누가 지엔한테 돈을 줄 테니 하라고 해도 절대 못 할 자세였다.

'저런 사람이 기사를 하지, 다른 누가 하나.'

지엔이 그녀에게 당한 수모도 잊고 감탄하던 그때, 발리아가 돌연 지엔을 바라보았다. 그녀가 결심에 찬 목소리로 말했다.

"지엔. 나, 그러고 보니 지엔에게 사과해야 할 게 있어."

"네?"

난데없는 그 말에 지엔은 의아해했다. 한편, 눈을 감고 있던 로아나 또한 반짝 눈을 뜨고 이쪽을 돌아보았다.

지엔은 왠지 불안해졌다.

'발리아 님과 내 양심의 크기는 비교도 안 되니, 틀림없이 본인 잘못도 아닌 일에 대해 사과하시려는 거겠지? 아무리 기억을 뒤져 봐도 발리아 님이 나한테 잘못하신 일은 없으니까.'

과연 그랬다. 지엔이 그렇게 생각하기가 무섭게, 발리아가 주먹을 불끈 쥐며 말했다.

"나, 지엔이 숲에 들어왔을 때…… 그게 지엔인 줄 몰라서 구하러 가지 않았어."

'어쩌면 이렇게 예상과 똑같을 수가.'

지엔이 속으로 탄식하는 가운데, 하늘색 눈 가득 죄책감을 떠올린 그녀가 다시 말했다.

"지엔, 정말로 미안해. 너는 내가 숲에 나와서 사귄 첫 친구인데. 그만큼 잘해 줄 거라 다짐했었는데."

그 말에 지엔은 몹시 당황하며 두 손을 내저었다.

"발리아 님, 친구라니요! 그런 말씀 마세요. 누가 들으면 발리아 님께 해가 갈까 겁나요."

지엔이 단호하게 말을 이었다.

"그리고, 무엇보다 그 일은 제가 숲에 제 발로 들어갔기 때문에 생긴 일인걸요. 정말로 미안해하지 마세요. 사과하실 필요 없어요."

"그래도…… 지엔이 위기에 빠져 있는데 구하러 가지 않다니. 게다가 그 일 때문에 이렇게 북부 원정에 차출되기까지."

'아니요, 그거야말로 정말로 발리아 님과 아무 상관도 없는데요.'

지엔이 그렇게 생각하는 사이, 발리아는 지엔의 두 손을 붙잡으며 어쩔 줄을 몰라했다.

바로 그때, 그들 사이를 검처럼 날 선 말이 갈랐다. 발리아와 지엔 둘 다 눈을 휘둥그레 뜨고 그쪽을 돌아보았다.

"저 하녀 말이 맞습니다."

"발레노르 경?"

로아나가 차가운 눈으로 지엔을 보며 입을 열었다.

"모든 일은 애초에 겁도 없이 숲에 기어들어 간 이 하녀 잘못이 아닙니까? 저 또한 필사적으로 구하러 간 민간인의 정체가 이 하녀란 것을 깨달았을 때, 솔직히 말해서 보람이 전혀 느껴지지 않았습니다."

'아니, 거 너무하시네!'

물론 나세르와 함께 목숨이 구해진 입장에서 불만을 말할 처진 아니었지만, 그래도 지엔은 속으로 투덜대 보았다.

그때 로아나가 다시 말했다.

"더군다나 북부 원정에 차출된 것은 이 하녀가 듣도 보도 못한 항마력이란 힘을 갖고 있었기 때문이지, 영애 탓이 전혀 아닙니다. 그에 마음 쓰지 마십시오."

"그런……."

"지나친 햇빛이 꽃을 말라 죽게 하듯이, 동정도 지나치면 독이 됩니다."

말을 마친 로아나가 다시 지엔을 돌아보며 딱 잘라 말했다.

"안 그래도 지극정성인 주인 때문에 자립심을 기르기 힘들 테니 말이지요."

그런 로아나를 퀭해진 눈으로 보던 지엔이 생각했다.

'물론 다 맞는 말이긴 하지만, 사실 내가 한 말도 거의 비슷하기는 하지만. 그래도 적어도 내 입으로 말하게 해 주지.'

자기 입으로 스스로를 까내리는 것과 남의 입에 의해 두드려 맞는 것은 실로 고통의 차원이 달랐다.

지엔이 계속 퀭한 눈으로 쳐다보자, 시선을 느낀 듯 그녀를 돌아본 로아나가 이번에는 직접 충고했다.

"그러게 내가 전에 말했지 않나? 죽은 듯이, 분수에 맞게 살라고. 기사도 아닌 게 괜히 목숨 걸고 주인을 돕겠다며 황실 소유의 숲에 들어갔다가 이 사달이 난 게 아닌가."

그리고 고개를 픽 돌린 그녀가 작은 목소리로 덧붙였다.

"뭐, 그 충정 하나만은 칭찬을 받을 만하다만."

다행히 로아나는 급조된 숲으로 들어간 이유를 믿고 있는 몇 안되는 사람 중 하나인 모양이었다.

그렇다고는 해도, 지엔은 속으로 다시 투덜거렸다.

'그렇게 깎아내리신 다음 칭찬해 주셔도 하나도 안 고맙거든요.'

그렇게 생각하는 지엔에게 로아나의 날 선 목소리가 다시 날아왔다.

"그래 봐야 넌 기사도 아니고 하녀. 네가 주인에게 충정을 보여봐야 돌아오는 것은 네 목숨값에 해당하는 금화 몇 푼일 뿐이다. 그런데 고작 그런 것을 위해 북방 원정에 끌려오게 되다니. 네 목숨이 아깝지도 않나?"

로아나가 마침내 말을 맺었다.

"숙련된 기사들이 가도 열에 셋은 죽어 나오는 곳이니, 네가 살아 돌아올 확률은 좋게 봐도 반 이하다. 알았으면 네 주인에게 검이라도 몇 수 가르쳐 달라고 청해라. 그러지 않는 한 네가 살아 돌아올 가능성은 전무하니."

"예…… 명심하겠습니다……."

로아나의 막말에 영혼이 탈곡된 지엔은 힘없이 대답했다.

그때, 내내 둘의 대화를 듣기만 하던 발리아가 돌연 손을 뻗어 지엔의 어깨를 붙잡았다.

지엔이 눈을 휘둥그레 뜨자, 그녀와 눈을 마주치며 활짝 웃은 발리아가 말했다.

"지엔, 너무 걱정하지 마."

그녀가 지엔의 손을 잡으며 힘차게 외쳤다.

"내가 최선을 다해 지켜줄게! 내 곁에 있으면 안전할 거야."

"발리아 님!"

지엔은 금세 눈물을 글썽거리며 외쳤다.

'어쩌면 이렇게 예쁘고 마음씨가 고우실까! 거기다 귀엽기까지!'

정말이지 맞은편에 앉은 머리끝부터 발끝까지 살벌한 누구와는 달라도 너무 달랐다.

한편, 맞은편의 그 누구는 그 모습을 보며 한숨을 푹 내쉬었다.

아랑곳하지 않고, 발리아가 감격한 표정의 지엔을 향해 웃으며 말했다.

"왜냐하면, 지엔은 황궁에서 사귄 내 첫 친구인걸! 게다가 힘도 아주 세고, 체력도 기사들만큼이나, 아니, 그 이상으로 뛰어나고,

태어나서 처음 둬 보았다는 체스도 잘 두지."

발리아가 환히 웃으며 덧붙였다.

"그러니 지엔은 살 가치가 있어."

마지막 말까지 들은 지엔은 발리아의 두 손을 꼭 붙잡고 눈물을 주룩주룩 흘리며 말했다.

"발리아 님. 발리아 님은 혹시 빛의 신께서 이 땅의 척박함을 안타깝게 여겨 내리신 구원자는 아니신가요……?"

기가 차다는 듯 로아나의 한숨이 더욱 짙어졌다. 그 가운데, 지엔은 오늘도 빛의 신에 대해 몹시 불경한 생각을 했다.

'대사제인 헤카테조차 얼굴만 성스러운데, 발리아 님은 성스럽지 않은 데가 없잖아? 이런 발리아 님이 빛의 사제가 아니라니, 빛의 신의 취향을 좀 의심해 볼 필요가 있어.'

그러다 말고, 지엔은 문득 고개를 기울였다. 다시 곱씹어보니, 발리아의 표현 중 하나가 주머니에서 툭 튀어나온 못처럼 마음에 걸렸다.

지엔이 작게 중얼거렸다.

"살 가치?"

그런 지엔의 옆에서 로아나 또한 뭔가를 떠올린 듯, 찜찜한 표정으로 생각에 잠겼다. 사실 본래가 말이 많은 성정이 아니기도 했다.

그렇게 세 사람이 조용해진 사이, 마차는 부지런히 달려 북부로 향했다.

＊　　　＊　　　＊

오후 나절이 되어서야 원정대는 리어 영지에 도착했다. 진작부터 일행들을 기다리던 리어 남작 일가는 마차에서 나오는 벨하르트에게 깊숙이 고개를 조아렸다.

리어 남작은 발레노르 가문의 방계답지 않은 학자풍의 인상이었다. 그를 발레노르 가문과 연관 지을 수 있을 만한 것은 붉은 머리카락뿐이었다.

장작개비처럼 가늘고 호리호리한 몸을 무릎 꿇으며 그가 말했다.

"제국의 작은 태양을 뵙습니다, 전하. 빛의 신의 인도가 있기를."

벨하르트는 무심히 말했다.

"그만 일어나라. 사람을 흙먼지 속에 꿇어앉히는 취미는 없으니."

그의 말에 조심스럽게 몸을 일으킨 리어 남작은 이윽고 그의 곁에 선 발리아에게 시선을 옮겼다.

동경의 눈빛을 떠올린 그가 그녀에게도 깊이 절하며 말했다.

"초승달 숲의 전설은 제국민 모두가 꿈꾸던 것입니다. 전설의 현신을 살아서 이 눈으로 볼 줄은 몰랐습니다. 빛의 신의 인도가 있기를."

드물게 상투적인 공치사가 아닌 진심 어린 인사였다. 얌전해만 보이는 남작에게도 전설 속 주인공을 흉내 내며 산과 들을 누비는 소년 시절이 있었다.

그에 발리아가 희미한 미소와 함께 고개를 끄덕였다.

"빛의 신의 인도가 있기를."

그녀의 작은 목소리와 파리한 낯에서 뭔가를 느낀 리어 남작이 조심스레 물었다.

"왜 그러시지요? 혹 몸이 안 좋으십니까?"

"아니요. 전 그저……."

힘없이 고개를 내저은 발리아가 말끝을 흐리자, 옆에서 지켜보던 벨하르트가 별안간 그녀의 말을 끊었다.

"내 약혼녀가 익숙지 않은 여행에 지친 모양이니, 어서 목욕과 잠자리를 준비해 주게."

그러자 발리아는 벨하르트를 빤히 올려다보았다.

둘 사이에 심상치 않은 기류가 흐르고 있음을 깨달은 남작은 허둥지둥 고개를 숙였다.

"예, 그리하라 이르겠습니다."

그러면서 그는 속으로만 몹시 의아해했다.

'분명 소문에서는 바위로 만들어진 것 같던 황태자 전하를 발리아 님께서 한 번의 만남으로 사람으로 바꾸었다고 들었는데, 들은 것과는 영 다른 분위기로군.'

그리고 그는 급히 일행을 성 안쪽으로 안내했다.

"자, 어서 들어가시지요."

한편 대열의 후미에서 그 모습을 지켜보던 지엔은 의아한 표정을 지었다.

벨하르트의 곁에는 분명 발리아뿐만 아니라 로아나 또한 호위 기사의 자격으로 서 있었다. 그런데 리어 남작은 로아나에게만 인사를 건네지 않았다.

'리어가는 발레노르가의 방계이니 더욱 무시하기 어려울 텐데?'

더욱 이상한 것은 로아나 역시 그것을 책잡지 않았다는 것이다. 수도에 갓 상경했을 뿐인 하녀인 자신에게조차 매섭도록 쪼아대던 그녀가, 리어 남작에겐 어째서?

도통 알 수 없는 일이었다. 그 이유를 열심히 궁리하던 지엔은 뒤에서 부르는 소리에 고개를 돌렸다.

"못난아! 이쪽으로 와."

뒤를 돌아보자 칼리스는 물론이고 나세르, 헤카테까지 손짓하고 있었다. 지엔은 잽싸게 그리로 달려갔다.

한때는 '위장염을 유발하는 조합'이라고 생각하기도 했지만, 벨하르트와 로아나와 함께 있다가 이쪽에 다시 오니 이렇게 편할 수가 없었다.

'이곳이 내 마음의 안식처구나.'

그렇게 생각하며 편안한 표정을 짓고 있던 지엔이 문득 입을 열었다.

"그러고 보니 저 궁금한 거 있는데."

"뭐?"

칼리스가 의아한 표정으로 고개를 기웃했다.

"칼리스 공자님은 어디 출신이세요? 루디나토 대공가니까, 역시 수도인가요?"

그러자 잠시 기억을 더듬던 칼리스가 대답했다.

"글쎄, 우리 어머니가 태교하실 때는 볕 좋고 물 좋은 남부 지방에 내려가 계셨다고 하니까, 따지자면 남부에 가까울까. 그런데 그런 건 왜?"

지엔은 대답 대신 배시시 웃기만 했다.

'혹시 칼리스 님의 유별난 성격도 어떤 지역적 특성과 관련이 있지 않나 해서……'

지엔이 그런 무례한 생각을 꿀꺽 삼키는 사이, 옆에서 걷던 나세르가 불쑥 묻지도 않은 말을 했다.

"나는 남부 출신이다, 지엔."

"네? 네."

지엔은 떨떠름하게 대답했다. 그야 같은 브리지트 백작령 출신인데 남부 출신이 아닐 리 없다.

'도대체 왜 묻지도 않은 말씀을 하신 거지?'

그렇게 생각하던 지엔은 이어진 나세르의 말에 저도 모르게 헛웃음을 흘렸다.

"모든 남부 출신들이 다 저렇다고 생각하진 말란 뜻이다."

"이봐, 목석. 너 그게 무슨 말이야? 물론 같은 지역 출신임에도 무엇으로도 나를 따라오지 못함에 상심한 것은 알겠어."

"어휴."

기다렸다는 듯 돌아오는 칼리스의 뻔뻔한 대답에 지엔이 한숨을 폭 내쉬었다.

그리고 지엔은 금세 칼리스의 '지역에 따른 성격 차'에 대한 이론을 머릿속에서 지웠다.

'지역적 특성과 성격은 역시 아무런 관련도 없어.'

브리지트 백작은 남부 출신일 테니 칼리스보다는 나세르가 훨씬 더 남부 본토인에 가까울 텐데도, 보라. 겉으로 봐서는 칼리스가 나세르보다도 훨씬 예술을 사랑하고 감성이 풍부하며 느긋하다는 전형적인 남부인의 성격에 맞지 않나.

그렇게 생각하며 고개를 주억거리던 지엔은 문득 헤카테와 눈이 마주쳤다.

때마침 그가 일행 사이에 오가는 바보 같은 대화를 도저히 참지 못하겠다는 듯 입을 열었다.

"출신지 같은 것은 전부 편견입니다. 빛의 신께서는 우리가 그런 것으로 사람을 가르도록 허하지 않으셨어요."

그에 성의 없이 고개를 끄덕인 지엔은 되물었다.

"응, 알았어, 헤카테. 그런데 헤카테는 어느 지역 출신이야?"

그 말에 헤카테의 미간이 성큼 구겨졌다. 그가 어처구니없다는 듯 대답했다.

"나 참, 이제는 지엔 당신마저⋯⋯."

"그래서 어느 지역 출신이냐니까, 헤카테?"

지엔이 굴하지 않고 꿋꿋이 되묻자, 이제는 칼리스와 나세르마저 흥미 어린 시선으로 헤카테를 바라보기 시작했다.

세 사람의 집요한 시선을 견디지 못한 헤카테는 결국 고개를 돌리며 내뱉듯 말했다.

"북부입니다."

"우와."

"오."

"흠."

질문했던 지엔은 물론이고 칼리스와 나세르 또한 감탄사를 내뱉었다.

이윽고 고개를 주억거린 그들은 각자 한마디씩 했다.

"음, 음. 사제임에도 저런 성격인 데는 그런 비극적인 연유가."

"이제야 이해가 가는군."

"다들 조용히 하세요. 그러니까 출신 지역과 성격 같은 것은 아무런 관련이 없대도요."

이마에 힘줄이 볼록 솟은 헤카테가 그렇게 쏘아붙여도 두 사람은 들은 체도 하지 않았다. 유감스럽지만 지엔의 귀에도 그의 말은 별로 신빙성 있게 들리지 않았다.

'헤카테가 북부 출신이라니, 완전 잘 어울려.'

지금도 검만 들지 않았다 뿐이지, 검보다도 날카로운 말로 여러 사람 가슴에 비수 꽉꽉 박는 건 웬만한 검사보다 더하지 않은가.

과거에 헤카테를 쫓아다니며 들었던 온갖 막말들을 떠올린 지엔의 표정이 짐짓 아련해졌다. 그 모습을 본 헤카테가 흠칫하며 물었다.

"왜요? 왜 그런 표정을 하십니까."

지엔은 인자한 미소와 함께 말했다.

"헤카테, 너 북부 출신인 거 진짜 잘 어울린다."

"이젠 당신까지."

진저리치는 헤카테의 뒤에서 칼리스가 물었다.

"그러고 보니 북부 중에 어디 출신인데? 이곳 리어? 햄프턴? 던밀? 아니면 이름조차 잘 알려지지 않은 산골짜기 오지?"

헤카테는 여전히 출신 지역에 대해 질문받는 것이 고역이라는 표정이었다. 미간을 잔뜩 좁힌 채 눈을 내리깔고 있던 그가 중얼거리듯 말했다.

"이 나라가 아닙니다."

"뭐?"

그 말에 칼리스는 물론이고 지엔도 화들짝 놀랐다.

알고 있었냐는 듯 고개를 돌려 자신을 바라보는 칼리스에게 지엔은 고개를 내저었다.

지엔은 당연히 헤카테가 수도 출신이며, 어려서부터 오웬 대사제의 밑에서 자라다가 함께 내려온 줄로만 알고 있었다. 그러나 생각해 보면 함께 한 그 많은 시간 동안 헤카테는 오웬과 만나기 전에 자신이 어떻게 살았는지, 오웬과는 어쩌다 만나게 된 건지에 대해서는 전혀 말해 주지 않았다. 심지어 가족이나 부모님 얘기조차.

'헤카테는 내 과거는 물론이고 심지어 전생에 대해서도 알고 있는데, 나는 헤카테의 과거에 대해 전혀 모르다니.'

지엔이 왠지 모를 억울함에 눈썹을 찡그리는 그때, 칼리스가 흥미 어린 표정으로 물었다.

"그럼 어디 출신인데? 여기보다 더 북쪽이면 잇사밖에 없잖아? 바르딘과 카잔이 있긴 하지만 그 동네는 너무 멀고, 피부색도 다르니까."

지엔은 당연히 헤카테가 잇사라고 대답할 줄 알았다. 그러나 헤카테는 귀찮다는 듯 이마를 찡그리더니, 휙 소리 나게 몸을 돌리며 말했다.

"이런 화제로 계속 얘기하실 거라면, 저는 이만 가겠습니다."

"뭐, 뭐?"

"저희 집 사고뭉치는 맡기겠습니다."

옆집에 열 살 난 어린애라도 맡기듯이, 그렇게 말한 헤카테가 빠르게 걸음을 옮겨 사라졌다.

침묵 속에 우두커니 남아 있던 세 사람은 이윽고 시선을 교환했다.

칼리스가 검지로 스스로를 가리키며 말했다.

"어, 내가 혹시 못 물을 말을 물은 건가? 그냥 나는, 이 나라가 아닌데 더 북부라면 잇사밖에 없다고 생각해서. 별 질문 아니라고 생각하고 물은 거였는데."

칼리스가 아무리 남 눈치 안 본다고는 해도 남이 자신에게 하는 시기 질투에 신경 쓰지 않는 것이었지, 남이 상처받는 일에까지 무심하진 않았다.

그 물음에 지엔은 어깨를 으쓱했다.

"글쎄요. 저도 그렇게 생각하긴 하는데. 자리를 떠난 건 다른 이유가 아닐까요?"

그때 내내 잠잠하던 나세르가 기어코 한마디 했다.

"출신 지역에 대해 대답하기 싫은 게 아니라, 네가 자기에게 지나치게 관심 갖는 게 싫은 거겠지."

"방금 뭐라고, 목석?"

"으악, 두 분 타지에 와서까지 왜 그러세요, 정말."

드물게 진심으로 열 받은 듯한 칼리스를 보며 기겁한 지엔은 황급히 둘을 뜯어말렸다. 그러다 말고, 그녀는 문득 잊고 있던 일을 떠올리고 화들짝 놀랐다.

황급히 두 사람에게서 떨어져 나오며 그녀가 외쳤다.

"저 먼저 가요! 저 일단은 발리아 님 전속 수행 하녀라서요, 시중 들어야 해요."

그 모습을 본 칼리스가 다급히 외쳤다.

"잠깐, 지엔아! 혼자선 위험하다니까. 내가 데려다줄게."

"나도 가겠다."

이번에는 나세르와 칼리스가 지엔을 뒤쫓는 형국이 되었다.

세 사람은 앞서거니 뒤서거니 하며 리어 성으로 향했다. 그러는 동안, 리어 남작과 로아나의 일은 어느새 지엔의 머릿속에서 까맣게 잊혀지고 말았다.

＊　　＊　　＊

노크와 함께 발리아가 배정받은 방으로 들어간 지엔은 들어가자마자 그녀의 뒷모습을 맞닥트리고 당황했다. 뒷모습만으로 그녀가 어떤 표정을 짓고 있을지 짐작이 되었다.

분명히 인기척을 느꼈을 텐데도, 평소라면 활짝 웃었을 그녀가 뒤도 돌아보지 않고 말했다.

"지엔, 미안하지만 혼자 있고 싶어. 부탁해도 될까?"

금방이라도 꺼질 듯 희미한 목소리에 지엔은 황급히 고개를 끄덕였다.

"네, 네! 물론이지요."

그렇게 대답한 지엔은 잽싸게 문을 닫고 복도로 나왔다.

어차피 리어 성에 도착한 이상, 굳이 지엔이 아니더라도 다른 남작가의 하녀들이 발리아의 시중을 들어 줄 터였다.

터덜터덜 걸음을 옮기며 지엔은 한숨을 내쉬었다.

"역시 마차에서의 일이 문제였겠지."

벨하르트가 갑작스럽게 미소를 내보이며 '약혼' 운운한 것에 대해 발리아는 드디어 그가 마음을 보여 준 것으로 생각했겠지만, 아무래도 정황을 살펴보면 그것은 자신과 한 마차에 타기 위함이 확실……

'아악, 그래서 도대체 속셈이 뭔데? 날 죽이려는 건가? 아니면 일단 곁에 두고 관찰할 셈?'

속을 읽어 보려 해도, 금속처럼 무기질하게 번득이는 금색 눈동자를 보면 그가 감정은 고사하고 같은 사람은 맞는지조차 헷갈릴 지경이었다.

지엔은 여전히 벨하르트가 발리아를 사랑하도록 하는 것을 포기하지 않고 있었다. 하지만 오늘 마차 안에서 본 둘의 분위기로 보아, 그것을 어떻게 이루어 내야 할지 아직 감도 잡히지 않았다.

기운 없이 걸음을 옮기던 지엔의 눈에 차차 리어 성의 내부가 들어왔다.

남부의 건축물들과는 워낙 분위기가 다르다 보니 저절로 그럴 수밖에 없었다.

보통 흰색 아니면 베이지색의 밝은 색조가 지배적이던 남부와는 달리, 북부의 성은 보기만 해도 음침할 정도로 짙은 검은색 돌로 이루어져 있어 마치 지하 감옥에 들어온 것만 같았다. 창문 또한 겨우 사람 머리 하나 들어갈 정도의 크기라서 빛도 잘 들지 않았다.

더욱 무시무시한 것은 성 곳곳에 숨겨진 괴물 석상들의 모습이었다.

지엔은 칼리스에게서 들은 얘기를 떠올렸다. 마물이 많은 북부에서는 마물 조각상으로 다른 마물을 막는댔지.

마물을 막기 위해 또 다른 마물을 집에 들이다니.

'마치 내게 복수하기 위해 내 강철 심장을 가져가 버린 벨하르트 같군……'

성 바깥에도 이런 조각상들이 있었던 것을 떠올린 지엔은 눈살을 작게 찌푸렸다. 밖에 놓았으면 됐지 안에까지 놓아야 했을까? 성 내부에 마물이 쳐들어올 일을 대비해서?

성 곳곳에 걸린 태피스트리 또한 마물을 죽이는 기사들의 모습들만을 담고 있었다. 한마디로 유혈 낭자.

그림 속에 나오는 기사 모두가 피만큼이나 붉은 머리를 하고 있어 그 모습들은 더더욱 잔인해 보였다. 태피스트리를 빤히 쳐다보던 지엔은 고개를 기울였다.

"이 그림에 나온 게 리어가의 사람들일까. 아니면 발레노르가의 사람들일까?"

로아나가 그러하듯, 리어 남작도 피처럼, 장미처럼 붉은 머리카락을 갖고 있어 어느 가문의 사람일지 짐작이 쉽지 않았다.

"뭐, 나하고는 상관없나."

그렇게 중얼거린 그녀가 다시 걸음을 옮겼다.

모퉁이 하나를 돌았을 때, 지엔의 눈에 문득 색다른 것이 비쳤다. 눈을 휘둥그레 뜬 그녀는 새로 나타난 창문 가까이 다가갔다.

가로로 좁고 세로로 긴 창문 사이로, 검을 휘두르는 한 사내의 모습이 보였다. 이목구비는 어렸지만, 체격이 워낙 크고 단단해서 나이를 짐작하기 어려웠다.

이마는 반듯하고 훤했고, 입술은 고집스럽게 다물려 있었다. 그가 검을 휘두를 때마다 이마 위에서 붉은 머리칼이 흔들렸다.

그를 뚫어져라 보던 지엔은 문득 저 남자의 생김새가 어딘지 익숙하다는 것을 깨달았다.

'왜 이제 알았지!'

그녀는 경악했다. 청년은 다름 아닌 로아나를 빼다 박은 듯 닮아 있었다.

하지만 여전히 이해가 되지 않았다. 여기는 북부, 발레노르가와는 대단히 멀리 떨어진 곳이었다.

'방계라고 해도 이렇게까지 닮을 수가 있나?'

고민에 빠져 있던 지엔은 문득 남자에게 한 사람이 다가가는 것을 보고 놀랐다. 당사자의 등장이었다.

'발레노르 경이잖아?'

그리고 지엔은 다시 의아해졌다.

'왜 그녀가 여기에?'

로아나는 벨하르트의 호위였다. 아무리 벨하르트 본신의 실력이 출중하다고 해도, 이런 외지에서는 신경을 곤두세우고 바짝 붙어 있어야 정상이었다.

그런데 어째서 웬 청년 하나를 만나러 왔단 말인가? 그를 만나는 것이 벨하르트를 지키는 것보다 그녀에게 더 중요한 일이기라도 하단 말인가?

그때 로아나의 기척을 알아차린 청년이 그녀를 향해 고개를 돌렸다. 청년의 얼굴에 떠오른 적개심 어린 표정을 본 순간, 지엔은 휙 몸을 돌렸다.

창문에 등을 댄 채로, 한참을 넋 나간 듯 서 있던 그녀가 마침내 중얼거렸다.

"이게 바로 '나서지 말고 죽은 듯이 살아야 할' 순간이란 거지……."

로아나와 저 청년 간에 무슨 일이 있어도 단단히 있었다는 것쯤 은 그들 분위기를 통해 짐작할 수 있었다.

누군가의 비밀을 아는 것이 곧 힘이 된다고는 하지만, 스스로 목숨을 지킬 힘도 없는 주제에 비밀만 많이 안다면 그건 곧 스스로 목을 죄는 밧줄이 된다는 것도 지엔은 잘 알고 있었다.

하물며 궁금하지도 않은 비밀을 안 대가로 죽고 싶은 마음 따위 전혀 없었다.

고개를 들어 천장을 본 그녀가 속으로 중얼거렸다.

'음, 방에나 가자. 내일 이 성에서 나가면서 여기에서 있었던 일은 전부 잊어버리자.'

그렇게 다짐하며 걸음을 떼던 찰나, 갑자기 등 뒤에서 날아온 목소리에 지엔은 화들짝 놀라 고개를 돌렸다.

"지엔아!"

"우아아악!"

지엔은 비명을 지르며 방금까지 내다보던 창문을 몸으로 틀어막았다.

거친 숨을 내쉬며 다시 고개를 돌리자, 복도 한가운데 떨떠름한 표정으로 이쪽을 보고 서 있는 칼리스가 보였다. 좁고 긴 창으로 쏟아진 햇빛이 바깥에서보다도 훨씬 짙은 음영을 드리웠다.

복도에 선 괴물 조각상들보다도 더 조각상에 가까운 듯 보이는 그가 지엔에게 물었다.

"지엔아, 뭘 그렇게 놀라는 거야? 내가 북부에 대해 너무 겁을 줬나?"

그렇게 말한 칼리스가 머쓱한 듯 뒷머리를 긁적였다.

지엔은 후하고 안도의 한숨을 내쉬었다. 다행히 그는 지엔이 반사적으로 창문을 틀어막은 것에 대해서는 별다른 의구심을 품지 않는 모양이었다.

그러기가 무섭게 칼리스가 기다렸다는 듯 물었다.

"참, 그것보다 지엔아. 혹시 로이 봤어?"

지엔은 하마터면 기침을 크게 터트릴 뻔했다. 겨우겨우 그것을 참은 지엔이 고개를 들고 물었다.

"바, 발레노르 경이요? 왜 그분을 찾으시는지……? 황태자 전하가 부르셨나요?"

확실히, 타지에 왔는데 호위 기사가 농땡이 피우고 있다면 호위 대상으로서는 화가 날 만했다.

그러나 칼리스는 고개를 내저었다.

"아니, 그냥 개인적인 사정 때문에."

"개인적인 사정?"

"로이, 지금 아마도 굉장히 기분이 나쁠 게 분명하거든. 누구 하나 봉변당하면 안 되니까. 뭐, 쉽게 아무한테나 화풀이하는 성격은 아니지만……."

중얼중얼 혼잣말을 잇던 칼리스가 문득 고개를 들더니 다시 말했다.

"그래서, 봤어 못 봤어?"

지엔은 고개를 내저었다.

"물론 못 봤죠."

"그래? 그런데 왜 그렇게 벽에 착 달라붙어 있는 거야? 복도도 넓은, 아니, 좁진 않은데."

칼리스는 별생각 없이 물은 것이었지만, 지엔은 그가 마법으로 자신의 생각을 꿰뚫어 보기라도 한 것처럼 느껴졌다.

'그렇지 않고서야, 어떻게 이 타이밍에 그런 걸 물을 수가?'

혹시나 칼리스가 자신의 등 뒤에 있는 풍경에 관해 관심이라도 가질까 봐, 두려워진 지엔은 주먹을 움켜쥐며 크게 외쳤다.

"아, 아니. 저는 그!"

"그?"

다시 대답하기 전에 지엔은 힐끗 뒤를 보았다. 북부 양식의 창이 지엔의 작은 몸집으로도 가릴 수 있는 크기라 참으로 다행이었다.

다시 그를 돌아본 지엔이 횡설수설하며 말했다.

"벽 재질이 한 번도 못 본 재질이라, 너무 신기해서 등으로 촉감을 느껴 보고 있었어요!"

"손은 어디에 두고?"

"아니에요, 칼리스 님. 등으로 느껴야 면적이 넓어지죠."

지엔은 내친김에 칼리스의 손을 끌어다 자기 옆에 서서 등을 벽에 가져다 대게 했다. 그럼으로써 칼리스는 절대 로아나를 볼 수 없는 위치에 놓였다.

칼리스는 순순히 지엔의 영문 모를 행동에 어울려 주었다.

한동안 지엔 옆에서 벽에 등을 대고 서 있던 그가 갑자기 입을 열었다.

"지엔아, 네가 마나만 있었어도 넌 최고의 마법사가 됐을 거야."

"네? 갑자기?"

자신이 모르는 새 천재 마법사의 자질이라도 보였단 말인가? 어리둥절해 하던 지엔은, 칼리스의 뒤이은 말에 몸에서 힘을 쭉 뺐다.

"왜냐하면, 마법사는 강할수록 제정신이 아니란 게 마탑의 정설이거든."

'아니, 저 인간이. 지금 내가 제정신이 아니란 걸 고상하게 돌려 말하고 있잖아.'

지엔이 사납게 노려보거나 말거나, 어깨를 으쓱한 칼리스는 자상한 어조로 마지막 말을 남기고는 사라졌다.

"지엔아, 리어 성 사람들이 널 스파이로 의심할지도 모르니까 뭐든지 적당히 해. 적당히. 알았지?"

참으로 고마운 충고였다. 지엔은 점차 작아지는 그의 모습을 경계하며 계속해서 노려보았다.

마침내 그의 모습이 모퉁이를 돌아 완전히 사라지고 나자, 그제야 안도한 지엔은 다시 창밖을 보았다.

다행히 로아나와 정체 모를 청년은 그새 자리를 옮기고 없었다. 어쩌면 지엔과 칼리스가 일으킨 소란을 보고, 그곳은 은밀한 대화를 나누기에 적절치 못하다는 것을 깨달았는지도 몰랐다.

가벼운 걸음으로 그 자리를 떠나며 지엔은 중얼거렸다.

"음, 그래도 좋은 일 한 건 해낸 것 같은데?"

아무래도 그 분위기로 보아, 로아나가 칼리스에게 그 장면을 들키고 싶지 않아 할 것은 분명해 보였다.

지엔이 로아나를 도운 이유는 자신 때문에 들킨다면 로아나가 자신을 죽이고 말 것이란 위기감이 반, 서로 돕고 사는 거란 마음이 반이었다.

뿌듯해하던 것도 아주 잠깐, 마차에서의 촌철살인을 떠올린 지엔의 얼굴이 종잇장처럼 구겨졌다.

'생각해 보면 내가 도움을 받은 일은 없는 것 같지만.'

뭐, 그래도 그분이 나세르 님을 구해 주시긴 했으니까…… 그렇게 중얼거리며 그녀는 아까 로아나가 남자와 서 있던 곳으로 내려가 보았다.

막상 도착해서 살펴보니 그곳은 평범한 공터였다. 남자가 검을 휘두르고 있기에, 연무장 같은 곳을 예상했던 지엔은 고개를 기울였다.

뭐라도 없나 싶어 주위를 둘러보던 그녀의 눈에 무수히 깨진 돌들이 들어왔다. 누가 봐도 자연적이 아닌 인위적인 것들이었다.

'누가 여기에 돌집을 지으려고 준비 중인 건가?'

고민하던 그녀는 큰 바위에 무수히 새겨진 검흔을 보고서야 돌들의 정체를 깨닫고 입을 벌렸다.

"그럼 이게 전부…… 검으로 부순 거란 말이야?"

그것을 깨닫고 나자 누가 그랬는지는 곧바로 자명해졌다.

방금 검을 휘두르던 그 남자. 과연 발레노르가의 방계인지, 방계라고는 해도 살벌하기 짝이 없는 검술 실력을 갖추고 있었다.

턱을 짚은 지엔은 고개를 주억거렸다.

'하긴, 발레노르 경의 먼 친척일 테니 말이야. 재능도 유전인데…….'

그때, 그녀의 등 뒤에서 작은 발소리가 들렸다. 흠칫 놀라 뒤를 돌아본 지엔은 나무 사이에서 나타난 로아나를 보고 그대로 얼어붙었다.

뜻밖에도 그녀는 그 짧은 새 상당히 수척해져 있었다. 여름날의 장미처럼 가시는 있을지언정, 늘 눈부시고 당당하던 로아나였기에 지엔은 그 변화가 곤혹스러웠다.

어두운 눈으로 지엔을 건너다보던 그녀가 이윽고 입술을 떼었다.

"······꽤 열심이더군. 기대도 하지 않았는데."

"네?"

"칼 오라버니를 말로 당황하게 할 수 있는 사람은 흔치 않아."

고개를 기울이던 지엔은 그녀가 창가에서 칼리스의 시선을 돌리려 했던 필사적인 시도를 가리킨 것을 뒤늦게 깨달았다.

그리고 지엔은 모골이 송연해졌다.

'그 먼 거리에서 우리가 했던 대화를 전부 들었단 말이야? 칼리스 님과 내가 있던 곳은 3층이었는데?'

만약 자신이 그녀에게 앙심을 품고, 그 자리에서 어떤 수작을 부리기라도 했더라면······ 새롭게 떠오른 가능성에 지엔의 안색이 창백해졌다.

그러거나 말거나, 지엔을 의미 모를 시선으로 물끄러미 쳐다보던 로아나는 갑자기 검을 들었다.

검? 의아하게 올려다보는 지엔에게 로아나가 말했다.

"대가를 치르지."

"예?"

더 말할 새도 없이 지엔의 앞에서 스릉, 서늘한 마찰음과 함께 검이 뽑혔다.

검에 뜻이 있는 자라면 누구나 감격하여 눈물을 흘릴 만큼 완벽한 발도였지만, 슬프게도 지엔에게는 전생의 죄과로 인해 허락되지 않은 일이었다.

망연히 바라보는 지엔에게 로아나가 한 걸음 더 다가왔다. 그녀가 평소와 다름없는 무표정한 얼굴로 말했다.

"검을 들어라."

"예?"

멍청히 대답하는 지엔에게 로아나가 다른 손에 들고 있던 목검을 휙 던져 주었다. 어째서 들고 있었는지는 몰랐다.

얼떨결에 그것을 잡아채자, 손에 닿은 손잡이가 반들반들하게 닳아 있는 것이 느껴졌다. 누구의 물건인지는 몰라도, 사용해 온 세월이 보통이 아닌 것은 분명했다.

'그렇다면 상당히 조심스럽게 썼다는 얘기인데.'

왜 이것을 자신에게 던져 준 것인지. 영문 모를 일의 연속에 의아해하며 서 있던 지엔에게 로아나가 다시 말했다.

"반격까진 바라지도 않으니, 공격의 흐름을 읽어 봐라. 시야가 좁은 안개 낀 숲에서 활만 들고 마물들로부터 몸을 지켰다면, 눈은 꽤 쓸만하겠지."

"예?"

"살기에도 버틸 수 있어야 하니 나는 목검이 아닌 진검으로 하겠다."

"예?"

이제 지엔은 자신이 할 줄 아는 말이 '예?'밖에 없는 것처럼 느껴지기 시작했다. 그때, 로아나가 갑자기 손에 들고 있던 검을 뻗었다.

나세르와 맞붙던 때와 비교하면 한없이 느린 속도란 것은 머리로 알 수 있었다. 하지만 이해하는 것과 피하는 것은 별개의 문제였다.

간신히 검로에서 비껴 난 지엔은 그러자마자 제 발에 걸려 털썩 넘어지고 말았다.

"악!"

흙 속에서 굴러 단숨에 추레한 꼴이 된 지엔을 로아나가 어처구니없다는 듯 보았다.

눈썹을 찡그린 그녀가 낮은 목소리로 말했다.

"활을 쏘는 솜씨로 보아 자기 몸을 다루는 데는 능숙할 줄 알았는데, 어째서 이렇게나 형편없는지 모르겠군."

그 말을 들은 지엔은 손으로 땅을 짚고 일어나며 이를 부득부득 갈았다. 그녀는 손에 들린 목검을 쳐다보았다.

'이놈의 검! 이놈의 검만 없으면…….'

그러나 로아나가 방금 하사한 목검을 그녀의 눈앞에서 던져 버릴 수도 없는 노릇이었다. 그랬다간 무척 적극적인 반항으로 보일 테니.

간신히 비척비척 몸을 일으키는 지엔에게 로아나의 검이 다시금 쇄도했다. 그녀가 말했다.

"이번에는 아까보다 느리게 가겠다. 뭘 그렇게 무서워하는지는 모르겠지만, 네 옷자락도 베지 않을 테니 겁먹지 말고 흐름을 읽어라."

말마따나 로아나의 검 끝은 지엔의 옷자락 하나 건들지 않았다. 그러나 지엔은 얼굴이 창백해진 채 피하기에만 급급했다.

기사인 로아나의 말을 못 믿는 건 아니었으나, 로아나의 검은 어디까지나 날이 번쩍번쩍한 진검이었다.

그리고 지엔은 검을 쥔 자신의 몸이 멋대로 넘어져 칼에 꿰이는 가능성을 고려하지 않을 수 없었다. 즉, 로아나보다도 자신의 몸이 일으킬 재앙 쪽이 더 무서웠다.

'망할 놈의 전생! 망할 놈의 저주!'

반격하기는커녕, 검을 제대로 쥐지조차 않는 지엔의 모습에 로아나의 표정은 점차 일그러졌다.

"너⋯⋯."

그녀가 마침내 내뱉은 말에 지엔은 퍼뜩 고개를 들었다.

자신을 향하는 차가운 눈초리와 마주한 지엔이 울상지었다.

'이번엔 또 무슨 오해를 하시는 건데요?'

지금, 로아나를 도와준 대가로 뭔가를 받기는커녕 개처럼 구르고 있는 사람은 자신이었다. 즉, 화낼 사람이 있다면 당연히 그녀보다는 자신이라는 얘기였다.

'그런데 어째서 나보다 그녀가 더 화난 표정이지? 화풀이 상대로는 내가 충분치 않다는 건가?'

그런 생각을 하던 지엔을 한참이나 살벌한 눈빛으로 쏘아보던 로아나가 드디어 물었다.

"너는, 스스로의 처지가 분하지 않나?"

"네?"

"귀족들에게 무슨 일을 당해도, 당장 목이 떨어져도, 보호받지 못해도 말 한마디 할 수 없는 네 처지가 분하지 않나? 지금도 이렇듯 그럴듯한 변론 한 번 하지 못한 채 북방 원정에 끌려 온 네 처지가 분하지도 않느냐는 말이다."

그렇게 말한 로아나가 미처 분을 이기지 못한 듯 입술을 짓씹었다.

'뭐지, 이건? 유도 신문?'

그 모습을 보던 지엔의 머릿속에 가장 먼저 떠오른 생각이었다.

간혹 누명을 쓰고 감옥에 들어간 사람에게 간수들이 살살 구슬려 거짓 자백을 하게 한다는 얘기는 들어 보았다. 꼬임에 넘어가 정말로 거짓 자백을 했다간 돌아오는 건 배신뿐이라고.

'지금 여기에서 분하다고 말하면 어떻게 되는 거지? 당장 목이 잘리나? 아니면 혀가?'

머리를 굴리느라 아무 말이 없는 지엔을 로아나는 묵묵히 기다려주었다. 그러나 인내심의 한계가 시시각각으로 오고 있다는 것이 표정을 통해 느껴졌다.

'망했다. 무슨 말이라도 해야 할 텐데. 그런데 도대체 무슨 말을 해야 목이 날아가지 않을 수 있지?'

그때 로아나가 다시 입을 열었다.

"네 신분을 극복할 방법이 있다면 응당 따라야 하지 않겠냐는 말이다. 나는 애초에 왜 네가—"

그러던 지엔과 로아나 사이에 멀리에서 날아온 외침이 끼어들었다. 그 순간 지엔은 저도 모르게 눈물이 날 뻔한 것을 참아야 했다.

"못난아! 로이!"

보라색 머리카락을 휘날리며 멀리에서부터 달려온 칼리스가 두 사람 앞에서 멈춰 섰다. 그는 검을 든 로아나와 그 앞에 목검을 쥐고 엉거주춤 서 있는 지엔, 어떻게 봐도 오해의 여지가 없는 모습을 보고 황당한 표정을 지어 보였다.

당장 지엔의 앞에 서서 그녀를 자신의 몸으로 가린 칼리스가 로 아나를 돌아보며 말했다.

"로이, 지금쯤 네 기분이 안 좋을 줄은 예상하고 있었지만, 하필 못난, 지엔한테 이러다니. 너무 심하잖아. 차라리 네 휘하의 기사들을 상대로 대련하는 게 명목도 서고 낫지 않겠어?"

그에 로아나는 미간에 주름을 잡으며 대답했다.

"그런 게 아닙니다, 오라버니. 넘겨짚지 마세요."

"그래, 로이. 넌 지금 지극히 차분해 보여. 그러니까 우리 둘이서만 어디 가서 잠시 이야기를 나누지 않을래? 뭇, 지엔은 일단 돌려보내고."

"제 말을 믿지 않으시는군요."

작게 한숨을 내쉰 로아나가 칼리스를 차가운 눈으로 쏘아보았다. 혹시나 둘 사이에 이 차전이 벌어지는가 싶어 지엔이 긴장하던 찰나, 로아나가 말없이 휙 돌아섰다.

그 순간 지엔은 돌아서는 그녀의 눈 안에서 평소의 경멸과는 좀 다른 감정을 보았다고 생각했다. 말하자면 일종의 서운함 같은 것.

'아니, 서운함이라니. 저렇게 강인한 발레노르 경이 그럴 리가 없지.'

스스로의 생각에 화들짝 놀란 지엔이 고개를 내젓고 다시 앞을 보자, 로아나는 이미 검을 검집에 꽂은 채 한참이나 멀어져 있다.

그제야 안도의 한숨을 내쉰 칼리스가 다시 지엔을 돌아보며 물었다.

"지엔아, 일단 네 편부터 들기는 했지만 혹시 모르니 물어보자. 너 방금 로아나한테 뭔가 큰 잘못 같은 걸 저질렀어?"

그에 지엔은 해탈한 미소와 함께 답했다.

"제가 더 살기 싫어지는 날이 온다면, 그땐 한번 해 볼게요……."

"음, 그 말은 역시 아무 짓도 안 했단 뜻이로군. 거참, 그럼 그냥 기분 탓인가?"

그렇게 말하며 난감한 듯 뒷머리를 벅벅 긁은 칼리스가 다시 말했다.

"아무리 그래도, 로이 성격에 죄 없는 사람까지 건드리진 않을 거라 믿었는데 말이야. 원, 누구보다도 잘 안다고 자부했던 건 취소해야 할지도."

그래도 명색이 어렸을 때부터 봐왔는데. 입속으로 구시렁거리는 칼리스를 물끄러미 보던 지엔이 물었다.

"혹시 이곳 리어 남작가가 발레노르 경과 무슨 연관이 있나요? 그야 교류가 없진 않았겠지만."

돌이켜 생각해 보면 행선지가 이곳이란 얘기를 들었을 때부터 그녀의 반응이 심상치 않았다. 더군다나 이 가문의 자제로 보이던 남자가 그녀를 보며 짓던 표정까지.

칼리스의 앞을 제외하고는 대체로 차분하던 로아나답지 않았다. 그에 잠시 고민하던 칼리스가 어깨를 으쓱하더니 대답했다.

"음, 대답해 주고 싶긴 하지만, 아무래도 내 입으로 말할 얘긴 아닌 것 같군."

"그런가요."

"그렇게까지 대단한 비밀이랄 건 없어. 수도의 황족과 귀족들은 대부분 알고 있는 얘기니까. 너야 수도에 올라온 지 얼마 안 됐으니 그런 거고, 황궁에서 조금만 더 길게 일했더라면 지금쯤 들어서 알고 있었을걸."

"으음."

침음을 삼킨 지엔이 문득 다시 말했다.

"그러고 보니 발레노르 님, 수도 출신이 아니라고 하셨죠?"

그러자 칼리스는 의외라는 듯 눈을 휘둥그레 뜨더니 이윽고 씨익 웃었다. 그가 손을 내밀어 지엔의 머리카락을 쓰다듬으며 말했다.

"잘 기억하고 있네. 어쩌면 너는 보기와는 달리 꽤 똑똑할지도 몰라."

"놀리시는 거죠, 지금?"

"아니야, 그냥 하는 말이 아니야. 체스도 잘 둔다며?"

그렇게 말한 칼리스는 문득 고개를 들어 하늘을 올려다보았다. 지엔도 따라서 고개를 들자, 어느덧 검게 변한 하늘이 시야를 가득 채웠다.

다시 지엔을 돌아본 칼리스가 불 밝혀진 성 쪽을 향해 턱짓했다.

"그럼 갈까? 슬슬 손님을 맞이하는 연회가 시작될 때다."

고개를 끄덕인 지엔은 그를 따라 걸음을 옮겼다.

황태자와 그 약혼녀를 대접하게 되었으니 당연하겠지만, 연회는 몹시 화려했다. 심지어 수도에서는 보기 힘든 무희들까지 불러온 것을 보고 지엔은 깜짝 놀랐다.

수도에서 발레와 연극, 오페라가 유행하게 되면서 무희들의 춤은 한층 야만적이고 천박한 것으로 취급받게 되었다. 때문에 수도는 물론이고 남부에서도 서커스단이 아니고서야 무희를 잘 찾아볼 수 없었는데, 북부에서는 아직 연회에 무희들을 부르는 전통이 남아 있는 모양이었다.

금빛 팔찌와 발찌를 짤랑이고 오색 비단을 펄럭이며 춤추는 아름다운 무희들을 보고서도 벨하르트는 내내 표정의 변화 한번 없었다.

그가 흥미를 내비치기 시작한 것은 북방에 대대로 전해 내려오는 전설을 토대로 한 가극이 시작되고 나서였다. 내용이 흥미로워서라기보다는, 북방의 전설을 알아두는 것이 조사에 도움이 되리라고 생각해서인 듯했다.

무대가 준비되는 것을 물끄러미 바라보던 벨하르트가 리어 남작에게 물었다.

"가극의 이름이 뭐지?"

"'흰 아이와 검은 아이'입니다. 노래에는 북방의 방언들이 섞여 있어 내용을 이해하기 어려우실 수도 있으니, 괜찮으시다면 제가 미리 설명해 드리겠습니다."

"부탁하지."

리어 남작은 차분한 어조로 말을 이었다. 가극이 준비되는 것을 무료하게 기다리던 다른 이들도 그에 귀를 기울였다.

"줄거리는 이렇습니다. 흰 아이는 모든 것이 풍요로운 땅에서 태어나 세상 모든 것을 누렸습니다. 그럼에도 그것들에 곧 싫증을 느끼게 된 그는 아무것도 없다는 검은 땅으로 떠났습니다.

그러나 아무것도 없다는 검은 땅에는 놀랍게도 '검은 아이'라는 자가 살아가고 있었습니다. 그는 세상 모두가 가진 죽음조차 갖지 못했기에 까마득한 세월 동안 살아가고 있었던 것이지요.

흰 아이도 검은 아이도 자신과는 전혀 다른 존재인 서로에게 흥미를 느꼈고, 둘은 친구가 되었습니다.

검은 아이와 친구가 된 흰 아이는 자신이 죽으면 검은 아이가 혼자 남게 될 것을 염려했지요. 무엇보다 검은 아이는 그토록 오랫동안 죽음을 바랐음에도 이루지 못했기 때문입니다.

그래서 결국……."

거기까지 말한 리어 남작이 말끝을 흐리자 모두가 더욱 귀를 기울였다. 칼리스가 되물었다.

"결국?"

"흰 아이는 모든 것이 풍요롭던 자신의 땅으로 다시 돌아와 검은 아이를 죽일 방법을 찾아냈습니다."

"……."

그답지 않게 말문이 막혀버린 칼리스의 앞에서 리어 남작은 뻔뻔하게마저 느껴지는 평온한 목소리로 말을 맺었다.

"그리고 그는 그것을 검은 땅으로 가지고 가 검은 아이를 죽여 주었지요. 그에 검은 아이는 흰 아이에게 죽어서도 둘의 우정은 영원할 것을 약속하였습니다. 그러므로 둘 모두 만족하였답니다."

"……."

"가극의 내용은 여기까지입니다."

말을 마치고 모두를 둘러보며 인자하게 웃는 리어 남작을 보며, 원정대원들은 일제히 떨떠름한 표정을 지었다.

그 가운데 칼리스가 옆에 앉은 지엔을 향해 몸을 기울여 속삭였다.

"지엔아, 넌 저 연극이 이해가 되냐?"

"아니요."

지엔은 두 번 고민 않고 대답했다. 그러자 이번에는 나세르를 돌아본 칼리스가 물었다.

"목석, 너는?"

나세르의 대답은 지엔보다도 신랄했다.

"둘 다 머리가 어떻게 되어 버린 것 같군. 한 명은 넘쳐 나는 물질 속에서, 다른 한 명은 넘쳐 나는 시간 속에서."

"나는 빛의 신께서 자네의 혀를 봉인하기 위해 자네를 신전으로 부르신 게 아닐까 생각해……."

그 말을 들은 나세르가 눈을 날카롭게 치떴다.

"뭐라고?"

"하, 하하. 아니. 나도 충분히 동의하는 의견일세. 자, 그럼."

애써 웃으며 말한 칼리스가 마지막으로 헤카테를 향해 물었다.

"자, 그럼 마지막으로 빛의 신이 봉인하신 또 하나의 혀……아니, 사제님께서는?"

기이한 일이었다. 칼리스가 무슨 말을 지껄였는지 똑똑히 들었을 텐데, 평소라면 칼날 같은 말로 비수를 팍팍 꽂았을 헤카테가 아무런 반응이 없었다.

침묵이 길어지자, 칼리스는 물론 지엔과 나세르도 의아해하며 그쪽을 돌아보았다. 그리고 그들은 믿지 못할 광경을 보고 말았다.

헤카테가 가늘고 긴 손가락으로 눈가를 훔치며 말했다.

"믿을 수 없이 감동적인 이야기로군요."

그렇게 말하는 헤카테의 속눈썹이 촉촉하게 젖어 있었다.

마치 누군가에게 닥친 불운한 재난 얘기를 듣고 슬퍼하는 고결한 사제 같은 모습이었으나, 그를 울린 것이 다름이 아니라 다소 어이없기까지 한 북방 전설이라는 데는 좀 문제가 있었다.

이미 앞선 둘에게서 박한 평가가 나온 뒤였다. 게다가 헤카테가 누구인가, 인간미 없기로는 네 사람 중 제일이었다. 아니, 정확히는 그들 중 누구도 헤카테보다 인간미 없는 사람은 지금까지 살아오면서 본 적이 없었다. 벨하르트 정도를 제외하고는.

지엔과 칼리스, 나세르, 세 사람은 일제히 생각했다.

'누구냐, 너. 진짜 헤카테는 어디에 뒀어?'

그들 머릿속에 떠오른 의심을 추호도 모르는 헤카테는 연신 흘러내리는 눈물을 닦아내며 말했다.

"이런 뜻깊은 공연을 보게 될 줄은 생각지도 못했습니다. 리어 남작님의 배려에 깊이 감사드려야겠군요."

"진심이냐……."

칼리스가 맥 빠진 얼굴로 중얼거리든 말든, 헤카테는 심취한 눈으로 무대를 바라보았다.

지엔은 또한 놀란 눈으로 그런 헤카테를 쳐다보았다. 벌써 그를 십 년 가까이 알아 왔지만, 우는 모습을 본 건 그녀로서도 처음이었다.

지엔은 고심했다.

'헤카테가 감정이 없는 것처럼 보인 건 사실, 헤카테의 감성이 북부 쪽이라 그랬던 걸지도.'

그렇지 않고서야 원정대원 모두가 혹평해 마지않는 가극을 보고 눈물을 보일 이유가 없지 않은가.

아무튼 지엔은 이제까지 몰랐던 헤카테의 새로운 모습 하나를 발견한 것으로 만족하기로 했다.

연회가 끝난 뒤에는 친선 대련이 있었다. 발레노르가의 방계인 리어가에는 뛰어난 검사들이 많았다. 북방 원정대 또한 무력으로 이름이 드높은 자들이 많이 끼어 있어, 분위기는 금세 달아올랐다.

그러나 지엔은 전생의 저주 때문에 싸움판 같은 것은 웬만하면 보고 싶지 않았다. 전에 지엔이 나세르와 람두스 경의 싸움을 보았던 것은, 어디까지나 그것이 자신으로 인해 촉발된 일이었기 때문이었다.

일부러 천장만 올려다보던 지엔은 문득 상석을 힐끔 보고 생각했다.

'나란히 있으니까 더 닮았네.'

상석에 앉은 것은 당연히 리어 남작과 벨하르트였다. 물론 배분으로 따지자면 칼리스 또한 벨하르트 곁에 앉아 있어야 했으나, 그는 괴짜답게 지엔 옆이 편하다며 그 자리를 박차고 나왔다. 나세르와 헤카테 또한 양해를 구하고 지엔과 함께 앉았다.

여하간, 벨하르트가 상석에 리어 남작과 함께 앉아 있다 보니 자연히 로아나 또한 그들과 가까이 서 있을 수밖에 없었다.

그러다 보니, 지엔의 눈에는 로아나가 리어 남작 일가와 닮았다는 사실이 몹시 잘 들어왔다.

리어 남작가의 유일한 후계자라고 했던 소년, 도멘과도 몹시 닮은 것은 마찬가지였다. 키가 훤칠하여 성인일 거라 예상했던 그는 알고 보니 고작 열여섯이었다.

'먼 친척일 뿐인데 저렇게까지 닮았다고?'

지엔이 그들을 보며 그렇게 생각할 무렵, 대련 하나가 끝났다. 술에 얼근히 취한 리어 남작은 기분 좋은 얼굴로 그의 아들 도멘을 일으켜 세웠다.

"실례가 안 된다면 제 하나뿐인 자식이자 후계자의 실력을 좀 보여 드려도 되겠습니까? 전하의 앞에 당당히 내세우기는 부끄러우나, 성안에서는 최근 제 몫을 한다고 인정받았습니다."

고작 열여섯밖에 안 된 소년을? 눈을 휘둥그레 떴던 것도 잠시, 곧 그가 수련하던 공터에 흩어져 있던 돌들을 떠올린 지엔은 고개를 끄덕거렸다. 그 정도의 실력이라면 과연 황태자 앞에 내밀어 눈도장 한번 찍어 보겠다는 생각도 할 만했다.

벨하르트의 허락은 간단히 떨어졌다. 그야 성주가 저렇게까지 말하는데 굳이 거절해서 무안을 줄 필요는 없을 것이다.

"허하지. 기대하겠다."

그러자 도멘이 기다렸다는 듯 검을 들고 앞으로 나왔다. 그는 가장 먼저 이 자리에서 신분이 가장 높은 벨하르트를 향해 경례했다.

다시 고개를 들어 벨하르트를 바라보는 그의 눈에 어린 것은 비단 존경심만은 아니었다. 제국에서 손꼽히는 무인을 향한 호승심 또한 엿보였다. 과연 학자풍의 리어 남작에게서 났다고는 믿을 수 없을 만큼 무인의 풍모가 짙은 소년이었다.

묘하게 열기 어린 채 벨하르트를 향하던 도멘의 시선이 이윽고 그의 옆을 향했다.

"제가 상대를 지목해도 되겠습니까?"

어린 후계자의 치기에 술 취한 성안 사람들과 원정대원들은 일제히 환호했다.

"저는 전장의 붉은 장미이자 발레노르가의 후계자, 발레노르 경께 가르침을 청하고 싶습니다."

그러나 이어서 흘러나온 말에 방금까지의 소란은 씻은 듯 사라졌다. 사람들은 서로의 눈만 힐긋거렸다.

지엔은 필시 이 갑작스러운 분위기의 변화가 로아나와 도멘 간의 관계와 연관이 있을 거라 생각했다.

그 가운데, 로아나가 특유의 딱딱한 어조로 답했다.

"불가하다."

"어째서입니까?"

"나는 지금 벨하르트 전하의 호위 기사로 이 자리에 있다. 내가 대련에서 가벼운 상처라도 입게 된다면, 나는 전하를 지키는 데 내 최대의 기량을 발휘할 수 없게 된다."

그러자 도멘은 입가에 비릿한 미소를 띠며 대꾸했다.

"그 말씀은, 설마 제국 최고의 기사로 꼽히는 발레노르 경이 저와의 대련 중에 부상을 입을 가능성을 염두에 두신다는 얘기입니까?"

명백한 도발이었다. 그 도발의 주체가 아직 성년도 되지 않은 소년임을 생각하면 실로 광오하기까지 했다.

그럼에도 로아나는 분노 하나 떠오르지 않은 눈으로 그를 물끄러미 내려다보기만 했다.

평소답지 않은 그녀의 반응에 의아해하던 지엔은 다른 원정대원들의 수군거림을 듣고 고개를 돌렸다.

"하긴, 저 소년에겐 자격이 있을지도 모르겠군."

"그렇지. 예전의 기회는 그에게는 너무도 불리했어. 그건 정당한 경쟁이라고 할 수 없었지…… 그때 그는 너무도 어렸고."

'경쟁'이라니? 마치 도멘이 예전에 로아나와 무언가를 가지고 겨룬 적이 있었다는 듯한 말투였다.

그러나 공작가의 후계와 남작가의 후계, 지위에서부터 하늘과 땅 차이인 그들 사이에 겨룰 것이 뭐가 있다고?

의아해하던 지엔은 칼리스의 팔꿈치를 슬쩍 당겼다. 그러나 평소라면 분위기에 개의치 않고 반응했을 칼리스는 지엔을 힐끗 보고 입술에 검지를 갖다 대었다. 그러자 지엔도 따라서 입을 다물었다.

그때, 벨하르트의 목소리가 마침내 경직된 침묵을 깼다.

"발레노르 경."

"예."

"대련을 허가한다."

로아나는 거리낌 없이 대답했다.

"전하께서 원하신다면 기꺼이."

그리고 그녀는 한 걸음씩 옮겨 단상을 천천히 내려왔다.

막상 로아나와 마주 서게 되자, 도멘은 조금 얼떨떨한 눈치였다. 그러나 그것도 잠시, 검 손잡이를 고쳐 쥔 그가 새롭게 눈을 빛냈다.

도멘은 승산 없는 싸움을 위해, 고작 '가르침' 따위를 청하기 위해 로아나에게 대련을 신청한 것이 결코 아니었다. 원정대 모두가 그런 투기와 자신감을 그의 눈에서 엿볼 수 있었다.

반면 도멘을 응시하는 로아나의 눈은 지극히 고요하기만 했다. 마치 자신과는 전혀 상관없는 사물을 보듯이. 나세르에게도 호승심을 드러내 보였던 그녀의 그런 모습은 이례적이었다.

이윽고 그녀가 천천히 검을 빼 들며 말했다.

"첫수를 양보하겠다."

"그럼 사양 않겠습니다."

"와라."

로아나의 말이 떨어지자마자 도멘은 곧장 몸을 앞으로 솟구쳤다. 그가 검을 있는 힘껏 들어 그때까지도 정자세를 취하고 있던 로아나에게로 내리치자, 챙 하는 소리와 함께 섬광이 터졌다.

그 눈부신 번쩍임에 일순 눈을 찡그렸던 모두가 곧 눈을 크게 뜨며 자리에서 일어났다. 그들이 일제히 외쳤다.

"마나 소드!"

"열여섯밖에 안 되었다고 했는데 마나 소드라니! 진정 천재가 따로 없군."

지엔 또한 넋을 놓은 채 그런 두 사람의 대련을 지켜보았다. 남의 싸움은 보고 싶지 않다는 생각 따위는 사라지고 없었다.

로아나와 도멘의 마나 소드는 둘 다 같은 장미꽃에서 갓 뜯어낸 것처럼 짙은 붉은빛이었다. 둘의 검이 맞부딪힐 때마다 노을빛 같은 섬광이 계속해서 터져 나왔다.

그 모습을 보며 연신 눈을 찡그리던 구경꾼들이 중얼거렸다.

"아름답군. 마치 장미 꽃잎이 폭풍처럼 몰아치는 것 같아!"

"혹은 석양빛을 받아 더욱 붉게 빛나는 루비 같군."

귀족 출신 원정대원들의 지나치게 시적인 표현에 듣고 있던 지엔의 미간이 구겨졌다.

'나는 도저히 귀족들 감성 같은 건 따라가지 못할 것 같아.'

불퉁하게 중얼거리던 지엔의 옆에서 칼리스가 나세르를 돌아보았다.

시선을 눈치챈 나세르는 미간을 좁히며 물었다.

"뭐지?"

칼리스가 이죽대며 물었다.

"열여섯 소년이 마나 소드를 일으켜 로아나와 맞붙는 지금 상황에 대해 네가 어떻게 생각하나 해서."

"경쟁심이나 위기감을 느낄 리가. 애초에 나는 검 따위 좋아하지도 않는다."

나세르가 볼이 부은 채 대답하자, 키득키득 웃은 칼리스가 다시 고개를 돌렸다. 그는 대련 중인 두 사람을 바라보며 중얼거렸다.

"이거 예상보다는 볼만하겠는데……."

구경꾼들 또한 그와 같은 생각으로 수군거렸다.

"그런데 도멘 공자의 실력이 생각보다 뛰어나군요."

"나이를 보면 믿을 수 없는 수준이야."

"오히려 발레노르 경이 그를 쉽게 해치우지 못하고 있는 게 아닌가? 아니, 잠깐!"

그들 중 하나가 무언가를 깨닫고 벌컥 소리를 질렀다. 그와 동시에 도멘 또한 미간을 찌푸리며 외쳤다.

"어째서 한 발을 사용하지 않으시는 겁니까!"

몹시 분한 듯한 그의 외침에도 로아나는 여전히 담담했다. 그녀가 냉정하기 짝이 없는 말투로 대꾸했다.

"전하께 시시한 싸움을 보여 드릴 수는 없다."

그에 도멘의 얼굴이 금세 달아올랐다. 얼굴색이 머리카락만큼이나 빨개진 그가 이를 으득 갈며 내뱉었다.

"반드시 누님께서 나머지 한 발을 쓰도록 만들어드리겠습니다."

"누님?"

그 이질적인 호칭에 지엔이 반문하던 찰나, 이변이 일어났다.

로아나가 별안간 형세를 바꾸었다. 방어적인 태도를 보이던 그녀의 검이 갑자기 궤적을 바꾸어 수십 개의 화살처럼 도멘을 향해 쏟아져 나갔다.

전대미문의 화려한 공격에 모두의 입에서 탄성이 터졌다. 그 모습을 조마조마하며 지켜보던 리어 남작 부인만이 안타깝게 외쳤다.

"로이! 그러지 말렴!"

남작 부인의 외침에도 로아나는 대답하지 않았다. 다만 싸늘한 눈으로 흙먼지가 뭉게뭉게 이는 벽을 노려보던 그녀는 검을 한 번 털어 내더니 획하고 미련 없이 돌아섰다.

흩어지는 먼지구름 사이로 서서히 드러나는 도멘에게 그녀가 내뱉듯 말했다.

"좋은 '공부'가 되었길 바랍니다."

어디까지나 도멘이 먼저 가르침을 청했기에 나선 것뿐임을 주지시키는 말이었으나, 대련을 지켜본 모두는 로아나가 과했다는 생각을 지우지 못했다.

도멘의 실력은 결코 형편없지 않았다. 아니, 원정대원들 중에서도 로아나와 싸운다고 했을 때 도멘만큼 선전할 수 있을 거라 자신하는 이는 많지 않았다.

그럼에도 불구하고, 로아나는 도멘에 비해 너무 강했다. 그랬다면 손속을 조금 덜 해도 괜찮았을 텐데, 그녀는 압도적인 실력 차를 아낌없이 내보이며 도멘을 꺾어 버렸다. 아무리 하룻강아지 도발에 열 받았다지만 너무 심했다.

이골이 난다는 표정을 짓고 있던 로아나는 척척 계단을 올라와 다시 벨하르트의 몇 걸음 뒤에 섰다. 그런 그녀를 향해 두려움 어린 시선들이 쏟아졌다.

그나마 발리아가 꺼낸 말이 경직된 분위기를 완화했다.

"멋진 대련이었어요. 이런 멋진 대련을 보여 주신 도멘 공자와 발레노르 경께 감사해요."

그에 로아나는 발리아를 향해 담담히 고개를 숙였다.

"영광입니다. 크레센트 영애."

그제야 정신을 차린 리어 남작도 허둥지둥 잔을 들며 말했다.

"다, 다 같이 잔을 듭시다. 발레노르 경의 가르침에 감사하며."

아까 얼떨결에 튀어나왔던 '로이'라는 호칭은 씻은 듯 사라져 있었다.

로아나가 베푼 것은 농담으로라도 가르침이라고 부를 만한 것은 되지 못했고 그저 압도적인 무력 행사에 불과했지만, 그런 감상을 애써 삼킨 그들은 일제히 잔을 들어 올렸다.

쨍그랑! 잔에서 흘러넘친 술들이 테이블과 바닥을 적셨다.

*   *   *

로아나와 도멘의 대련 이후, 연회의 분위기는 회복되지 못한 채 그대로 끝나 버렸다. 애초에 벨하르트가 끼어 있었다는 데서부터 분위기 좋은 연회가 되긴 글렀었다.

그나마 칼리스와 발리아가 중간에서 애써서 망정이었지, 아니었으면 정말이지 옛날 엘레나의 고성에서의 유령들의 연회보다도 못할 뻔했다.

'산 사람들과 어울리는 게 죽은 사람들과 어울리는 것보다도 힘들다니.'

나세르와 헤카테가 그렇게 중얼거리며 먼저 자리를 떠난 뒤, 칼리스는 좀 더 남아 있다가 방으로 돌아가는 지엔을 데려다주었다.

좁은 복도를 그와 함께 나란히 걷고 있던 지엔은 마침내 말을 꺼냈다.

"칼 님, 저 알았어요. 칼 님이 성에 오자마자 발레노르 경을 애타게 찾아다니셨던 이유."

"오, 그래?"

그렇게 말하며 지엔을 돌아본 칼리스가 기특하다는 표정을 지었다. 그에 미간을 좁힌 지엔이 대꾸했다.

"저렇게 정황적 증거가 뚜렷한데 못 알아내는 건 말이 안 되잖아요."

그러자 칼리스는 더욱 흐뭇한 미소를 지으며 고개를 끄덕였다.

"역시 우리 못, 아니, 지엔은 보기보다 똑똑한 게 아닐까. 역시 신은 공평하시다니까."

"그건 저한테 머리 말고 다른 부족한 게 있다는 뜻이잖아요."

"예리하기까지."

"아, 칼리스 님, 좀!"

울컥해서 외쳤던 지엔은 이윽고 진정하기 위해 호흡을 가다듬었다.

이윽고, 아까와 같이 차분한 표정으로 돌아온 지엔이 다시 말했다.

"발레노르 경, 원래는 이 리어 가문의 자식이셨던 거지요? 강하다는 이유로 발탁되어 발레노르가에 입양되신 거고요."

"그래. 수도에서는 꽤 유명한 이야기지. 발레노르 가주의 현 자식은 원래는 두 명인데, 죄다 검에 대한 소질이 턱없이 부족해서 말이야."

칼리스가 천장을 향해 시선을 굴리며 말했다.

"그러던 차에 리어가에서는 백 년에 한 번 있을까 말까 한 천재가 태어났지. 발레노르가로서는 탐내지 않을 수 없었을 거야."

그리고 그가 어깨를 으쓱하더니 말을 이었다.

"도멘도 재능은 있었지만, 도멘은 발레노르가에서 후계자를 발탁하고자 하던 당시에 너무 어렸어. 그러니 사람들이 좀 더 자란 도멘에게 기회를 주어야 한다고 생각할 법도 하지. 물론, 방금 봤다시피 무참히 깨졌지만."

"그렇군요."

"뭐, 물론 도멘은 아직도 성년도 안 된 소년이긴 하지. 하지만 사람들이 말하는 것에 따르면, 애초에 도멘에게는 로아나만큼의 자질은 없다고 해. 물론 도멘이 약한 것이 아니라, 로아나가 너무 뛰어난 거지."

"발레노르 경은 정말 대단하시네요. 실력으로 당당히 공작가 후계 자리를 꿰차다니."

지엔이 무심코 던진 말에 칼리스 또한 고개를 끄덕였다. 그러더니 그는 뜻밖에도 진지한 표정을 지으며 대답했다.

"하지만, 그 결정에 로이의 의사가 얼마나 반영되었는지는 모르겠군."

그 말에 지엔은 의아하게 고개를 들었다.

"네?"

그녀는 생각했다.

'그 결정에 발레노르 경의 의사가 얼마나 반영되었는지는 모른다고? 그 말은, 발레노르 경이 강제로 발레노르가에 입적되기라도 했단 말인가?'

하지만 어느 누가 발레노르가의 권세를 감히 마다할 수 있을까? 그렇게 생각하다 말고, 지엔은 절레절레 고개를 내저었다.

'아니지, 나라도 브리지트 백작가에서의 생활과 수도의 생활 중에 고르라면 당연히 브리지트 백작가를 고를 거야. 암.'

세상은 반드시 돈과 권력이 다가 아니란 것을 지엔은 수도에 와서 배웠다. 지금 와서 생각해 보자면 너무 늦은 깨달음이지만.

왜 항상 깨달음은 늦는 걸까? 피 토하는 심정으로 생각하던 지엔을 물끄러미 바라보던 칼리스가 이윽고 빙긋이 웃었다.

의아하게 돌아보는 지엔에게 그가 말했다.

"처음 로이가 수도에 왔을 때, 그 애에게는 수도의 모든 것이 불편해 보였어. 수도의 모든 게 지극히 편안해 보였던 너와는 반대로."

지엔이 정색하며 대답했다.

"아니요, 저는 수도만큼 맞지 않는 곳을 제 인생에서 만나 본 적이 없는데요."

"흠, 그래? 이상하네. 뭐, 아무튼 간에."

잠시 고개를 기웃한 칼리스는 이윽고 손깍지를 껴서 뒷목에 대더니 대수롭잖게 말을 이었다.

"아무튼, 나는 너한테는 있고 로이에게는 없는 것. 그걸 로이가 찾아서 배웠으면 좋겠어. 뭐, 어쩌면 불가능할지도 모르지만 말이야."

지엔은 얼굴을 찌푸리며 대답했다.

"'어쩌면'이 아니라 '절대로' 불가능할걸요. 발레노르 경께 저는 이미 인간 이하의 상종 못 할 무언가라고요. 숨 쉴 가치조차 없는."

"뭐, 그럼 어쩔 수 없지."

"그렇게 쉽게 포기하실 거면서 말씀은 왜 꺼내신 거람."

투덜거리는 지엔에게 어깨를 가볍게 으쓱해 보인 칼리스가 총총히 걸음을 옮겼다.

2. 희극보다 더한 촌극

리어 성에서 잊지 못할 만큼 불편한 하루를 보낸 지 며칠 뒤, 원정대는 빠르게 잇사 왕국으로 진입했다. 그동안 지엔이 마차에서 리어 성에서보다도 불편한 나날들을 보냈음은 물론이었다.

과연 칼이 장담했던 대로, 릭서만 제국과는 부의 규모가 비교도 안 되는 잇사 왕국에는 원정대가 쓸만한 숙소조차 없었다. 아주 가끔 운이 안 좋으면 마차에서 야영해야 할 때조차 있었다.

그럴 때마다 지엔은 차라리 날 죽이라는 생각을 했다. 물론 일행 중에 몇 안 되는 평민인 지엔이 노숙은 죽어도 할 수 없다는 생각을 할 리는 없었다.

일행에 여성이 몇 섞여 있지 않은 데다 여성 중 제일가는 귀빈은 다름 아닌 발리아였으므로, 로아나는 발리아를 호위하는 형태로 함께 잠들게 되었다. 그런데 지엔은 현재 명목상이나마 발리아의 시녀였다.

결국, 세 사람은 잠자리를 몹시 가까이하고 잠들 수밖에 없었다.

물론 로아나가 지엔을 드러내 놓고 핍박한다거나 하진 않았지만, 지엔은 로아나가 성에서의 '그 사건' 이후로 자신을 더욱 싫어하게 됐다는 느낌을 도저히 무시할 수 없었다.

자신뿐만 아니라, 로아나는 칼리스에게도 마찬가지로 냉담해졌다. 칼리스가 가끔 다가와 농담을 건넬 때도 어찌나 가차 없이 자르는지, 지켜보는 지엔이 되레 무안해질 지경이었다.

로아나의 면박에는 어느 정도 익숙해져 있던 듯한 칼리스조차 그런 일이 계속되자, 어느 날 미간을 좁히더니 "심하잖아, 로이."라는 말과 함께 더는 그녀 곁에 오지 않았다. 그 일 이후로 로아나를 둘러싼 공기는 한층 싸늘해져서, 지엔은 아직 겨울이 아님에도 가끔 담요를 찾게 되었다.

그러는 사이에도 여정은 계속 이어져, 원정대는 마침내 잇사 왕국의 북쪽 경계에 도착했다. 가을이 거의 끝나갈 무렵이었다.

하필 마물의 숲에서 겨울을 나게 될 것만은 분명했다. 힘든 시기를 거친 땅에서 나게 되다니, 원정대는 의욕이 한풀 꺾이는 눈치였으나 벨하르트는 망설임이 없었다.

빛의 지팡이와 빛의 검, 둘 모두의 주인이 나타난 이상 더더욱 마물 침공의 가능성을 무시할 수는 없었다. 그렇기에 원정대원들도 그럭저럭 수긍하고 따랐다.

북쪽 경계와 가장 가까이 위치한 마을, 일명 '세상의 끝'이라 불리는 곳에 자리 잡은 이들은 마물의 땅에 들어가기 전 마지막으로 한동안 정보를 수집하고 장비를 점검하기로 했다.

북쪽 경계 너머는 도저히 그런 일을 할 수 있는 곳이 아니었다. 애초에 '세상의 끝'조차 마물 사냥꾼들과 경비병, 파수꾼들이 어울려 사는 군사기지에 가까웠다.

'세상의 끝'에 머무른 지 사흘째 되던 날, 부하들이 수집해 온 정보 취합을 끝낸 벨하르트는 마침내 북방 원정대를 전부 불러 모았다.

북쪽 경계 너머 마물의 숲은 지도조차 완전하지 않았다. 최근에 갱신된 것이 있는가 하면 몇십 년 전에 단 한 번 다녀온 것이 다인 곳도 있어 지도를 믿는 것이 더 위험할 수도 있었다.

불완전한 지도를 가지고 설명을 이어 나가던 벨하르트는 마지막으로 지도 구석 어림을 짚더니 말했다.

"그리고, 정확한 위치는 분명하지 않지만 마물의 숲으로 가는 길목에 도망자들이 모여 사는 마을이 하나 있다고 한다."

북부 경계를 넘어서더라도 완전한 비문명지는 아니란 생각에 원정대들의 얼굴이 환해졌다. 그것도 잠시, 이어진 벨하르트의 말에 그들의 기대가 산산이 부서졌다.

"허나, 마물에 쫓기더라도 그곳에는 가지 않는 것이 더 이롭다고 한다. 침입자라면 칼을 빼 들고 보는 자들이 많다고들 하니. 그 외에도 애초에 그곳 땅으로밖에 도망칠 수 없을 정도면 극형이나 참형에 처할 만한 죄를 저지른 이들뿐이라, 마물보다 더한 놈들만이 사는 곳이라는 얘기마저 있더군."

"……."

몇 마디 말만으로 원정대를 공포에 몰아넣은 벨하르트는 담담히 지도를 접었다.

칼리스가 애매하게 웃으며 끼어들었다.

"이봐, 벨. 그런 알아봐야 마음이 뒤숭숭해질 뿐인 마을 얘기 따위 왜 한 건데……."

"조난당한 이들이 불빛을 보고 홀려 더욱 위험에 빠지지 않도록 충고했을 뿐이다. 그리고, 공적인 자리에서는 존대를 쓰라고 했을 텐데."

"그건 조난당한 이들에게 불빛을 따라가는 것 외에 더 나은 다른 선택지가 있을 때의 얘기지, 벨. 아니, 전하."

그에 잠깐 입술을 다물었다 뗀 벨하르트는 더 들을 가치도 없다는 듯 휙 몸을 돌렸다. 칼리스로부터 등을 돌린 그가 마지막 말을 남겼다.

"여기에서의 날들이 제대로 잘 수 있는 마지막이 될 것이다. 여장을 풀고 남은 나흘 동안 푹 쉬면서 필요한 일들을 해치우도록."

'푹 쉬라'는 듣기 좋은 말도 벨하르트의 입에서 나오니, 정말로 그 말을 믿고 푹 쉬기라도 했다가는 무슨 일이라도 당할 것처럼 느껴졌다.

벨하르트가 떠나고 나서도 한참 동안 제자리를 서성이던 사람들은 이윽고 우둔한 소처럼 눈을 끔벅이며 자리를 떴다.

그들과 함께 나가려던 지엔은 발리아가 벨하르트를 붙잡는 것을 보고 우뚝 걸을 멈추었다.

발리아가 벨하르트를 간절하게 올려다보며 물었다.

"전하, 저는 뭘 하면 될까요?"

도움 되는 일이면 무엇이든 하겠다는 굳은 각오가 느껴지는 눈빛이었으나, 벨하르트는 여전히 냉랭하게 대답했다.

"아까 말했지 않나. 필요한 일을 하라고."

"하지만 정령사인 저에게는 별다른 준비가 필요하지 않은걸요."

"그런가."

그리고 잠시 생각에 잠기는 그를 발리아는 물론이고, 지엔 또한 조금 떨어진 거리에서 조마조마한 눈으로 쳐다보았다.

지엔은 속으로 외쳤다.

'제발 데이트하러 가자고 해! 데이트!'

기도가 하늘에 닿은 것인지, 그 순간 벨하르트가 입술을 매만지던 손을 내리더니 말했다.

"우리의 목적을 사람들이 의심하지 않도록 하기 위해서는 사이좋은 모습을 보이는 것이 좋겠지. 그럼 발리아, 그대는 나와 동행한다."

실로 거짓말 같은 말이 벨하르트의 입에서 튀어나오자, 발리아의 눈이 휘둥그레 해졌다. 이윽고 그녀의 얼굴 가득했던 수심이 걷히며 햇살처럼 찬란한 미소가 떠올랐다.

"네!"

그 모습을 바라보던 지엔은 손을 들어 두 눈을 가렸다.

'크윽, 눈부셔.'

지엔의 모습을 한심하다는 표정으로 힐끗 본 로아나가 이윽고 두 사람을 뒤따라 건물을 나갔다. 그녀의 장미꽃처럼 붉은 머리카락이 문 사이로 넘실대다 곧 사라졌다.

이윽고 원정대의 다른 사람들도 대부분 건물을 빠져나가자, 지엔은 혼자 그 자리에 덩그러니 남았다.

지엔도 마물의 땅에 가기 전 마지막 나날을 특별하게 보내고 싶은 마음은 굴뚝같았으나, 마땅히 뭘 해야 할지를 몰랐다.

그런 그녀의 곁에 누군가 다가와 섰다. 옆을 돌아본 지엔이 밝아진 얼굴로 외쳤다.

"헤카테!"

기뻐하는 것도 잠시, 그가 자신에게 온 것은 예상 밖이라 지엔은 의아해졌다.

외지에 오면 늘 자신부터 챙기려 드는 나세르나 심심하면 찔러 보러 오는 칼리스 정도가 올 줄 알았는데. 게다가 헤카테는 여정 때 주로 사제들의 무리에 속하여 동행했다.

"나세르 님이랑 칼 님은?"

"나세르 님은 검을, 칼 님은 스태프를 보러 가셨습니다. 사실 둘 다 이미…… 극비 사실을 입에 담을 뻔했군요. 아무튼 이미 훌륭한 무기를 갖고 있지만 말입니다."

빛의 검과 빛의 지팡이를 말하는 거겠지. 그렇게 생각하며 고개를 가볍게 끄덕인 지엔이 다시 물었다.

"그러는 헤카테 너는 왜 아무 데도 안 가고 여기에 있어?"

"당신이 이렇게 무엇을 해야 할지 몰라 아무것도 안 하고 계실 것 같아 주우러, 아니, 데리러 왔습니다."

오늘도 어김없는 헤카테의 말실수에 지엔의 미간이 좁아졌다.

'헤카테, 너 지금 날 주우러 왔다고 하려 한 거냐. 내가 무슨 물건 도 아니고.'

그러나 주우러 와 주었다는 것만으로도 어쨌든 감지덕지해야 할 일. 지엔은 헤카테를 따라 건물 밖으로 걸음을 옮겼다.

헤카테와 나란히 황폐한 시가지 사이로 걸어가며 지엔이 물었 다.

"그래서 우리 뭐 할 거야? 내가 해야 할 일이 있기는 한가?"

"그야 당연하지요. 오히려 당신은 남들보다 더 많은 준비를 해야 합니다. 마나를 쓸 줄 아는 데다 단련을 꾸준히 해 온 다른 원정대 원들에 비해, 당신이 가진 거라곤 항마력밖에 없으니까…… 따지 고 보면 그것밖에 가지지 못한 건 아닌 것 같지만."

"그럼?"

지엔을 힐긋 본 헤카테가 다시 말했다.

"당신의 힘에 걸맞은 장력을 가진 활을 찾을 겁니다. 수도에서 파는 기성품은 오히려 별 쓸모가 없고, 이곳에는 마물을 상대하던 사냥꾼들이 남겨 두고 간 활들이 있을 테지요. 항마력이 있다고는 해도, 더 강한 무기로 공격하면 더 강한 효과를 얻는 것은 같을 테 니까요."

"그렇구나."

"그러고 나면 마석을 살 겁니다. 산지 직송이니 더 싸겠지요."

세속적인 것과는 영 거리가 먼 생김새로 '산지 직송' 같은 표현을 입에 올리는 헤카테에게 지엔이 물었다.

"마석? 그걸 사제인 네가 어디에 쓰게?"

"모르시는군요. 신성 마법도 마석에 담을 수 있습니다."

"뭐? 치유도 말이야? 그럼 사람들이 신전에 직접 갈 필요가 없지 않아? 신관도 신전 밖으로 나올 필요가 없고."

놀라서 되묻는 지엔을 헤카테가 어처구니없다는 듯 바라보며 대꾸했다.

"제가 너무 쉽게 써서 잊으신 모양인데, 찰과상 정도가 아닌 상처를 낫게 하려면 상당한 신성력이 필요합니다. 게다가 신성 마법은 마석에 담으면 효율이 지극히 나빠 고위 마법은 담을 수 없어요. 그런 용도로 쓰려는 것은 아닙니다."

"아, 그래? 치유 마법이 고위 마법이야?"

"하긴, 주변에 있던 사제가 저와 오웬뿐이었으니 모르실 만도 하지요."

태연히 어깨를 으쓱하며 말하는 헤카테를 향해 지엔이 얼굴을 찌푸렸다.

"헤카테 너, 칼 공자님이랑 오래 다녔더니 자기 자랑을 아무렇지도 않게 하는 사람이 돼 버렸구나……."

"그런 끔찍한 소리는 하지도 마십시오."

가볍게 일축한 헤카테가 지엔을 끌어다 앞장세웠다.

"자, 가시지요."

그들은 상점이 아닌 장터로 향했다. 좌판 위에 마물 혹은 다른 무언가의 피와 살점이 묻은 무기가 널려 있었다. 영 속이 좋지 않은 광경이었으나, 원래부터 모든 것에 초연한 헤카테와 숲 속에서의 일로 익숙해져 버린 지엔은 담담히 그사이를 누볐다.

그런 그들을 향해 상인들은 의아한 시선을 보냈다. 특히 이런 것과는 영 연관이 없어 보이는 고상한 생김새의 헤카테를 향해.

좌판 위를 부지런히 훑어보다 말고 걸음을 멈춘 헤카테가 불쑥 말했다. 한숨 섞인 목소리였다.

"역시 당신 힘을 감당할 만한 무기는 별로 없군요."

"뭐?"

"이것으로 되었으면 좋겠습니다만⋯⋯."

그렇게 말하며 헤카테가 바로 앞에 놓인 활을 걱정스레 바라보았다.

보라색 가시가 비죽비죽 솟은 활은 한눈에 봐도 보통이 아닌 물건으로 보였으나, 헤카테의 눈에는 그마저도 부족한 모양이었다.

그 모습을 본 지엔이 얼굴을 굳히며 중얼거렸다.

'헤카테 너, 사실 내가 사람이 아니라고 믿고 있는 거지?'

그러지 않고서야 이런 활을 가리켜 부족하다고 말할 리 없었다.

그때 마침 나타난 상인이 좌판 너머로 얼굴을 불쑥 내밀며 말했다.

"하하, 거 얼굴도 예쁜 사제님이 말씀도 재밌게 하는군요. 힘을 감당하지 못한다고요? 이 활은 인근에서도 특히 힘이 세기로 유명하던 사냥꾼의 유품입니다. 뭐, 지금은 마물 배 속에 있겠지만!"

그것이 '세상의 끝' 특유의 농담인지, 상인은 허리춤에 손을 얹고 껄껄대며 웃었으나 헤카테는 눈 하나 깜짝하지 않았다. 다만 그는 무표정한 얼굴로 말했다.

"그럼 어디 한번 쥐 보십시오."

활을 건네주면서도 상인은 계속해서 떠들어댔다.

"못 당긴다고 너무 상심이나 하지 마십시오. 팔고 간 사냥꾼이 도저히 자기 힘으로 당길 수 없다며 아까워서 입맛을 쩝쩝 다시더라니까요. 그 친구도 한가락 하는 치였는데."

그런 상인의 말을 한 귀로 듣고 한 귀로 흘린 헤카테가 지엔에게 활을 건넸다. 그에 상인의 눈이 휘둥그레졌다.

그가 좌판 위에 두 손을 얹으며 말했다.

"잠깐만요, 사제님이 아니라 저쪽이 쓰실 거였습니까? 아니, 물론 가진 힘은 비슷해 보이지만……."

헤카테의 결코 건장하다고는 할 수 없는 호리호리한 체구를 힐끗거린 상인이 말했다.

"신성력으로 힘을 강화하여 쓰시거나, 분해하여 무슨 재료로 쓰시려는 줄 알았습니다만…… 그런 것이 아니라고요?"

"지엔, 당겨 보십시오."

헤카테가 여전히 태연히 지엔에게 종용했다. 싸늘한 헤카테의 시선과 믿을 수 없다는 듯한 상인의 시선 속에서, 지엔은 그만 어딘가로 숨어 버리고 싶은 심정이었다.

더군다나 지나가던 이들마저 그들을 보며 수군거리고 있었다.

"저기 봐, 리겔의 활에 도전하는 자가 나타났어."

"힉! 대체 어떤 거한…… 뭐야, 키가 작잖아. 게다가 여자라고?"

"이봐, 팔에 근육이 하나도 없어. 도리어 저 여자의 팔이 부러지는 게 아닌가 싶은데."

질색을 하며 손안에 쥐어진 활을 내려다보는 것도 잠시, 수군대는 말에 점차 어떤 오기가 생겨난 지엔은 결국 활을 수직으로 들고 활줄을 당겼다.

그녀가 활을 한쪽 팔로 거뜬히 들 때부터 심상치 않은 표정을 짓고 있던 구경꾼들의 눈이 일제히 커졌다.

잠시 후, 지엔에게서 활을 뺏어 좌판 위에 탁 소리 나게 내려놓은 헤카테가 나긋나긋하게 되물었다.

"이게 이곳에 있는 것 중에 가장 쓸만한 물건입니까?"

"허, 헉. 어떻게. 이건 말도⋯⋯."

"사냥꾼들의 성지, 북부의 저력이 고작 이것밖에 안 됩니까?"

칼만 안 들었다 뿐이지, 한 마디 한 마디가 비수와 같은 헤카테의 말에 노점상 주인의 눈빛이 거세게 흔들렸다.

이윽고 그는 몸 안에 깊숙이 잠들어 있던 어떤 거상의 혼이 깨어난 것처럼 결연히 일어나며 외쳤다.

"최, 최고의 활을 찾아내겠습니다!"

그가 다른 상인들까지 규합하여 최고의 활을 찾겠다고 온갖 요란을 떨어대는 동안, 그 모습을 우두커니 바라보던 지엔은 헤카테를 향해 물었다.

"헤카테, 꼭 이래야만 했을까?"

"모두가 안 된다고 하면 된다고 알려 주고 싶은 것이 사람 마음이잖습니까."

"헤카테, 그게 사제가 하기에는 너무 진취적인 말이라고 생각 안해? 너 도대체 왜 사제가 된 거야?"

"사람들이 당신에 대해 오해하는 것을 그냥 넘길 수 없었던 오랜 친우의 마음이라고 이해하면 안 되겠습니까."

"그보다는 서커스단의 곰을 자랑하는 서커스 단장 같은데……."

둘 사이에 그런 한담이 오가는 사이, 결국 상인은 어느 수레 안에서 천에 둘둘 감긴 채 썩어 가던 수상쩍은 활을 찾아내어 지엔의 품에 안겼다.

그때쯤에는 구경꾼까지 꽤 많이 생겨 있었다. 대부분은 마을 주민이나 경비원들이었고 간혹 원정대의 일원도 있었다.

"저들이 글쎄 켄타우로스의 활을……."

"뭐? 그게 정말인가?"

쏟아지는 시선들을 받으며 지엔이 긴장한 표정을 짓거나 말거나, 헤카테는 꿋꿋이 팔짱을 끼며 말했다.

"지엔, 당겨 보세요."

한눈에 보기에도 전보다도 훨씬 무시무시한 활의 모습에 지엔이 머뭇거리며 말했다.

"아니, 아무리 나라도 이걸 당기면 어디 사람인가……."

"당겨 보세요."

"넵."

잠시 후, 모두의 입이 떡 벌어진 가운데, 두말하지 않고 활의 값을 지불한 헤카테는 지엔의 뒷목을 잡고 그 자리를 떴다.

물론 지엔의 품에는 문제의 활이 고스란히 안겨 있었다.

활을 사는 것만으로 이미 가진 기력을 모두 써 버린 지엔은 마석이고 뭐고 숙소에 들어가 쉬고 싶었지만, 헤카테는 그런 지엔을 붙들고 쉼 없이 걸음을 옮겼다.

마침내 마석을 판매하는 건물 앞에 선 지엔이 고개를 젖히며 놀랐다.

"어, 여긴."

끝이 보이지 않을 정도로 까마득히 높이 솟은 지붕과 더불어 문이 하나밖에 없는 영 수상한 구조, 문 너머로 얼핏 내다보이는 담배 연기 자욱한 폐쇄적인 공간까지.

모든 것이 칼리스를 처음 만났던 마탑 지부 건물과 너무나도 닮아 있었다.

헤카테가 담담히 말했다.

"마석 역시 마탑에서 주로 관리하니까요. 애초에 그 물건을 다룰 자들이 마법사 말고 또 있습니까."

"아, 그렇지. 참."

고개를 주억거린 지엔은 헤카테와 함께 건물 안으로 들어갔다. 그 즉시 문 가까이에서 뭔가를 흥정하고 있는 칼리스를 발견한 그들은 걸음을 멈추었다.

그가 자신들을 보지 못했다는 확신이 들자, 한마음이 된 두 사람은 재빨리 못 본 척하고 마석을 판매하는 2층으로 향하는 계단을 빠르게 올랐다.

2층으로 올라가자마자 바로 앞에 서 있던 안내원이 활짝 웃으며 말했다.

"어머, 안녕하세요! 사제님께서 쓰실 건가요? 신성 마법을 담으시려고요?"

"그렇습니다. 큰 마법을 쓰지 않을 거라서 적당한 크기의 마석이면 괜찮습니다."

"이 정도면 될까요?"

안내원은 아무리 보아도 장터에 굴러다니는 것과 다를 바 없어 보이는 구슬 중에서 주먹만 한 것을 골라 내밀었다. 정작 지켜보는 지엔이 지금 저 사람 사기 치는 것 아닌가, 의심이 될 정도인데도 헤카테는 군말 않고 대금을 치렀다.

2층에서 내려온 두 사람은 칼리스의 눈에 띄기 전에 재빨리 마탑 지부를 나왔다.

길에 나오자마자 지엔이 의아해하며 물었다.

"뭘 하려고 산 거야? 치유 마법은 담을 수 없다며."

"말씀드렸다시피 고급 마법은 담을 수 없으니, 간단한 마법을 담으려고 하는 겁니다."

"그게 뭔데?"

"살의를 탐지하는 마법입니다."

지엔이 의아하게 물었다.

"살의?"

고개를 끄덕인 헤카테가 두 손으로 주먹만 한 구슬을 감쌌다. 그 모습을 보며 지엔은 속으로만 감탄했다.

'내용물이 어떻든, 저럴 때면 겉모습만은 정말 대사제에 어울린단 말이야.'

헤카테가 들었다면 백 번은 머리를 쥐어박혔을 말이었으나, 지엔의 생각까지는 읽지 못하는 헤카테는 여전히 마석을 쥔 채 말을 이어 나갔다.

"지엔, 당신은 전투 능력이 몹시 뛰어나지만, 물론 검을 들지 않았을 때의 얘기입니다만, 아무튼 전투 능력이 뛰어나지만 살의를 감지하는 능력은 약합니다. 그야 몸에 지닌 마력이 없으니 어쩔 수 없는 문제지요."

그렇다기에는 최근 누구누구 덕에 살기를 감지하는 일에 너무 익숙해졌는데. 그 말을 속으로 삼킨 지엔이 고개를 끄덕이고 되물었다.

"그래서?"

"그러니만큼 당신은 마력을 소지한 다른 원정대원들에 비해 기습에 취약할 수밖에 없습니다. 그렇다고 해서 숲에서 반드시 모두와 떨어지지 않으리란 보장은 없지요. 이건 그 대비용입니다."

그렇게 말한 헤카테는 구슬을 두 손으로 감싼 채 입속으로 노래하듯 기도문을 외웠다. 이윽고, 헤카테의 손으로부터 흘러나온 연두색 빛이 바람과 함께 구슬 안으로 빨려 들어갔다.

흔한 광경은 아니었기에 지엔은 물론, 지나가던 사람들 또한 발걸음을 멈추고 그 광경을 구경했다.

이윽고 마석에서 손을 뗀 헤카테가 다시 지엔을 보고 말했다.

"당신을 향한 살의를 탐지하는 마법을 담았습니다. 주변에 당신에 대해 살의를 품은 자가 있다면 구슬이 붉은색으로 변할 겁니다."

지엔은 감탄하며 말했다.

"붉은색? 알겠어."

"다행히 별다른 고급 마법이 아니라, 한 번 마나를 담아 두면 꽤 오래 쓸 수 있습니다. 숲으로 들어가면 하루에 한 번 충전해 드릴 테니, 저녁마다 제게 오십시오."

"응. 고마워, 헤카테."

평소와는 달리 순순히 감사 인사를 입에 담은 지엔은 그것만으로는 부족하다고 여겼다. 이윽고, 장난스럽게 씩 웃은 지엔이 작게 속삭였다.

"헤카테. 우리 기왕 이렇게 된 거, 북부 원정대에 끼기보다는 단 둘이 도망자들의 마을로 안 갈래?"

어디까지나 농담처럼 주고받던 '도망가자'는 말의 연장선이었을 뿐이었다.

게다가 사실 헤카테가 이 말을 덥석 받아들인다고 해도 곤란할 것은 없었다.

어차피 둘 모두 벌 대신 북부 원정에 따라나선 처지. 도망자들의 마을로 간다면 제국과도 멀어질 수 있고, 가 봤자 죽을 것이 분명한 원정도 피할 수 있고 일석이조이리라.

그런데, 그 말을 들은 헤카테의 얼굴이 심상치 않게 굳어졌다.

그 모습을 본 지엔은 이번에도 신분도 법도 신경 안 쓰는 자신의 자유분방한 주둥이가 사고를 쳐 버렸구나 했다. 과연, 생각해 보니 그 말을 원정대의 다른 누군가가 들으면 큰일이 나긴 했다.

지엔이 황급히 그의 팔을 건드리며 말했다.

"아, 알았어. 미안, 헤카테. 생각해 보니 방금 그 말은 군법 위반……."

그때 헤카테의 싸늘한 목소리가 그녀의 말을 잘랐다.

"당신이 그 마을에 대해 뭘 안다고 그런 말을 하십니까."

지엔이 어리둥절하게 되물었다.

"헤카테?"

"농담으로라도 그런 말 하는 거 아닙니다. 아까 황태자 전하께서 하시는 말씀 못 들으셨습니까? 평범한 삶을 살아온 인간이 갈 만한 곳이 아니란 말입니다, 그 마을은."

그 순간 지엔은 입을 다물어야 한다는 걸 알면서도 자기도 모르게 되묻고 말았다.

"평범? 백작가 삼남과 대공가 장남과 황태자에게 견제당하는 삶이?"

"……아무튼 당신이 갈 만한 곳은 아닙니다."

미간을 좁힌 헤카테가 재빨리 말을 돌렸다. 그 심상치 않은 모습을 보던 지엔이 불쑥 떠오른 것처럼 말했다.

"그런데 헤카테, 아까부터 꼭 그 마을을 잘 아는 것처럼 말하네."

"……"

"어, 잠깐. 헤카테. 너…… 북부 출신이라고 했었지? 하지만 잇사 왕국도, 다른 어느 나라 출신도 아니라고."

설마…… 조마조마한 눈으로 그를 올려다보던 지엔에게 헤카테가 말했다.

"제 출신지에 대한 것은 빛의 교단에서도 최고위 사제들이 아니면 모릅니다. 당신의 일과 마찬가지로."

그러니 그만 물으라는 뜻일까? 그렇게 생각하던 지엔은 이어진 헤카테의 말에 그만 기침을 터트렸다.

"그러니 비밀로 해 주십시오."

"뭐, 콜록, 콜록……."

한참 동안 마른기침을 뱉어 내던 지엔이 마침내 고개를 들고 물었다.

"잠깐, 진짜야?! 진짜로 헤카테 너……."

어느새 평소의 까칠한 모습으로 돌아온 헤카테가 팔짱을 끼며 대꾸했다.

"제가 이런 거로 뭐하러 거짓말을 합니까?"

지엔은 당황하며 대꾸했다.

"아니, 하지만. 그렇게 중요한 거라면 그냥 나한테 거짓말해도 되잖아? 잇사 왕국 출신이라고 적당히 둘러대도 됐을 텐데."

"그러고 싶지 않습니다."

"왜?"

지엔의 어리둥절한 물음에 인상을 잔뜩 찌푸린 헤카테가 대답했다.

"왜냐하면, 전에도 말했다시피 당신은 제게 유일한……."

거기까지 말한 헤카테는 답지 않은 표정으로 곤혹스러워하며 눈을 피했다. 그가 더듬거리며 말을 이었다.

"당신은 제, 유일한……."

바로 그때, 이변을 느낀 지엔은 문득 고개를 숙여 품에 안고 있던 마석을 쳐다보았다. 마석이 선명한 붉은빛을 발하는 것을 확인한 지엔은 다시 고개 들어 헤카테를 보았다.

"······."

침묵 속에서 두 사람의 시선이 마주쳤다. 이윽고, 지엔은 저도 모르게 헤카테에게서 한 걸음 물러났다.

그 모습을 본 그가 반사적으로 외쳤다.

"아닙니다!"

"으, 응."

"아니, 정말로 제가 아닙니다. 믿어 주세요."

"괜찮아, 헤카테. 그럴 수 있지. 때로는 가족끼리도 싸움이 난다는데······."

"헛소리할 시간에 제 뒤로 오기나 하세요!"

울컥하며 외친 헤카테가 재빨리 지엔의 손목을 잡아 제 쪽으로 당겼다.

지엔을 등 뒤에 숨긴 헤카테는 재빨리 주위를 살폈다. 우연인지 필연인지 꽤 많은 인파가 길을 지나가고 있었다.

저마다의 용건으로 바빠 자신들에게는 관심도 없는 것 같긴 했으나, 일단 헤카테는 그중에 원정대에 속한 자들의 이름을 모조리 외워 두기로 했다.

'제노비츠 남작, 하인즈 백작가의 영식, 자유 용병 데미안······.'

바쁘게 이름들을 머릿속에 새기던 헤카테의 시야에 문득 녹색 빛 도는 검은색 머리칼이 스쳤다. 그 순간 경악한 헤카테는 고개를 휙 돌리며 속으로 외쳤다.

'벨하르트 황태자! 그리고 발레노르 경과 크레센트 영애까지.'

저들이 언제부터 이곳에 있었는지 알 수 없었다. 설마 도망 운운

하는 얘기를 듣고 살의를 보낸 건가? 벨하르트나 로아나의 완고한
성품이라면 충분히 가능한 일이었으나, 그렇다면 그들 성격에 당장
와서 추궁했지 이렇게 가만둘 리가 없었다.

어쨌건 헤카테는 그들의 이름 또한 기억해 두었다. 그러고 나니
그 수는 무려 열 명이나 되었다.

헤카테는 다시 한숨을 내쉬며 생각했다.

'가장 가능성이 높은 자라면…… 아마도 발레노르 경이겠군. 그
외에는 원정 중에 지엔에게 적의를 보이는 이가 딱히 없었으니.'

만약 정말로 그녀가 적이라면 상황이 몹시 나빠진다.

그나마 다행인 것은 벨하르트, 로아나, 그리고 발리아를 제한 나
머지 이들은 그럭저럭 헤카테 혼자만의 힘으로도 상대해 볼 수 있
을 것 같다는 점일까.

그리고 헤카테는 다시 지엔에게로 돌아섰다.

"지엔, 제가 지금 말하는 이름들을 잘 듣고 기억하세요. 북부 경
계 바깥에 나가거든 되도록 그들과 단둘이 되는 상황만큼은 피하
는 겁니다. 아시겠지요?"

"어, 응."

그런데 지엔은 어쩌선지 넋이 나간 얼굴이었다. 그녀가 군중들
사이의 한 곳을 멍하니 응시하고 있음을 깨달은 헤카테는 다시 얼
굴을 찡그렸다.

'무슨 일이지?'

헤카테가 급하게 불러 주는 이름 또한 지엔은 듣는 둥 마는 둥
했다.

답답해진 헤카테가 기어이 지엔의 어깨를 잡아 흔들던 찰나, 그녀가 갑자기 고개를 휙 들더니 외쳤다.

"헤카테! 나 말인데, 이 마을에서 반드시 해야 할, 아주아주 중요한 볼일이 생각나서 이만!"

"네? 방금 제 말은 대체 어디로 들으신 겁니……."

"따라오지 마!"

씩씩하게 외친 그녀는 후다닥 뛰어 군중들 사이로 사라져 버렸다.

이럴 때면 지엔은 그 뛰어난 달리기 실력을 가감 없이 발휘한다는 것을 잘 알고 있는 헤카테는 따라갈 엄두조차 내지 못했다. 다만 제자리에 멍하니 서 있던 그는 이윽고 이마를 부여잡으며 외쳤다.

"어째서…… 왜 하필 저런 베짱이 같은 게 하필 내 유일한……!"

이윽고 빠르게 진정한 그는 이마를 짚고 있던 손을 내렸다. 화를 내 봐야 이미 돌이킬 수 없음은 잘 알고 있었다.

제자리에서 한참이나 화를 다스리던 그는 결국 탐지 마법을 통해 지엔을 쫓기 시작했다.

그렇게 좁은 마을에서의 추격전이 시작되었다.

*　　　*　　　*

북부 끝 작은 마을의 유일한 레스토랑 안.

로아나는 메뉴판을 내려다보다 말고 멀찍이 창가에 앉은 수상한 인물을 향해 눈을 흘깃거렸다.

'아무리 보자기를 뒤집어써서 얼굴을 가렸다고 해도 일부만 가렸고, 옷을 갈아입은 것도 아닌데 어째서 못 알아볼 거라고 생각하는지.'

보는 사람이 민망해질 정도의 위장술이었다.

로아나의 눈썹이 꿈틀거렸다.

'저 하녀가 왜 여기에 있지?'

지배인을 불러 쫓아낼까 고민하던 로아나는 결국 그만두기로 했다. 아무튼 자기 돈 내고 자기가 먹는다는데 뭐라 할 수는 없었다.

이쪽을 자꾸 염탐하듯 힐끔거리는 시선이 느껴지긴 했으나, 벨하르트 역시 시선을 눈치챘을 텐데 가만히 있는다면 그냥 봐주겠다는 뜻이었다. 그런데 호위 기사인 자신이 먼저 나서서 화낼 수는 없다.

음식을 주문한 로아나는 바로 옆 테이블을 살폈다. 옆 테이블에서는 벨하르트와 발리아가 마주 보고 앉아 마찬가지로 음식이 나오기를 기다리고 있었다.

결혼을 약속한 사이 같기는커녕, 찬바람 쌩쌩 부는 둘의 분위기에 로아나는 다시 한숨을 푹 내쉬었다.

자신의 미행이 이미 들킨 줄은 꿈에도 모르는 지엔 또한 메뉴판을 얼굴 높이로 치켜든 채 그런 벨하르트와 발리아 쪽을 힐끔거리고 있었다.

둘 사이에 어떠한 얘기도 오가지 않는 것을 본 지엔의 마음속에 답답함이 차올랐다.

'이럴 때가 아니면 언제 얘기를 하는데!'

본인도 연애라고는 해 보지도 않았지만 어디서 본 건 있어서, 지엔은 벨하르트와 발리아 사이에 끼어들어 마구 훈수를 두고 싶어졌다.

　이미 나세르와 칼리스만으로 충분히 힘든데, 벨하르트의 관심까지 사고 싶은 마음은 추호도 없었다. 그러려면 어떻게든 이번 원정 때 벨하르트와 발리아가 잘 돼 줘야만 했다.

　그렇게 지엔이 또다시 당사자들의 의견은 완전히 무시한 채 계획을 세우던 그때, 멋쩍게 찻잔만 매만지던 발리아가 빙긋 웃더니 마침내 침묵을 깼다.

　"이 마을에도 이런 곳이 있을 줄은 정말 몰랐어요. 수도에 비할 바는 아니지만, 그래도 여전히 제게는 너무 멋지게 보여요. 초승달 숲에서는 이런 건물은 찾아볼 수 없으니까."

　그 말을 듣던 벨하르트는 무표정하게 한마디만 했다.

　"그런가."

　그 대답을 들은 지엔은 당장 들고 있던 메뉴판으로 벨하르트의 머리를 때리고 싶어졌다.

　'발리아 님이 그토록 많은 말씀을 하셨는데 넌 고작 한 마디냐! '그런가'가 아니지! 좀 더 그럴듯한 말을 하라고!'

　이 정도면 지엔 또한 제국의 누구 못지않은 발리아의 팬이었다. 좀 악성이라는 게 문제라면 문제였다.

　아랑곳하지 않고 발리아가 밝게 웃는 얼굴로 말을 이었다.

　"네. 물론 그렇다고 초승달 숲이 아름답지 않다는 뜻은 아니랍니다. 이런 인공적인 조명도, 악기가 연주하는 음악도 없지만, 태양빛과 달빛, 별빛이 있고 자연이 연주하는 음악 소리가 있으니까요. 초승달 숲의 밤은 특히 더 아름답답니다."

그렇게 말한 발리아는 바닥이 비칠 듯 투명한 하늘색 눈으로 벨하르트를 물끄러미 쳐다보기 시작했다.

지엔조차 발리아가 벨하르트에게 무슨 대답을 기대하고 있는지 알 수 있을 만큼 노골적인 눈빛이었다. 그럼에도 벨하르트는 여전히 묵묵부답이었다.

결국, 시선을 떨어뜨린 발리아가 애써 웃으며 먼저 말을 꺼냈다.

"언젠가 전하께도 그 풍경을 보여 드릴 수 있으면 좋겠어요."

벨하르트는 일절 고민도 없이 대답했다.

"참고하겠다."

그 순간, 지엔은 종업원이 내가는 음식을 빼앗아 벨하르트의 머리 위에 엎고 싶은 충동을 참았다.

'이게 무슨 원정대 계획이라도 되냐! 참고를 하고 앉아 있게.'

설령 그 먼 곳까지 고작 풍경 하나를 보자고 번거롭게 찾아가고 싶은 마음이 전혀 없더라도, 약혼자에게 듣기 좋은 말 한마디 정도는 해줄 수 있는 것 아닌가?

발리아의 얼굴이 울 듯이 일그러진 그때, 종업원이 두 사람 사이에 음식을 내려놓았다.

이후로는 한마디 말도 오가지 않는 식사가 계속되었다. 지엔은 물론이고, 보다 그들 가까이 앉아 있던 로아나마저 체할 것 같은 광경에 고개를 돌렸다.

지엔은 몇 번이나 끼어들까 고민했지만, 아무래도 신분 차가 신분 차이다 보니 도저히 그럴 수가 없었다. 평민인 자신이 황태자와 그 약혼녀의 테이블에 앉아 당당히 '합석 좀 하겠습니다!' 같은 일이 가당키나 한가?

그렇다고 저대로 두기엔, 지엔은 보자기로 감춘 머리를 부여잡고 끙끙거렸다. 발리아가 아무리 애를 써도 상대가 저 모양이니, 기껏 북부 경계 안에서 보내는 마지막 휴일이 수포로 돌아갈 게 뻔한데.

그러던 와중, 벨하르트와 발리아가 식사를 다 마쳐 가는 것을 본 지엔의 눈이 번득였다.

지엔은 자리에서 벌떡 일어나며 말했다.

"여기 계산이요!"

벨하르트와 발리아의 시선이 자신에게 쏠릴 것은 조금도 신경 쓰지 않고 한 행동이었다.

'이렇게 감쪽같이 위장한 나를 알아볼 리가 없지!'

지엔이 나세르의 기준에 너무 익숙해졌다는 게 문제라면 문제였다.

바로 그때, 지엔을 발견한 발리아가 반가운 듯 손을 들며 그녀를 부르려 했다. 그러나 지엔은 결연한 얼굴로 그런 발리아를 쌩 지나쳐 버렸다.

지엔의 뒷모습을 보던 발리아의 눈이 휘둥그레졌다.

"어라……?"

*　　*　　*

　주저 없이 레스토랑을 나온 지엔은 주위를 두리번거리며 주변 건물의 구조부터 확인했다.

　대부분 고만고만한 목조 가옥일 뿐이고, 그나마 높은 건물이 바로 이 레스토랑임을 깨달은 지엔은 주저 없이 벽을 박차고 날아올랐다. 이제 곧 벨하르트와 발리아가 이동을 시작할 텐데, 계단을 찾고 있을 시간조차 아까웠다.

　벨하르트의 호위를 위해 건물 주변에 대기하고 있던 그림자단은 그 모습을 보고 입을 쩍 벌렸다.

　특히 세실은 하필이면 지엔이 몸을 날린 바로 그 근처에 있었기 때문에, 제때 자리를 피하려다 하마터면 미끄러져 추락할 뻔했다.

　간발의 차로 그녀의 눈에 띄는 것을 면한 세실의 심장이 마구 벌렁거렸다.

　그는 아직도 벌렁대는 가슴에 손을 얹으며 생각했다.

　'설마 내가 여기에 있는 것을 알고 그런 건 아니겠지? 아니, 그보다 도대체 저 움직임은 뭐야? 지엔 저 애, 어쩌면 우리 그림자단보다도……!'

　세실의 존재를 꿈에도 모르는 지엔은, 건물 옥상에 도착하자자 난간에 발을 걸치고 사방을 두리번거렸다.

　이윽고 한 곳을 발견한 지엔의 얼굴이 밝아졌다.

　"저거다……!"

　작게 외친 지엔은 단 한 번의 도약만으로 다시 길바닥 위에 뛰어

내렸다.

그 모습에 그림자단 모두가 또 한 번 경악했다는 것은 알지 못한 채, 지엔은 허둥지둥 걸음을 옮겼다. 그녀의 뒤를 멍하니 응시하던 그림자단의 부단장은 이윽고 황급히 명령을 내렸다.

[지금부터 그림자단의 절반은 저 여자를 뒤쫓는다. 저 몸놀림, 아무래도 보통의 하녀가 아니야. 무슨 일을 하는지 낱낱이 감시해서 단장님께 보고한다!]

[예!]

[그리고…….]

부단장이 묵직한 목소리로 꺼낸 말에 모두가 긴장한 표정을 지었다.

부단장이 묵직하게 말을 맺었다.

[본거지로 돌아가게 되거든 훈련량을 두 배로 늘린다.]

[…….]

[우리가 한낱 하녀보다도 실력이 부족하다면 모욕을 당하는 것은 우리가 아닌 단장님이다.]

알겠나. 부단장의 마지막 말에 모두는 눈물을 머금으며 외쳤다.

[예!]

그중에는 세실도 끼어 있었다. 세실은 이 순간 지엔이 조금, 아주 조금 원망스러워졌다.

그리고 그림자단의 절반은 지붕을 타 넘으며 지엔을 추격하기 시작했다.

      *   *   *

　지엔은 마차나 주점 뒤에 쌓여 있던 술통, 가게 앞에 쌓여 있던 나무상자를 끌어다 옮겨 레스토랑에서 나오는 네 개의 길 가운데 세 개를 막아 버렸다.

　걷던 길이 막혀 있는 일이 세 번이나 반복되자, 벨하르트의 표정이 못마땅한 듯 변했다.

　그 모습을 본 로아나가 앞으로 나섰다.

　"제가 길을 치울까요?"

　"아니다. 괜찮다."

　고개를 내젓는 벨하르트에게 로아나가 걱정스러운 목소리로 말했다.

　"하지만 전하, 이런 일이 반복되다니 아무래도 이상합니다. 함정이 틀림없……."

　"마지막 남은 한 개의 길 끝에 뭐가 있는지 확인하면 함정의 의도를 알 수 있겠지. 그렇지 않나?"

　"……."

　로아나는 대답 없이 입술을 깨물며 고개를 숙였다. 그녀를 지그시 응시하던 벨하르트는 발리아와 함께 다시 걸음을 옮겼다.

　단 하나 남아 있던 길로 나온 벨하르트 일행의 앞에 펼쳐진 것은 다름 아닌 마을 광장이었다.

　좁은 광장의 한편을 차지하고 유랑 극단이 공연을 하고 있었다. 나무 상자를 적당히 쌓아 만든 무대나 무대 뒤 가벽에 그려진 그림은 조잡했으나, 황량한 북부에서는 그것조차 인기인지 꽤 많은 사람들이 모여 관람하고 있었다.

좀이 슨 옷으로나마 화려하게 차려입은 두 남녀, 요란하게 흔들리는 가짜 풀과 나무들, 악기를 연주하는 악단을 본 발리아가 환해진 얼굴로 벨하르트의 팔을 붙잡았다.

"전하, 저희 저 공연……."

"수도에 돌아가면 보여 주겠다고 약속하지."

벨하르트가 늘 그랬듯 이번에도 냉정하게 말을 자르자 발리아의 볼이 뾰로통해졌다. 그것도 잠시, 그녀는 포기하지 않고 가까이 앉아 있던 어린애의 어깨를 톡톡 두드렸다.

무대를 보다 말고 이쪽을 돌아보는 아이의 짜증 섞인 얼굴이 곧 환하게 밝아졌다. 그에 호응하듯 밝게 웃은 발리아가 무대를 가리키며 물었다.

"얘, 이 연극 이름이 뭐니?"

"네, 네……?"

잔뜩 붉어진 얼굴로 말을 더듬는 그 애 대신 대답한 것은 주변에 함께 있던 다른 아이들이었다.

"기사 발두르와 마녀 헨리에타라고, 북쪽에서는 유명한 전설이에요!"

"맞아요, 맞아요! 그런데 누나는 혹시 천사님이에요?"

그들의 눈이 외지인에 대한 동경과 호기심으로 반짝이고 있었다.

솔직하게 대답하는 대신, 동심을 지켜 주기 위해 빙그레 웃어 준 발리아는 다시 벨하르트를 돌아보며 밝게 외쳤다.

"북부 전설이래요! 자, 이러면 혹시 도움이 될지도 모르니까, 원정대의 목적에 아예 어긋나는 건 아니지요?"

"하……."

한숨을 내쉬는 벨하르트의 팔을 거리낌 없이 껴안은 발리아가 비어 있는 자리를 손짓했다.

"어서요, 어서 가요!"

벨하르트는 결국 군말 없이 극장의 간이 객석에 발리아와 나란히 앉았다. 그 모습을 보는 로아나의 입가에 미미한 미소가 걸렸다.

멀지 않은 곳에 숨어 그 모습을 지켜보던 지엔 또한 씨익 웃었다. 로아나의 따뜻한 미소와는 격이 다른 음흉한 미소였다.

여기에 예언을 알고 있는 빛의 사제나 다른 누군가가 있었더라면 당장 지엔을 잡아 가둬야 한다고 난리 쳤을지도 몰랐다. 그 정도로 지엔의 표정은 사악하고 음습했다.

"좋아, 계획대로다……."

그렇게 중얼거린 지엔이 어깨를 떨며 크큭 웃어댔다. 멀지 않은 곳에서 그 모습을 지켜보던 그림자단은 저마다 긴장하여 무기를 움켜쥐었다.

부단장이 말했다.

[전투를 준비해라.]

[네!]

그렇게 자기도 모르게 범상치 않은 관객들에게 둘러싸이게 된 유랑 극단은, 그 사실을 전혀 모른 채 열연을 이어갔다.

남배우가 가짜 숲이 그려진 판자 앞에 서서 목청을 높였다.

"나는 잇사 왕국의 기사 발두르요! 계속 나를 헤매게 하여 이 숲에서 빠져나가 못하게 하는 당신은 대체 누구요? 숲의 주인이여, 있다면 내 눈앞에 나타나 보시오!"

그러자 검고 구불구불한 머리카락이 나무판자 위로 불쑥 솟아나왔다. 다소 조악한 연출이었으나, 아이들은 손뼉을 치며 좋아했다.

여배우가 검게 칠해진 입술을 열어 말했다.

"나는 숲의 마녀 헨리에타. 당신은 어째서 이 숲을 지나려 하시나요?"

"반년 전 나의 주군인 레오 폐하께서 자객에게 당하셨소. 왕국의 마법사들이 모두 매달린 끝에 독의 정체가 독룡 크레니우스의 것임을 알아냈는데, 그 독을 해독하기 위해서는 독룡 크레니우스의 피가 필요하오. 그러니 내가 독룡을 잡도록 이 숲을 지나게 해 주시오."

기사의 말을 묵묵히 듣던 마녀가 다시 입을 열었다.

"하지만 이 숲은 당신에게 너무 위험해요. 더군다나 크레니우스라니, 한낱 인간에 불과한 당신이 그 마물을 잡을 수 있을 리 없어요."

"그래도 나는 해야만 하오."

"그럼 이렇게 하지요. 당신이 이 숲을 지나도록 허락하지요. 크레니우스를 잡도록 도와주기까지 하겠어요. 대신 당신은, 저와 혼인해야 해요."

"그렇게 하겠소. 당신의 호의에 감사하오."

기사가 조금의 주저도 없이 대답하자, 무대로 내려온 마녀는 그더러 따라오라고 말했다.

숲이 그려져 있던 나무판자의 가운데가 열리자, 두 사람은 그 사이로 자취를 감추었다.

그 모습을 바라보던 발리아는 고개를 돌려 그녀 옆에 앉아 있던 벨하르트와 눈을 맞추었다.

빙긋 웃은 그녀가 속삭였다.

"어쩐지 우리 선조들의 이야기 같지 않나요?"

"그렇군."

벨하르트는 무슨 생각을 하는지 모를 얼굴로 대답했다. 그러나 벨하르트의 입에서 부인하는 말이 나오지 않자, 발리아의 미소는 환해졌다.

멀리서 그 모습을 지켜보던 지엔 또한 주먹을 쥐며 쾌재를 불렀다.

'역시, 하늘도 발리아 님과 벨하르트를 이어 줄 생각이신 게 분명해! 그렇지 않으면 어떻게 딱 이 타이밍에 이런 공연을 할 수 있겠어?'

과연 지엔이 보기에도 기사 발두르와 마녀 헨리에타의 전설은 벨하르트와 발리아의 선조들의 이야기와 꽤 비슷해 보였다.

이제 발두르와 헨리에타가 행복한 결말을 맞기만 한다면 벨하르트와 발리아 또한 그 모습을 보며 우리도 저렇게 행복하게 살자고 약속할 테고, 그렇게 되면 일은 끝난다.

그러나 연극은 지엔이 생각했던 것과는 영 다른 방향으로 흘러가기 시작했다.

왕이 깨어나 기쁨에 물드는 것도 잠시, 공주와 차를 단둘이 차를 마시던 발두르가 벌컥 피를 뱉어 냈다. 그 모습을 본 지엔의 얼굴은 굳어졌다.

테이블 아래에서 쓰러진 몸을 벌벌 떨던 발두르가 외쳤다.

"공주……! 어째서 제게 이런 짓을…… 커헉."

"흥! 부왕 폐하에게 자객을 보낸 것은 다름 아닌 나였다. 무능한 아버지를 밀어내고 내가 왕이 되기 위해!"

"그럴 수가! 커흐흑."

"그리고 너는 방금 네 입으로 네가 북쪽 숲의 마녀와 결혼을 약속한 사이임을 털어놓았지. 너를 인질로 삼아 마녀를 잡겠다. 마녀가 죽으면 우리는 북부를 자유롭게 오갈 수 있게 되겠지. 그럼 북부에서 나는 마석은 전부 우리 것이다! 왕국은 내 대에서 크게 발전할 것이야."

흔하기 짝이 없던 전설은 갑자기 피가 튀는 정쟁물로 변했다. 지엔은 머리를 부여잡고 속으로 외쳤다.

'도대체 뭐야, 이게!?'

그때 발두르의 위기를 감지한 헨리에타가 무대 위에 나타나 발두르와 공주 사이를 가로막았다. 이제 기사는 마녀와 공주 사이에 끼어 선택을 종용당하는 처지에 있었다.

약속을 지켜 마녀와 함께 떠날 것인가, 아니면 공주가 자신을 인질로 잡고 마녀를 죽이는 모습을 그저 바라볼 것인가?

긴장감 넘치는 클라이막스에 지켜보던 관객들 모두의 눈이 커졌다. 무료한 얼굴을 하고 있는 것은 단 하나, 벨하르트뿐이었다.

그는 팔걸이에 팔꿈치를 올리고 턱을 괴며 생각했다.

'어째서 공주를 택하지 않는 거지? 이해할 수 없군. 마녀를 따른다면 그가 얻는 것은 약속을 지켰다는 떳떳함밖에 없는데.'

그의 눈살이 지그시 찌푸려졌다.

'결국에는 감정. 또 감정의 문제로군.'

그의 표정이 마음에 안 든다는 듯 변했다.

그때, 무대 위의 남배우가 검을 들어 자신의 가슴에 꽂아 넣었다.

물론 누르면 날이 접히도록 되어 있는 소품일 뿐이었으나 미리 준비해 둔 가짜 피가 흐르자 제법 그럴듯했다. 관객들 사이에서도 비명이 터졌다.

결국, 기사는 개인 간의 신의와 왕국에 대한 충정 사이에서 어느 쪽도 택하지 못하고 스스로 죽는 편을 택한 것이다.

그 가운데 벨하르트의 눈살이 다시금 찌푸려졌다. 실제로 이런 식으로 숨을 끊어 죽은 자를 알고 있는 그에게는 이런 연극 따위, 현실에 비할 바 없는 시시한 촌극일 뿐이었다.

그러나 그의 지루함과는 상관없이, 무대 위에서는 마녀가 기사를 끌어안고 통곡했다.

"어째서……! 당신, 나와 약속했잖아요!"

"멍청한…… 멍청한 기사 같으니라고. 당신은 나와 함께 이 왕국의 번영을 지켜볼 수 있었어! 당신은 순순히 협조하기만 하면 됐는데."

"저럴 수가."

그 모습을 지켜보던 발리아의 눈가에도 눈물이 가득 고였다. 심드렁히 고개를 돌린 벨하르트는 문득 터져 나오는 외침을 듣고 다시 고개를 들었다. 무대를 보는 그의 눈이 처음으로 커졌다.

보자기를 뒤집어서서 간신히 얼굴과 머리카락을 가렸을 뿐, 익히 알아 온 하녀가 무대 위에 올라섰다.

예상치 못한 일에 배우들도 악단도 관객도 전부 굳어 버렸다. 바이올린 연주자가 활을 실수로 잘못 그어 지잉하고 비명 같은 소리를 냈다.

그 가운데 난데없는 난입자, 지엔은 검지를 치켜들어 기사를 가리켰다.

"잠깐! 잠깐 멈춰 봐요! 그 기사는…… 발, 발라드 경은 아직 죽지 않았어요!"

"예?"

당황한 듯 묻는 마녀에게 지엔이 열성적으로 외쳤다.

"발라드 경은 죽지 않았어요! 죽은 척을 하고 있을 뿐! 이것 봐요!"

그러더니 성큼성큼 무대 중앙으로 걸어간 그녀는 죽은 척하고 있던 발두르, 아니, 남배우의 멱살을 덥석 들어 올렸다.

얼떨결에 멱살이 잡혀 끌어올려 진 남배우는 애써 신음을 삼켰다.

'무슨 힘이……!'

그는 배우 정신 때문에라도 계속 죽은 척을 하려 했지만, 멱살을 잡혀 흔들리자 도리가 없었다. 결국 남배우가 콜록대며 숨을 터트리자, 그를 다시 내려놓은 지엔이 외쳤다.

"이것 보셨죠! 여러분! 발라드 경은 살아 있습니다! 죽지 않았어요!"

그러더니 그녀는 아직도 멍하니 앉아 있던 마녀 역할의 배우에게 남배우를 떠안겼다.

"자, 그러니 어서 데리고 도망치세요! 결혼식도 꼭 올리셔야 합니다! 기왕이면 지금 당장!"

듣도 보도 못한 개판에 극단 모두의 얼굴이 썩어들어 갔다.

그러나 다행히 관객들의 반응은 아주 좋았다. 다들 재미있다며, 더해 보라며 지엔을 향해 환호성을 내질렀다.

사실 기사 발두르와 마녀 헨리에타는 꽤 오래되고 인기 있는 레퍼토리였기 때문에, 이 마을의 주민들은 같은 내용의 연극을 적어도 수십 번은 보았다.

이번에도 내용을 다 알지만 할 게 없으니 그냥 보던 중 갑자기 나타난 괴한이 연극 내용을 바꿔 버리니, 그들로서는 이편이 더 신날 수밖에.

결국 분을 못 이긴 마녀 역할의 여배우가 연기를 잊고 버럭 소리를 질렀다.

"살아 있는 게 당연하지! 이건 연극이니까! 그리고 발라드 경이 아니라 발두르 경이거든?! 아니, 그게 아니라."

자리에서 벌떡 일어난 그녀가 지엔을 손가락질하며 외쳤다.

"얘, 너 대체 누구야!"

지엔은 늘 그렇듯 이번에도 한 치의 망설임도, 부끄러움도 없이 당당하게 외쳤다.

"사랑의 요정입니다! 이 관객들 중에 섞여 있는 어느 커플의 꿈과 희망을 깰 수 없어 이 자리에 나서게 되었습니다."

"뭐, 뭐라고?!"

"참고로 저의 원래 활동 지역은 남부의 어느 한 백작령! 여기에는 방문 출장 나온 것뿐이니, 다시 볼 거란 기대는 말아 주세요."

"누가 그런 거 기대하기나 한대?!"

여배우가 버럭 외치거나 말거나, 지엔은 적잖이 만족했다. 객석에 있는 벨하르트와 발리아를 힐끗 본 그녀가 뿌듯하게 미소 지었다.

'어쨌건 행복한 결말을 지켰어.'

아니, 적어도 불행한 결말로 끝맺지는 않았다.

지엔으로서는 두 사람이 지켜보는 가운데 두 사람의 이야기와 비슷한 연극을 나쁜 결말로 만들지 않았다는 것만 해도 대단한 수확이었다.

적어도 연극이 끝나고 두 사람의 분위기가 어두워질 걱정은 없었으니까.

'희생된 극단에겐 죄송하지만, 운수가 없는 날이었구나 생각하고 넘어가 주십쇼.'

그렇게 생각하며 지엔은 여전히 씩씩대는 여배우에게 슬쩍 돈주머니를 건넸다. 뭐라고 외치려다 말고, 돈주머니를 열어 본 여배우의 얼굴이 다시 환해졌다.

이윽고 그녀는 지엔을 향해 손을 내밀었다.

그녀와 손을 맞잡고 악수를 나누며 지엔은 다시 생각했다.

'좋게 넘어갈 수 없다면 돈으로 넘기면 되는 일이고.'

사실 저 주머니에는 지엔이 황궁에서 번 돈의 거의 절반 가까이가 들어 있었다. 그럼에도 지엔은 오늘 일을 후회하지 않았다.

벨하르트와 발리아가 잘 되기만 한다면 돈쯤이야 전 재산을 써도 뭐가 아까우랴!

'아니, 전 재산은 좀 아까우려나.'

그런 생각을 하던 지엔은 객석 쪽에서 자신을 뚫어져라 응시하는 시선을 느끼고 고개를 들었다. 물론 객석 대부분이 자신을 황당하게 바라보기는 했으나, 방금의 시선은 조금 달랐다.

그리고 누군가와 눈이 마주친 지엔은 얼굴을 사악 굳혔다.

'이게 대체 어떻게 된 일이야.'

생각도 전에 발이 먼저 움직였다. 황급히 몸을 돌린 지엔은 난입을 막기 위해 상당히 높이가 있는 무대 아래로 단숨에 뛰어내렸다.

그 날랜 몸동작을 본 여배우가 흠칫 놀랐다.

'참, 그러고 보면 아까도 계단 따위를 밟지 않고 한 번에 올라왔지.'

그렇게 생각한 그녀가 다른 손에 돈주머니를 옮겨 쥐고 손나팔을 만들며 외쳤다.

"너! 아니, 당신! 성함이 어떻게 되세요? 우리가 후원자에게는 우리 극단 마차에 이름을 새겨 주고 있는데……."

그러다 손을 내린 그녀가 중얼거렸다.

"어머, 벌써 갔네."

한편, 지엔이 등장하는 그 순간부터 무대 위를 멍하니 지켜보고 있던 발리아는 고개를 숙이며 웃음을 터트렸다. 눈꼬리에 맺힌 눈물을 살짝 닦아 낸 그녀가 벨하르트를 향해 말했다.

"하하! 지엔은 정말, 어쩌면 저렇게나 엉뚱한 걸까요."

발리아는 자신들의 이야기를 떠올리게 했던 기사 발두르와 마녀 헨리에타의 사랑이 비극으로 끝나가자 내심 기분이 좋지 않았다.

그러던 와중, 어디선가 바람처럼 나타난 지엔이 갑자기 무대를 뒤엎고 연극의 결말을 바꿔 버렸다. 마치 그녀의 마음을 읽기라도 한 것처럼.

다시 떠올려봐도 유쾌한 기분에 발리아는 웃음을 그치지 못했다. 그러다 누군가 부른다 싶어 뒤를 돌아보니, 스스로 빛을 내는 것 같은 남자가 서서 이쪽을 내려다보고 있었다.

"칼리스 님?"

"이야, 왠지 이 주변만 밝다 싶어 와 봤더니, 역시 발리아 영애였군. 벨, 너도 같이 있었구나."

누가 누구한테 해야 할지 모를 말을 지껄인 칼리스가 벨하르트를 향해서도 인사를 건넸다. 그런데 벨하르트는 대답 대신 바닥을 물끄러미 응시하기만 했다.

그 모습을 본 발리아와 칼리스는 일제히 의아해졌다. 칼리스가 생각했다.

'아무리 무뚝뚝한 녀석이라도 인사를 안 받지는 않는데?'

그리고 그가 다시 말했다.

"이봐, 벨. 벨하르트?"

"큭."

갑자기 작게 새어 나온 웃음소리에 칼리스와 발리아는 의아하게 서로를 돌아보았다. 물론 웃음소리의 출처가 서로일 거라 생각해서 한 행동이었다.

둘 중 아무도 더는 웃지 않는다는 것을 확인한 그들은 굳어진 얼굴로 벨하르트를 돌아보았다. 설마…….

"하, 하하."

벨하르트가 고개를 돌리며 기침 같은 웃음소리를 내뱉었다. 분명 작은 웃음이기는 했으나, 모두를 경악에 몰아넣기에는 충분했다.

벨하르트를 멍하니 쳐다보던 칼리스가 두 손을 들며 한 걸음 물러났다. 그가 고개를 절레절레 내저으며 말했다.

"난 갈래. 나세르 녀석도 그러더니, 벨 너마저 상태가…… 물론 지엔의 행동이 꽤 웃겼던 건 인정하겠지만 말이야, 그래도 반응이 너무 이상하다고. 너희."

그러자 씻은 듯 웃음을 멈춘 벨하르트가 칼리스를 향해 고개를 돌렸다. 그가 언제 웃었냐는 듯 차가운 목소리로 물었다.

"나세르 공자와 같이 있었나?"

"응. 그 녀석의 반응에 대해 말했었나? 내가 지엔의 '사랑의 요정' 타령에 숨넘어갈 듯 웃다가 네 하녀 정말 웃기지 않냐고 말하는데, 정작 그 녀석은 웃지도 않고 돌아보니 엄청 창백한 표정이더라고. 그러더니 갑자기 날 향해서 '지엔? 저자가 지엔이라고?' 하고 묻지 뭐야. 아니, 보자기 하나 뒤집어썼다고 자기 하녀를 못 알아봐?"

태연하게 지껄이는 칼리스에게 벨하르트가 미간을 찌푸리며 물었다.

"지금은 어디에 있지?"

"내가 저 '사랑의 요정'이란 자는 지엔이 확실하다고 했더니, 그대로 일어나서 달려가 버렸어. 어쩌면 지엔도 그와 비슷할 때쯤 사라졌으니, 지엔을 쫓아간 걸지도 모르지."

"……."

대답을 들은 벨하르트는 아무 말도 하지 않고 고개를 숙이며 생각에 잠겼다.

칼리스는 의아해하며 그를 쳐다보았다. 한편, 그들 곁에서 발리아 또한 어쩐지 불안한 눈으로 벨하르트를 응시했다.

세 사람의 위로 붉은 해가 뉘엿뉘엿 지고 있었다.

*　　*　　*

지엔의 귀 양옆으로 쐐기 같은 바람이 스쳤다. 그녀가 무척 빠른 속도로 내달리고 있다는 증거였다. 그러나 그녀를 뒤쫓는 사람 역시 만만치 않은 속도로 그녀를 따라잡고 있었다.

'망했다! 망했어!'

짐을 짊어진 사내와 부딪힐 뻔한 것을 아슬아슬하게 피하고 모퉁이를 돌며 지엔이 중얼거렸다.

'왜 하필 그곳에……!'

벨하르트와 발리아의 동향을 파악하는 데 온 신경을 집중하느라고, 지엔은 평소라면 당연히 알아챘을 사람의 존재를 눈치채지 못했다.

그런 지엔의 등 뒤에서 외침이 날아왔다.

"지엔! 사랑의 요정! 담요 괴물! ……뭐가 됐든 간에 잠시만! 잠시만 시간을 내줘라."

물론 그런다고 멈출 지엔이 아니었다. 오히려 더욱 속도를 높이는 그녀의 뒤에서 다시 외침이 날아왔다.

"해가 되는 일을 하지 않겠다고 맹세하겠다! 그러니 제발, 잠시만!"

지엔은 그렇게 외치는 나세르의 목소리에 일말의 간절함마저 담겨 있다고 느꼈다. 멈추는 대가로 무릎을 꿇으라고 말하면 정말로 꿇을 기세였다.

거기까지 생각한 지엔은 재빨리 고개를 내저었다.

'말도 안 돼, 공자님이 담요 괴물을 미워했지, 매달리고, 애원할 필요가 뭐가 있겠어?'

그리고 숨을 헐떡이며 잠시 멈춰 선 그녀는 주변을 둘러보았다.

어느새 두 사람은 마을 외곽까지 나와 있었다. 눈앞 언덕 위에 거대한 나무 한 그루가 솟아 있는 것을 제외하면 나머지는 온통 황무지였다.

그 너머에 있는 것이라고는 북쪽 경계뿐. 번득이는 황혼 아래로 그것을 확인한 지엔의 얼굴이 굳어졌다.

'어쩌지? 아무리 나세르 님을 피하고 싶어도 북쪽 경계까지 넘을 수는 없고.'

고민에 빠져 있느라, 지엔은 그 틈에 다가온 손이 담요 끝을 붙드는 것을 눈치채지 못했다. 순간 인기척을 느끼고 휙 고개를 돌린 지엔의 얼굴이 경악에 물들었다.

'어느새!'

지엔은 저택에서의 달리기 시합을 떠올리며, 자신이 절대로 잡힐 리는 없다고 조금은 마음을 놓고 있었다.

그러나 지엔은 나세르의 한 가지 변화를 간과했다.

'마나!'

그때와는 달리 마나를 사용한 거구나. 지엔의 얼굴이 초조하게 굳었다.

'어째서 그 점을 생각하지 못했을까?'

그러나 깨달음은 이미 늦어 있었다. 머리카락과 얼굴 반절을 가리고 있던 담요가 사라지자, 지엔의 긴 갈색 머리카락이 바람에 나부꼈다.

춤추듯 나부끼는 머리카락 사이로 지엔과 나세르의 시선이 마주쳤다.

지엔을 붙들고 거친 숨을 내쉬는 나세르의 이마와 턱에 온통 땀이 맺혀 있었다. 그도 지엔 못지않게 필사적으로 달렸다는 증거였다.

자신을 바라보는 그의 절박한 표정을 본 순간, 지엔은 생각하고 말았다.

'역시 이상해.'

이상하잖아.

'왜 나를?'

왜 담요 괴물, 사랑의 요정 따위를 이렇게나 필사적으로 쫓아온 걸까? 자신이 그와 만났던 시간은 고작 두어 주 남짓, 한 일이라고는 밤에 만나 이야기 좀 나눈 것이 다였을 텐데.

그 외에는, 음. 본의 아니게 연애 훼방 놓기?

'그런데 왜 이렇게까지?'

지엔은 문득 그가 붙들고 있는 자신의 팔꿈치를 내려다보았다. 거친 추격전과는 영 딴판으로 잡으면 사라지기라도 할 것처럼, 조심스럽게 붙잡고 있는 손끝이 영 낯설었다.

'왜 담요 괴물 따위를 이렇게 조심스럽게……?'

여전히 의문을 떠올리는 지엔을 나세르가 초점 없는 눈으로 바라보았다.

'담요 괴물. 아니, 지엔.'

그는 속으로만 멍하니 읊조렸다.

그녀를 처음 만났던 브리지트 저택의 분수대 앞에서부터 이곳 북부까지, 그녀의 정체를 파헤치기 위해 실로 먼 길을 돌아온 셈이었다.

실로 뜻하지 않은 곳에서 진실을 목도한 그는 말로 할 수 없을 만큼 벅찬 감정에 사로잡혔다.

'너를 꼭 다시 찾고 싶었다. 내가 자유로워졌음을 다시 한 번 일깨워 준 너를, 그러니 지난 사랑에 얽매이지 말고 누구든 다시 사랑하면 된다고 말해 준 너를. 나를……'

담요 끝을 붙든 그의 손이 파르르 떨렸다.

'그날, 죽을 수도 있었던 나를 위험을 무릅쓰고 구해 준 너를.'

그때부터 나는 너를, 사랑하고 있었노라고.

나세르가 지금까지 지엔에 대한 자신의 마음을 충분히 자각하고, 또 칼리스의 수작에 일일이 날을 세우면서도 아직까지 고백하지 못했던 것은, 담요 괴물이 지엔과 동일 인물임을 제대로 확인하지 못했기 때문이었다.

자신이 지엔을 사랑하게 된 것은, 분명히 절반 정도는 그녀가 담요 괴물과 닮았다는 사실에서 기인했음을 스스로 알고 있었기 때문에.

그러나 그 황당함, 그 행동력, 그 의지력. 그런 사람이 도대체 어떻게 하늘 아래 둘이나 있겠는가?

그리고 마침내 그것이 사실로 밝혀진 지금, 타는 듯한 석양빛 아래에서 나세르는 그보다 더 타는 듯한 심정으로 토해 냈다.

글자 하나마다 곧 흘러넘칠 것만 같은 감정을 눌러 담아.

"지엔."

불어온 바람에 그의 백금색 머리카락이 흩날렸다.

"좋아한다."

기다렸다는 듯 우수수 쏟아져 내리는 나뭇잎 속에서, 지엔은 일순 멍한 표정을 지었다.

'뭐라고?'

다음으로 지엔이 떠올린 생각은 웬일로 지엔답지 않은, 그러니까 몹시 상식적인 생각이었다.

'내가 잘못 들은 게 분명해. 공자님이 방금 하신 말씀은 아마 '죽인다' 정도였을 거야. 암, 틀림없어.'

세상 어떤 주인이 밤마다 담요를 뒤집어쓰고 찾아와 괴상쩍은 말만 하던 괴인의 정체가 자기 하녀란 것을 알았는데(지엔 자신도 도움이 안 되었다는 자각 정도는 있었다) 경을 치기는커녕 고백을 한단 말인가? 아무리 취향이 이상해도 정도라는 게 있었다.

'게다가 말하자면 공자님의 취향은 꽤 대중적인 편……'

비너스를 쓰기 전부터도 인기가 많았던 엘레노어를 떠올린 지엔의 눈이 게슴츠레해졌다.

'그래, 잘못 들은 게 분명해.'

그러기가 무섭게 나세르가 그녀의 마음을 읽은 것처럼 말했다.

"지엔, 좋아한다."

'망할! 잘못 들은 게 아니었잖아!'

지엔은 반사적으로 그에게서 몇 걸음 뒤로 물러났다.

조금 떨어져서 바라보니 나세르의 표정은 더욱 애절하고 절박했으며, 또한 서사시에서 사랑을 고백하는 기사처럼 아름다웠다.

하지만 지엔에게는 여전히 악몽 그 자체였다. 그녀가 두 손으로 머리를 부여잡으며 중얼거렸다.

"왜……."

지엔의 중얼거림에 나세르가 멍하니 대답했다.

"왜?"

"도대체 어떻게 하면…… 담요를 뒤집어쓴 사람한테 사랑에 빠질 수가 있어요?"

잠시 침묵이 흘렀다. 이윽고, 나세르가 억울하다는 표정을 지으며 대답했다.

"내가 널 사랑하게 된 건 네가 담요를 뒤집어썼기 때문이 아니라, 네가 담요를 쓰고 내게 해 줬던 행동과 말들 때문이다. 그리고."

잠시 숨을 고른 나세르가 말을 이었다.

"내가 하루 만에 사랑에 빠졌다고 했을 때도, 이상하지 않다고 말해 준 건 너였잖나."

"그건…… 그때고."

"이봐."

그 무책임한 대답에 인상을 쓴 나세르가 손을 들어 미간을 꾹꾹 눌렀다.

물론 지엔에 대해 조금이라도 아는 사람이라면 그녀에게 '공자 님……!' 하고 외치며 감동한 표정으로 품에 달려와 안긴다거나, 하 다못해 '안 돼요! 공자님과 저는…… 이루어질 수 없는걸요?' 같은 진지한 반응은 기대하지 않을 것이다.

그래도 그렇지 이런 무책임한 대답이라니.

'그래도 대답도 하지 않고 달아나는 것보다는 낫나.'

앞선 엘레노어의 일을 통해, 어디까지나 먼저 반한 사람이 진다 는 것을 알고 있는 나세르는 팔짱을 끼며 기다렸다.

다른 점이 있다면, 엘레노어 때는 다른 사람을 찾으면 된다는 지 엔의 말에 곧바로 마음을 추스르고 다시 일어설 수 있었지만, 이번 에는 지엔 외의 다른 사람을 좋아하게 되는 것이 상상조차 되지 않 는다는 점이었다.

그렇게 나세르가 대답을 기다리는 동안, 혼란에 빠진 지엔의 표 정은 시시각각 변화를 거듭했다.

'왜지? 왜 나세르 공자님이 나한테 반했지? 다른 사람도 아니고 하필 나한테? 왜?'

지엔 본인 또한 일주일에 한 명씩 운명의 상대를 바꿀 정도로 남 에게 반하는 이유가 딱히 없긴 했으나, 그럼에도 역시 나세르가 자신에게 반하게 된 것은 이상했다.

한참이나 고민에 빠져 있던 그녀의 머릿속에 마침내 그럴듯한 이유가 떠올랐다.

'전생의 제약!'

지엔의 얼굴이 딱딱하게 굳었다.

'맞아, 나세르 공자님이 짓지 말아야 할 죄는 '검으로 남을 해치지 않을 것'. 여기에 내 전생의 행동을 들어 더 자세히 하자면, '여자를 얻기 위해 검으로 남을 해치지 않을 것'이겠지. 그렇다면 나세르 공자님은 벌써 무투 대회 때 그 일을 저지른 게 돼.'

그렇다면 그는 브리지트 저택에 돌아올 당시에 이미 전생의 제약을 어긴 상태.

따라서 그가 담요를 뒤집어쓴 괴상한 모습의 자신에게 사랑에 빠진 건 그리 이상한 일이 아니었다. 아니, 사실상 그녀가 뒤집어쓴 것이 담요였는지 푸대 자루였는지 따위는 중요하지도 않았을 것이다.

거기까지 생각한 지엔은 참담한 심정을 억누르지 못하고 자기도 모르게 신음했다.

"맙소사……."

이미 여러 번 한 생각이긴 했지만, 새삼 다시 생각하지 않을 수 없었다.

'전생의 나는 정말로, 정말로 치밀한 개자식이구나.'

전생의 기억을 떠올릴수록, 지엔은 어쩔 수 없이 적개심을 키워 갈 수밖에 없었다. 그것은 꼭 전생의 자신이 이루 말할 수 없는 쓰레기이기 때문만은 아니었다.

'더 큰 문제는, 현생에서 내가 나세르 님과 칼리스 님과 제법 친······ 가까워졌다는 거야.'

어쨌건 지엔은 나세르와 칼리스와 함께 적잖은 시간 동안 여행하면서 그들의 개인사를 알았고, 그들이 어떤 사람인지를 알게 되었다.

그녀가 자신의 강철 심장을 벨하르트에게 줘 버리고 그 자리를 인간의 심장으로 채우면서, 누군가를 사랑할 수 있는 마음과 함께 또 하나 돌려받게 된 것이 있었다.

연민.

'사악하고 위대한 존재로 태어나 정체가 밝혀지면 고립될 수밖에 없는 나를 가엾게 여겨 헤카테를 데리고 와 줬던 건 오웬이었지.'

그의 연민이, 자비가 없었다면 지엔이 지금처럼 평범한, 적어도 사악하지는 않은 사람으로 자라날 수 있었을까?

그것만은 스스로도 의문이었지만, 어쨌건 지엔은 자신이 받은 연민에 따라 남을 연민할 줄도 아는 사람으로 자랐다.

현생의 나세르와 칼리스와 친해지면 친해질수록, 지엔은 전생의 자신이 증오스러워졌고, 꼭 그만큼.

'벨하르트가 꺼림칙해져.'

전생의 자신과 똑같은 짓을 발리아에게 하는 벨하르트를 보노라면, 정말이지 멱살을 잡고 무슨 말이든 퍼붓고 싶어져 견딜 수가 없어졌다. 지금까지 지엔의 목숨을 부지시켜 준 건 단지 압도적인 신분 차와, 아직 붙들고 있는 정신줄뿐이었다.

'하지만······ 현생의 벨하르트보다도 저들에게 심한 짓을 한 건 나야.'

심지어 전생으로도 모자라, 현생에서도 저들의 마음을 놔 주지 않으려 하다니.

지엔은 아주 깊은 어둠 속에서 세 사람의 심장을 옥죈 쇠사슬 끝을 쥐고 웃는 남자의 얼굴을 눈앞에 그리듯이 떠올릴 수 있었다.

아주 차갑고 미려한 그 남자의 얼굴을.

갑자기 창백해진 얼굴로 휘청이는 지엔을 나세르가 걱정스럽게 불렀다.

"지엔?"

"아, 공자님. 죄송해요. 잠시 다른 생각을."

"안색이 좋지 않은데."

걱정스러운 듯 뻗는 나세르의 손을 지엔은 저도 모르게 탁 소리 나게 내쳤다.

나세르의 눈이 커지는 찰나, 지엔은 다급하게 내뱉었다.

"공자님, 저는."

나세르도 덩달아 심각해진 얼굴로 대답했다.

"말해라, 지엔."

"공자님을 사랑하지 않아요. 그리고, 공자님을 사랑할 수도 없어요."

지엔의 말을 들은 나세르의 얼굴이 의아하게 변했다.

'사랑하지 않는다'고 말할 때 죄진 듯 일그러지던 지엔의 표정은, '사랑할 수 없다'고 말할 때는 도리어 단단해졌다. 어떤 흔들림 없는 의지를 품은 듯이.

'설령 사랑할 수 있다고 해도 사랑하지 않겠다'고 그토록 당당히

고하는 지엔을 보며, 나세르의 얼굴이 멍해졌다.

그가 물었다.

"그건…… 왜지?"

"나세르 님이 제가 담요를 뒤집어썼다는 이유로 저를 사랑하게 된 것처럼, 제가 나세르 님을 사랑하지 못하는 이유도 꼭 그럴듯한 것이어야 할 필요는 없죠."

"아니, 나는 네가 담요를 입었다는 이유로 널 사랑하는 게 아니다. 나는…… 하아."

골치 아프다는 표정으로 미간을 짚은 나세르가 다시 고개를 들었다.

그가 흔들림 없는 눈으로 지엔을 보며 말했다.

"지엔."

두 사람의 시선이 허공에서 맞부딪혔다. 누구 하나 먼저 물러나려 하지 않았다.

지엔이 담담히 말했다.

"말씀하세요."

"네가 날 사랑할 수 없는 이유가 내 신분이나, 내 작위 때문이라면…… 내가 얻거나 바꿀 수 있는 거라면. 무조건 거절하는 대신 그냥 그걸 말해 줬으면 한다. 아무리 미약한 가능성이라 할지라도."

"그런 게 아니에요."

"하지만 그렇다고 해도."

단호한 지엔의 말에도 눈 하나 깜짝하지 않고 나세르가 말을 이었다.

"나는 너를 계속 사랑할 수밖에 없다. 그러니, 내게 그런 말을 하는 건 무의미해."

애써 평온을 가장하고 있던 지엔의 표정이 무너졌다. 나세르를 일그러진 눈으로 보던 그녀가 다시 말했다.

"왜요, 공자님? 엘레노어 때는 분명히 마음이 바뀌었잖아요. 그런데 사람 마음이 다시 바뀌지 않는다고 어떻게 확신할 수……."

그때 나세르가 지엔의 말을 끊었다.

"알 수 있다."

단호한 말투와는 달리, 호수 표면의 물결처럼 잔잔한 미소와 함께 그가 말을 이었다.

"네가 이유를 설명할 수 없지만 나를 사랑할 수 없다고 말한 것처럼, 나도 이유를 설명할 수는 없지만 알 수 있다. 내 마음이 바뀌지 않을 거라고. 이번만큼은 절대로."

지엔은 나세르에게 대답하는 대신 그의 뒤 허공을 노려보았다. 온통 붉게 깔린 황혼이 악마처럼 번득이고 있었다.

'아니.'

마침내 지엔은 중얼거렸다.

'공자님은 아무것도 몰라요.'

당신의 뒤에서 쇠사슬을 들고 당신의 심장을 노리는 그림자를.

전생에 이어 현생까지 당신을 속박하고자 하는 자의 끝모르는 탐욕을.

지엔은 안타까운 표정을 숨김없이 내보이며 말했다.

"공자님, 그냥 거기에 그대로 계세요. 빛나고 아름다운 세계에.

이전의 세계보다는 그 세계가 당신에게 더 어울려요."

비록 그것이 현생이 아니라 전생을 말할지언정, 지엔은 진심이었다.

그렇게 말하며 얼굴을 일그러뜨리는 지엔의 손등을 붙잡고, 나세르는 입술을 떨어뜨렸다.

한낱 하녀 따위가 아니라 연인에게 하듯, 혹은 신도가 신에게 그러하듯, 몹시도 정중하고 경건하게.

흡사 과거, 빛나는 연회장의 테라스로부터 훌쩍 뛰어내려 지엔이 있던 정원의 흙바닥 위에 섰을 때처럼.

지엔의 손등에서 입술을 뗀 그가 다시 고개를 들며 부드러운 목소리로 말했다.

"그런 건 상관없다. 어차피 네가 없으면 빛나지도 아름답지도 않아."

"……."

"너에게 무엇이든 해 주겠다. 너를 사랑하지 않는 것을 제외하고는, 무엇이든."

그러니, 내가 그냥 너를 사랑하게 해 줘.

나세르의 마지막 말에 지엔의 얼굴이 다시금 일그러졌다.

*   *   *

'우와.'

빠른 움직임으로 자리에서 벗어나며, 세실은 붉어진 뺨을 감추지 못했다.

아무리 개인적인 소망과 욕구 모두를 철저히 지우고 살아가기를 종용받는 그림자단의 일원이라고 해도 그 또한 열일곱 소년, 예상치 못한 광경을 만나면 가슴이 뛰었다.

아니, 사실 황실의 명이면 귀족의 침소에도 숨어들어야 하는 그림자단의 특성상 저보다도 낯부끄러운 일은 몇 번이나 보았는데도 불구하고, 세실은 지금까지 보아 왔던 어떤 것보다도 방금 보았던 장면이 더 낯부끄럽게 느껴졌다.

나뭇잎 사이로 기울던 석양빛. 고개를 푹 수그린 지엔과 그 앞에 손 내민 나세르. 하녀와 그가 모시는 도련님. 무거운 진심이 담긴 고백.

세실은 연애 소설 같은 것은 거의 읽어 보지 못했지만, 방금 보았던 장면이 연애 소설에 나오는 것들보다도 더하다는 것은 본능적으로 알았다.

'나세르 공자의 성격상 마음에 없는 말로 하녀를 꾀어내는 짓 따위도 할 리 없고.'

그러니 방금 세실이 들은 말 모두는 온전히 나세르의 진심이 담긴 말이었다는 얘기였다.

으악! 세실은 나세르와 지엔 모두에게 진한 부러움을 느끼는 동시에 절로 오그라드는 손가락을 어쩌지 못했다.

한편 세실과 동행하는 그림자단들 역시도 비슷한 생각을 하며 마구 몸부림치고 있었다.

'젠장! 그림자단 활동을 하면서 진정한 사랑 같은 건 없다고 믿게 된 지가 벌써 10년인데!'

'저런 말을 진심으로 할 수 있는 남자가 있었다니! 기왕 쓰레기일 거라면 예쁜 쓰레기가 낫다며 칼리스 님 팬클럽에 들어간 지가 꽤 됐는데.'

'어떻게 저걸 거절해? 어떻게 저걸 거절해!'

남자고 여자고 반쯤 이성을 잃은 상태였으나, 어쨌건 그들은 임무를 잊지 않고 벨하르트에게 지금까지 보고 들은 것을 상세히 보고하였다.

그나마 연륜으로 침착함을 유지하고 있던 부단장이 그 일을 맡았다.

"아무래도 그 하녀가 대장을 따라다니면서 감시하는 것이 수상하여 저희가 반으로 나뉘어 뒤쫓기 시작했습니다. 더욱 이상한 것은 전에 세실이 보고드렸듯이 탁월한 신체 능력입니다. 도무지 훈련받지 않은 하녀의 것 같지 않더군요. 그리고……."

붉은 귀걸이 너머에서 건조하다 못해 흩어질 것 같이 버석한 목소리가 울렸다.

[나를 뒤쫓고 있는 것은 알고 있었다. 알면서도 내버려 두었다. 그다음은?]

"예?"

[극장에서 나간 하녀를 나세르 공자가 뒤쫓아 나가지 않았나. 그 다음에 일어난 일을 묻고 있는 거다.]

"아, 예. 그것도 알고 계셨군요."

어떻게 무대가 그 개판이 났던 와중에 용케 지엔은 물론이고 나세르의 정황까지 파악할 수 있단 말인가?

자신이 모시는 이에 대한 자부심과 존경심을 느끼는 한편, 부단장은 묘한 위화감을 느꼈다.

어째서인지, 대답을 촉구하는 목소리에서 평소답지 않은 조급함이 느껴지는 것 같은……

부단장은 길게 생각하지 않고 대답했다.

"나세르 공자가 하녀에게 고백을 하였습니다."

[……뭐라고 했나?]

"나세르 공자가 하녀에게 고백을 하였습니다. 그것도 꽤 직접적인 표현으로요. 아무래도 나세르 공자는 하녀의 대답 여하에 따라 지위를 버리고 도망칠 생각도 있는 것으로 보입니다."

부단장은 최대한 담담하게 말하려 노력했으나, 말을 이을수록 저도 모르게 감탄이 섞여 나온 것은 어쩔 수 없었다.

그도 그럴 것이, 변방이라고는 하나 신실한 빛의 신도로서의 입지가 있는 브리지트 백작가 출신.

삼남으로 태어나 사제의 길을 걸었지만 스스로 사제직을 박차고 무투 대회 우승을 거머쥔 불세출의 천재.

이제까지 살아온 인생 중에 무엇 하나 평범한 것이 없는데, 이번에는 사랑을 위해 그 모든 것을 버리기까지 하겠다니.

정말이지 이 정도면, 후대에 서사시의 주인공으로 쓰이기 위해 태어난 사람이 아니냐고 당사자에게 묻고 싶어질 정도였다.

부단장의 동요에도 불구하고 너머에서 흘러나오는 목소리는 지극히도 냉정했다.

[그 하녀의 대답은?]

"거절하더군요."

[왜지?]

"그러게 말입니다. 저희도 그것만은 알아내지 못했습니다. 그저 완고하게 '안 된다'는 말만 계속하더군요."

짧은 침묵 끝에 다시 목소리가 들려왔다.

[수고했다. 허나 쓸데없는 일을 한 것 같군. 사분의 일 정도의 전력만 동원하면 되었을 것을. 하녀의 몸으로 그런 무력을 가지고 있다는 것은 분명 수상한 일이나, 그래 봐야 마나를 사용할 수 없으니 큰 위협이 되지는 못한다. 하녀라는 신분을 지나치게 신경 쓰고 있는 것이 아닌가?]

날카로운 지적에 잠시 눈을 크게 떴던 부단장은 곧 눈을 꾹 내리감으며 말했다.

"그것은…… 제 생각이 짧았습니다. 시정하겠습니다."

[더 나은 모습, 기대하지.]

그 말과 함께 통신이 뚝 끊겼다. 고개를 든 부단장은 어느덧 짙게 물든 하늘을 올려다보며 한숨을 푹 내쉬었다.

당시에는 자신이 최선의 판단을 하고 있다고 생각했지만, 다시 생각해 보니 벨하르트의 말이 지극히 타당했다. 하녀라는 신분을 지나치게 의식하여 '하녀치고' 말이 안 되는 무력을 가지고 있다는 것에 너무 긴장하였다.

그러나 생각해 보면, 훈련을 받지 않은 민간인이 타고난 재능에 의해 그 정도의 무력을 갖는 것은 어려울지언정 불가능한 일은 아니다.

'불세출의 천재여야 하지만.'

그렇게 생각한 단장은 다시금 한숨을 푹 내쉬었다.

'과연 그 도련님에 그 하녀로군. 한쪽은 검 한 번 쥐어 보지도 않은 주제에 사제 신분으로 무투 대회를 우승하고, 다른 쪽은 하녀인 주제에 웬만한 기사 못지않은 실력을 자랑하다니.'

그리고 부단장은 새삼 벨하르트의 침착한 판단력에 감탄했다. 산전수전을 겪고 볼 장 다 본 그림자단조차 한 폭의 대서사시 같은 장면에 넋을 잃었건만, 그토록 침착한 태도라니. 부단장은 젊은 주군에 대한 존경심을 한층 키워나갔다.

그가 벨하르트를 직접 대면하여 보고했더라면 절대로 하지 못했을 생각이었다.

부단장과의 통화를 마친 벨하르트의 금빛 눈에서 불온한 기류가 피어올랐다.

그는 테이블 위에서 밝게 타오르는 초를 흔들림 없는 눈으로 응시했다. 그의 주먹은 굳게 쥐어진 채 펴질 줄을 몰랐다.

그가 마른 입술을 달싹여 중얼거렸다.

"'감정'."

그가 다시 중얼거렸다.

"감정이라."

이윽고 그의 냉막한 얼굴에 짙은 미소가 떠올랐다.

사막의 꽃 같은 미소는 그래서 더욱 아름다웠으나, 보는 사람의 가슴을 서늘하게 식어 내리게 하는 불온한 일면 또한 가지고 있었다.

     *   *   *

 그날 저녁, 숙소로 돌아온 지엔은 주머니 속에서 주먹만 한 묵직한 마석을 꺼내고는 한숨을 푹 내쉬었다.

"맙소사. 아직도 붉은색이야."

이 일이 의미하는 바는 명백하겠지.

지엔은 골치 아파하며 움츠러든 미간을 검지로 꾹꾹 눌렀다.

'나를 죽이고 싶어 하는 자가 이 원정대 안에 있다.'

정말이지 탈영이 절실해지는 순간이었다.

3. 도망자들의 마을

이튿날, 서로 얼굴 제대로 못 보는 이들의 무리에 칼리스와 로아나 다음으로 지엔과 나세르가 포함되었다.

로아나와 칼리스의 경우야 사실 언제나 짜증 내는 로아나를 칼리스가 일방적으로 받아 주거나 혹은 쫓아다니는 구도였고, 그러던 와중 북부의 좋지 않은 생활 환경 때문에 칼리스도 상당히 예민해졌기 때문에 언젠가 저렇게 되리란 걸 모두가 짐작 정도는 하고 있었다.

반면 지엔과 나세르의 경우에는 한쪽이 모난 성격이거나 일방적으로 까탈을 부리지도 않았기에, 모두는 도대체 무슨 일이 있었기에 사이좋던 주종이 저리됐는지 의아해했다.

헤카테 또한 두 사람 간에 흐르는 이상 기류를 감지하자마자 즉시 지엔을 불러들였다.

"또 뭘 하신 겁니까?"

마차 사이의 인적 드문 공간으로 오자마자 온화한 사제의 가면을 싹 벗고 다그치는 그에게, 지엔은 불퉁한 표정으로 대답했다.

"안 했어. 당하기만 했지."

"당신이 나세르 공자에게도 아니고, 나세르 공자가 당신에게요? 그럴 일은 없습니다."

딱 잘라 단정 짓는 헤카테의 태도에 이번에는 지엔도 제법 열이 받았다.

이마에 힘줄이 솟아오른 그녀가 힘껏 반박했다.

"아니야, 헤카테. 이번에는 난 진짜 아무 짓도 안 했다고!"

"불과 어제 유랑 극단의 무대에서 그 난장판을 벌이신 분의 그런 말을 제가 믿으란 겁니까?"

"앗, 헤헤. 봤어?"

살기등등하던 눈빛을 잽싸게 지운 지엔이 멋쩍게 웃었다. 그에 한숨을 푹 내쉰 헤카테가 대꾸했다.

"그 뒤에 나세르 공자가 당신을 쫓아 바깥으로 나가는 것까지는 봤습니다. 저도 어느 정도는 쫓아갔지만, 생각할수록 쫓아갈 일이 아닌 것 같아 결국 중간에 돌아오고 말았지요. 그런데, 대관절 둘 사이에 무슨 일이 있었기에 오늘 이런 분위기가 된 겁니까?"

그 물음에 고개를 툭 떨군 지엔은 우물쭈물하다가 간신히 한 마디 내뱉었다.

"……고백."

헤카테의 움직임이 뚝 멎었다. 태엽이 다 풀린 인형처럼, 한참을 멍하니 서 있던 그가 뒤늦게 정신을 차리고 되물었다.

"방금 뭐라고 했습니까?"

"나세르 공자님이 나한테, 고백했어. 난 거절했고."

"하."

불어온 바람이 나뭇잎을 우수수 떨구었다. 그 속에서 한동안 아무도 입을 열지 않았다.

지엔은 도대체 헤카테가 무슨 반응을 보이려나 싶어 한참 기다렸다.

마침내 헤카테의 입이 열리고, 가장 먼저 튀어나온 첫말은 이것이었다.

"그가 좋아한단 말입니까? 사랑의…… 요정을요?"

"헤카테! 지금 여기에서 이게 왜 나와?!"

지엔은 심각했던 것도 잊고 꽥 소리를 질렀다. 아랑곳하지 않고 고개를 돌린 헤카테는 심각한 얼굴로 계속 말을 이었다.

"그렇군요. 확실히 어렸을 때부터 상당히 오랫동안 속세와 단절되어 지냈으니…… 아직 동심이 남아 있을 수는 있지요. 저처럼 수행을 다닐 신분도 아니었으니까. 그렇다고 해도 사랑의 요정 같은 되도 않는 헛소리를 믿다니, 도대체 얼마나 순수하신 건지."

"헤카테, 그러는 너는 사제인데 '되도 않는' 같은 표현 써도 되는 거냐?"

지엔의 말을 못 들은 척한 헤카테가 꿋꿋이 말을 이었다.

"아무튼 예상치 못한 일인데요. 설마하니 수도의 영애들의 애정

공세에도 꿋꿋하시던 난공불락, 나세르 공자님의 취향이…… 사람이 아니라 요정 쪽이었다니."

"헤카테! 너 언제까지 놀릴 거야?"

지엔이 울상 섞인 목소리로 내뱉자, 그제야 헤카테는 놀란 표정을 지우고는 대꾸했다.

"미안해요. 너무 믿을 수가 없어서 그만."

그리고 평소의 모습으로 돌아온 그가 물었다.

"왜 거절하셨습니까?"

"뭐?"

"왜 거절하셨느냐고요."

"그야 당연히."

지엔은 잠시 망설이다가 대답했다.

"공자님이 나를 좋아하신다고 해도, 내가 공자님을 좋아하지 않으니까. 연애는 서로 좋아해야 하는 거잖아?"

"그걸 아시는 분이 그렇게나 일방적인 고백을 퍼붓고 다니셨습니까?"

"윽, 헤카테. 언제까지 그런 얘기만 할 거야."

투덜대는 지엔을 두고 헤카테는 잠시 턱을 짚으며 고민에 빠졌다.

'고백을 받아들이지 않은 이유가, 자기가 나세르를 좋아하지 않아서라고?'

생각보다 멀쩡한 이유에 놀랐냐고 묻는다면, 물론 그것도 그랬다. 그러나 그보다도 더 헤카테를 놀라게 한 것은, 오랫동안 지엔을 곁에서 지켜봐 온 사람으로서의 위화감이었다.

'지엔은 어렸을 때부터 늘 누군가를 찾고 있는 듯이 굴었어. 마음의 빈 구멍을 채울 누군가를. 그걸 채우는 것은 혼자 힘만으로 안 된다는 것을 이미 알고 있다는 것처럼.'

그렇게 끝없이 타인을 갈구했다.

솔직히 말해서 열몇 살짜리 꼬마애가 일주일 단위로 짝사랑 상대를 바꿔대는 것은 어린 나이이니까 우습게 보였던 것이지, 헤카테처럼 직접 봤다면 우습다느니 그런 말 못 한다.

곁에서 지켜보았던 지엔은 자신의 옆에 있어 줄 상대를 찾는 것에 그토록 맹목적이고 집요했다.

오죽하면 지엔은 제라드가 위험한 인물이란 것이 밝혀지기 전, 그의 수상함에도 불구하고 그의 마음을 받아들이려고까지 했다.

요컨대 지엔은 마음에 드는 사람이 생겨서, 그 사람에게 내줄 자리를 만드는 식이 아니라, 빈자리가 먼저 있고 그 자리에 끼워 맞출 사람을 찾는 식이었다.

즉, 조건은 그렇게 까다롭지 않고 그저 '아무나'면 족했다.

'그런데 왜 나세르는 안 된다는 거지?'

칼리스의 경우야 워낙 미덥지 못한 인물이니 이해했다. 더군다나 수작의 방식이 귀족 도련님이 촌구석 하녀 꼬시는 것 이상은 아니기도 했고(저급하다는 뜻이다), 본인이 워낙 가볍게 말하기도 했거니와 칼리스에게는 지엔 외에도 가볍게 만날 여자가 넘쳐났다.

하지만 나세르는 그런 것도 아니다.

그가 고백을 칼리스처럼 가벼운 말이나 수작 따위로 대신했을

리는 없고, 보나 마나 보는 사람이 다 민망해질 정도로 무거운 마음을 눌러 담은 말만 했겠지.

어차피 마음에 없는 말을 하는 것에는 소질도 없는 남자였다.

애초에 안빈낙도가 꿈인 지엔이 나세르가 작위와 영지를 물려받을 가능성이 거의 없는 삼남이라는 사실이나, 그 외 다른 것 때문에 그를 거절했을 가능성은 없었다.

'그럼, 정말로 좋아하지 않아서인가?'

하지만 헤카테가 아는 지엔이라면 '일단 한 번 사귀어 보고서나 결정하자!' 따위의 생각이나 했을 게 뻔했다.

직장에서 잘릴 것이 무서워 고용주의 아들과 못 사귄다기에는, 그녀는 이미 고용주를 두려워했더라면 결코 못 했을 짓을 너무 많이 했다.

아니, 그보다도. 헤카테는 결국 처음의 생각으로 다시 돌아갔다.

'지엔이 나세르 공자를 좋아하지 않는다고?'

하지만 지엔이 나세르에게 몇 번이나 보여 줬던 그 표정은, 눈빛은 대체 무엇이었나?

헤카테는 지엔이 생각하는 것보다도 더 두 사람의 사이를 관찰할 기회가 자주 있었다.

여행 때도 물론 그랬지만, 사냥 대회 전야의 연회 때도 헤카테는 잠시 참석한 적이 있었다. 비록 간이 결투를 한다며 상주하는 빛의 사제를 찾기에 급히 달려갔었다고는 해도.

그러나 헤카테가 갔을 때 결투는 이미 싱겁게 끝나 있었고, 허탈하게 한숨을 내쉬며 돌아서려던 찰나 보았다. 서로를 보며 웃고 있던 나세르와 지엔의 얼굴을.

지엔의 얼굴에 떠오른 표정은 분명히, 헤카테가 십수 년간이나 함께 하면서도 보지 못한 그것이었다.

왠지 모를 어두운 낯으로 바닥만 보고 있는 지엔을 물끄러미 보던 헤카테가 마침내 입을 뗐다.

"……정말입니까? 정말로 나세르 공자를 좋아하지 않아서."

그는 차분히 말을 이었다.

"곁에 있어 줄 사람을 평생 찾아 헤매 온 당신이지만, 아무리 해도 그만큼은 좋아질 것 같지 않아서. 절대로. 그래서입니까?"

"……."

말없이 듣고 있던 지엔의 눈가가 발그레해졌다. 헤카테는 본능적으로 지엔의 방금 그 말이 거짓말임을 알았다.

손등으로 눈가를 가린 지엔이 대답했다.

"업보."

― 다음 생에 너희가 나와 같은 죄를 저지른다면, 너희는 다음 생에도 내 것이다.

지엔은 입술을 꾹 깨물며 말을 이었다.

"나세르 공자님이 내게 호감을 느끼는 건 전생의 내가 걸어 둔 제약 때문이야. 그런데 내가 나세르 공자님의 고백을 받아들이면, 이번에야말로 나세르 공자님은 전생의 나에게 '완전히' 지는 게 돼."

혜카테가 얼굴을 조금 더 찡그리는 가운데, 지엔이 담담하게 말을 맺었다.

"이미 이번 생에서 다 갚을 수 있을지 없을지도 모르는 은원 관계야. 그런데 여기에 이번 생의 짐까지 얹어 놓고 싶지 않아."

한참 만에 혜카테가 한숨과 함께 입을 열었다.

"그렇습니까."

"그래, 게다가 애초에 그 감정은 나세르 님의 진짜 감정도 아니라고. 나세르 님도 제정신이 드신다면 분명히 제 쪽에서 먼저 없던 일로 해 달라고 하실⋯⋯."

볼멘 목소리로 말을 잇던 지엔은 바스락하는 소리에 표정을 싹 굳혔다. 혜카테 또한 얼굴을 굳히며 고개를 돌렸다.

석상처럼 서 있는 두 사람 앞에 나세르가 마른 풀을 헤치며 나타났다. 마침내 멈춰 선 나세르가 미간을 미미하게 좁히며 물어왔다.

"내 마음이 가짜라고."

"아, 나세르 공자님. 이건, 그러니까 그게⋯⋯."

천하의 지엔마저 당황해서 말을 더듬는 가운데, 혜카테만은 여전히 침착했다.

그가 되물었다.

"어디까지 들으셨습니까?"

"엿들으려고 엿들은 건 아니다. 너와 지엔이 단둘이 사라졌다기에 찾으러 왔다가, 내 감정이 진짜가 아니라는 데부터⋯⋯."

'방금이군.'

혜카테는 담담히 고개를 끄덕였다. 그제야 지엔도 안도의 한숨을 내쉴 수 있었다.

지엔은 주먹을 꾹 움켜쥐며 생각했다.

'전생의 얘기는 나세르 공자님에게 밝히지 않는 편이 나아. 들어 봐야 나처럼 혼란스러워질 뿐일 테니. 하지만……'

정말로 그에게 원망받고 싶지 않은 마음도 이유에 속하지 않는다고 할 수 있을까?

그렇게 생각하며 지엔이 주먹을 꽉 움켜쥐던 그때, 다시 나세르의 말이 들려왔다.

지엔은 고개를 번쩍 들었다.

"내 고백을 거절한 건, 내 마음이 가짜라고 생각해서였나?"

뜻밖에도 나세르는 별로 기분이 나빠 보이지 않았다. 아니, 오히려 조금은 기쁜 듯해 보이기까지 하는 그의 표정에 지엔은 어안이 벙벙해졌다.

그러거나 말거나, 나세르는 확신에 찬 태도로 선뜻 말했다.

"그렇다면 지엔, 증명하겠다."

"네?"

지엔은 떨떠름하게 되물었다. 나세르의 올곧은 푸른 눈이 자신을 응시하자, 지엔은 그만 그대로 도망쳐 버리고 싶어졌다.

그렇게 눈빛만으로 압승을 얻어낸 나세르가 말을 이었다.

"이번 원정에서 증명하겠다. 너에 대한 내 마음이 진심이라는 것을."

"아니, 저기……"

"그러니 너는 이번 원정이 끝나고 나서 답을 주면 된다. 너무 서두르지 않겠다."

'이번 원정이 끝났을 때 제가 살아 있을지도 아직 모르는뎁쇼!'

지엔은 그렇게 외치고 싶은 것을 애써 눌러 참았다.

무엇보다도, 나세르가 저렇게 말하는 것이 실제로는 무엇을 의미하는지 지엔도 잘 알고 있었다.

어떻게든 그녀만은 살려서 돌려보내겠다는 각오. 혹은 살아서 함께 돌아가자는 각오.

'맙소사.'

순식간에 붉어진 귀를 움켜잡는 지엔을 올곧은 눈빛으로 바라보던 나세르가 돌아섰다.

"그럼, 다음부터는 피하지 마라."

나세르가 떠나고 나자 침묵만이 흘렀다.

지엔이 터질 듯 붉어진 두 귀를 가리고 아무 말이 없는 가운데, 나세르가 떠난 자리를 바라보던 헤카테가 작게 소곤거렸다.

"이런 일에 당신보다 저돌적인 사람이 있을 거라고는 상상도 못 했는데요."

"조용히 해, 헤카테."

"이런 상황을 '뿌린 대로 거둔다'고 하나요? 아니면, 단순히 '임자 만났다'?"

"제발 좀, 헤카테."

울 것 같은 얼굴로 지엔이 말했다. 원정은 아직 제대로 시작도 되지 않은 채였다.

잠시 무리에서 사라졌다 한층 밝아진 얼굴로 돌아오는 나세르와 왜인지 얼굴은 물론 귀와 목덜미까지 붉어진 채 돌아오는 지엔, 여전히 담담한 헤카테에게 벨하르트의 시선이 힐끗 닿았다 떨어졌다.

그리고 그는 북쪽 경계의 수문장을 향해 말했다.

"마물의 땅으로 향하는 문을 열어라."

"네! 전하."

제국의 황족 앞이라고 군기가 바짝 든 경비대원들이 잽싸게 대답하고 문에 매달린 밧줄을 끌어 내렸다. 쿠구궁, 하는 웅장한 소리와 함께 거대한 문이 바깥쪽으로 끝까지 밀어 젖혀졌다.

"최근 북부 마물들이 너무 심하게 날뛰는 통에, 저희 왕국에서도 정규 토벌군을 보내지 못한 실정입니다. 아마 평소보다도 더 위험할 겁니다."

"먼 거리를 다녀오려는 게 아니니 그 점은 걱정하지 않아도 된다."

벨하르트의 말에 경비대원들의 표정이 비로소 풀렸다. 아무튼 타국의 황태자와 황태자비 후보가 이런 곳에서 죽었다가는 그들도 제국에 얼굴을 들 면목이 없는 것이다.

북쪽 경계 문 앞에 이르러서야 벨하르트는 가지고 온 마석들을 원정대원들에게 나누어 주었다. 단 나세르와 칼리스는 어째서인지 제외였다.

그 불공평한 처사에 모두가 의아해진 가운데, 벨하르트가 입을 열었다.

"방금 나누어 준 것은 '텔레포트' 마법이 담긴 마석이다. 물론 그렇게 먼 거리를 이동할 수 없기에, 목적지는 이곳으로 해 두었다. 그마저도 마물의 땅 깊숙이에 들어가면 쓸 수 없어질 거다."

벨하르트의 부연 설명에도 불구하고 모두는 경악하며 놀라는 눈치였다.

"텔레포트라면 본래는 마법진은 물론이고 최소 세 명의 마법사가 필요한 고위 마법 아닙니까!"

"그런 것을 이렇게 많은 마석에 담다니, 도대체 언제부터 준비를⋯⋯."

원정대원들의 수군거림을 자르고 벨하르트가 다시 말했다.

"마석에 담겼다고 할지라도 기본적으로 텔레포트라는 마법의 원리는 동일하다. 때문에 발동할 시, 반드시 몸에 지닌 다른 마석이나 아티팩트를 멀리 던져 떨어뜨린 뒤에 발동하도록. 그러지 않으면 미리 지정된 곳과 전혀 다른 곳에 떨어지게 될 거다. 그리고 마기가 유난히 짙은 곳에서도 마석의 마법이 영향을 받을 수 있으니, 사용 시 주의하도록. 알겠나?"

"네!"

"그리고 한 가지 더, 목숨이 경각에 달하면 마석을 사용해 달아나되 남은 자들의 부담이 더욱 커진다는 것을 잊어선 안 된다. 특히, 나세르 폰 브리지트 영식과 칼리스 루디나토 폰 릭서만 영식."

마지막 호명에 모두의 시선이 두 사람을 향해 닿았다.

"두 사람은 각각 빛의 검과 빛의 지팡이를 갖고 있기 때문에 텔레포트 마석을 쓸 수 없다. 그대들이 모두 달아날 경우 최후에 남는 것은 두 사람이라는 것을 알아 두도록. 그리고 두 사람과 함께 빛의 성물 두 개가 여기에서 유실된다면, 제국은 마물들과의 싸움에서 승리를 장담할 수 없게 된다. 그대들이 짊어진 짐의 무게를 알겠지."

벨하르트의 마지막 말에 숨 막힐 듯한 침묵이 흘렀다. 그 가운데, 마른침을 꿀꺽 삼킨 지엔이 중얼거렸다.

'나세르 공자님, 칼리스 공자님……'

빛의 검을 대대로 지킨 브리지트 백작가의 일원으로서는 미안한 말이었지만, 지엔은 빛의 성물의 운명 따위는 눈곱만큼도 관심 없었다.

지엔은 어두워진 얼굴로 손에 담긴 푸른 마석을 내려다보았다.

과연 자신이 이 마석을 쓰지 않고 버틸 수 있을까? 아니, 오히려 초입에 써 버리지나 않으면 다행이었다.

잔뜩 기합이 들어간 원정대원들을 지그시 훑어보던 벨하르트가 이윽고 돌아섰다.

"가지."

그 말에 원정대원들은 일제히 걸음을 옮겼다. 마침내 그들 앞에 광활한 마물의 숲이 불길한 보랏빛 안개와 함께 그 모습을 드러냈다.

본격적인 원정의 시작이었다.

*　　　*　　　*

원정 시작 일주일째, 지엔은 주로 발리아와 칼리스와 동행하고 있었다. 아무리 그래도 하녀에게 공을 기대하는 이들은 별로 없었기에, 지엔은 귀중한 정령사인 발리아와 마법사인 칼리스와 함께 정 가운데에 위치할 수 있었다.

원정대의 진형은 쐐기형으로, 선두를 맡은 것은 물론 로아나였다.

"생각보다는 괜찮네요."

일행을 무심히 쫓아가던 지엔이 꺼낸 한마디에 발리아와 칼리스가 동시에 고개를 돌렸다.

발리아가 해맑은 얼굴로 물었다.

"뭐가? 말 타는 게 말이니?"

"아, 아니요. 말 타는 것도 물론 그렇지만."

지엔은 머쓱하게 대답했다.

하루에 많은 거리를 이동해야 하는 원정대의 사정상, 지엔은 어쩔 수 없이 팔자에도 없는 말타기를 익히게 되었다. 지엔을 제외한 원정대원 모두는 말을 탈 줄 알았기에 유일하게 짐이 될 지엔을 아니꼽게 여겼다.

그것도 잠시, 생전 처음 타 본다는 말이 거짓말처럼 느껴질 정도로 지나치게 잘 타는 지엔을 본 원정대원들은 자연스레 지엔의 정체를 의심하기 시작했다.

'너 사실 몰락한 귀족가의 후손 아니냐?'

'솔직히 말해, 황태자 전하가 제 몫을 못 하는 쓰레기를 골라내라고 일부러 심어 둔 스파이지?'

'그런데 연기 너무 못하는 거 아니냐, 너?'

그런 생각들은 전혀 모르는 지엔은 뒷머리를 긁으며 멋쩍게 웃어댔다.

한참이나 웃던 지엔이 다시 화제를 돌렸다.

"생각보다 북부 마물의 수준이 높지 않네요. 아니면 원정대원들이 지나치게 강해서 제가 못 느끼는 건가요?"

"아니, 아직은 마물들의 수준이 별로 높지 않은 게 맞아."

칼리스가 선뜻 대답했다. 그는 선두에서 붉은 머리칼을 휘날리며 말을 달리고 있는 로아나의 뒷모습을 힐끗 보고는 말을 이었다.

"여기 마물의 숲은 북부를 이루는 세 개의 부분 중에 고작해야 껍질에 불과할 뿐이니까."

"껍질이요?"

지엔은 의아하게 고개를 기울였다. 벨하르트가 출발하기에 앞서 북부의 지리에 대해 설명하기는 했으나, 그것은 어디까지나 마물의 숲에 한정된 얘기였다. 게다가 도망자들의 마을이 있을 것으로 추정되는 위치나 식수를 공급할 수 있는 장소 등에 대한 이야기가 대부분이었다.

고개를 끄덕인 칼리스는 말을 이었다.

"그렇지, 지엔뿐만 아니라 발리아 양도 초승달 숲에서 북쪽에 대한 얘기를 접할 일이 없었겠군."

그가 허공에 원을 그리는 시늉을 하며 말했다.

"그러니까 봐, 북부를 일종의 달걀이라고 치면, 마물의 숲은 고작 그 껍질 정도에 불과해. 북부의 진가가 드러나는 건 마물의 숲을 빠져나간 다음이지."

"이 뒤에는 뭐가 있는데요?"

의아하게 묻는 지엔의 옆에서 발리아 또한 궁금하다는 얼굴로 귀를 기울였다.

"말로 일주일 정도 달렸으니 아마 곧 나타날 텐데, '번개의 땅'이라 불리는 곳이야. 그곳은 이런 보랏빛 안개는 없지만, 대신에 보랏빛 늪이나 주기적으로 보랏빛 기체를 분출하는 구멍 같은 게 곳곳에 있지."

"그런 건 번개랑은 관련이 없잖아요? '늪의 땅'이라던가, 다른 그럴듯한 이름이 있었을 텐데."

의아하게 되묻는 지엔에게 칼리스는 손을 내저으며 대답했다.

"아니, 번개가 정말로 쳐. 조금만 더 안에 들어가면 말이지. 자줏빛으로 번쩍번쩍하게. 그리고 그 번개에 맞으면……."

칼리스가 괜히 목소리를 낮추자 지엔은 침을 꼴깍 삼켰다. 발리아가 되물었다.

"죽나요?"

"아니, 다른 번개의 땅 어딘가로 이동해."

"네?"

지엔과 발리아는 잠시 의아하게 서로를 마주 보았다. 이윽고 지엔이 물었다.

"그러니까 지금, 번개가 일종의 '텔레포트' 마법과 비슷한 기능을 한다는 말씀이신가요?"

"바로 그거야."

발리아의 얼굴이 믿기지 않는다는 듯 창백해졌다. 그녀가 중얼거리듯 말했다.

"하지만 텔레포트는 무척 많은 마나를 소모하는 마법인데. 아무리 번개의 땅 안으로 범위를 제한한다고 해도, 그럼 그 자줏빛 번개에는 도대체 얼마만큼의 마나가 담긴 건지…….”

“역시 발리아 양은 영특하군. 그게 바로 마탑에서 오래전부터 필사적으로 연구해 온 주제야. 저 에너지의 결정체를 원하는 대로 쓸 수 있다면, 무한하게 마법을 쓰는 것도 꿈이 아니겠구나 하고…… 게다가 마석에 대해서도 말이지.”

칼리스가 검지를 치켜들었다.

“‘마석’이 대부분 북부에서 나는 이유도 바로 저 자줏빛 번개 때문이라는 얘기도 있어.”

“그런데 방금, 세 개라고 하셨잖아요?”

멍하니 그 말을 듣던 지엔이 되묻자 칼리스의 미소가 짙어졌다.

지엔이 다시 물었다.

“그럼 ‘번개의 땅’ 너머도 있나요?”

“그래. ‘검은 구’라고 불리는 곳.”

“검은 구?”

지엔과 발리아는 또다시 서로를 마주 보았다. 이번에도 영 의미 모를 지명이 나왔다. 게다가 이번에는 ‘숲’이나 ‘땅’도 아니었다.

발리아가 미간을 좁히며 물었다.

“‘구’라니, 땅이 둥글기라도 하다는 말인가요?”

“농담 같겠지만 사실이야.”

칼리스가 히죽 웃으며 대답했다.

“‘번개의 땅’ 중심에 있는 건 말 그대로 새카매서 안이 전혀 들여다보이지 않는 ‘검은 구’거든. 이 ‘검은 구’는 번개의 땅 어느 곳에서나 보이는데, 막상 가까이 다가가려고 하면 절대로 가까워지지 않는다는 거야. 여행자도, 용병들도, 심지어 마탑의 마법사들조차 '검은 구'에는 닿지 못했어. 일정 거리 이상 가까워지지 못해 한참을 헤매다가 결국 자줏빛 번개에 맞아 바깥쪽으로 튕겨 나가기 일쑤였지."

그리고 칼리스는 잠시 생각하는 표정이 되더니 말을 이었다.

"그래서 사실 자줏빛 번개는 '검은 구'에 들어가려는 침입자를 내쫓기 위한 장치란 설도 있어. 하지만 난 그 말에는 동의하지 않아. 그도 그렇게, 자줏빛 번개만 해도 압도적인 마나의 정수임은 틀림없잖아? 그런데 누가 그런 걸 고작 침입자 쫓아낼 용도로 인위적으로 설치할 수 있단 말이야?"

그렇게 말한 칼리스는 심드렁히 한숨을 내쉬었다.

"전설 속의 '마왕' 같은 게 아니고서야."

"……."

칼리스가 얘기를 마치고 잠시 스산한 침묵이 감돌았다. 지엔은 비로소 자신이 온갖 동화책과 서사시에 언급된 '마왕'이 사는 땅으로 가고 있다는 것을 깨달았다.

빛의 성물이 마왕을 봉인시키기 위해 만들어졌다는 얘기는 유명하다. 그러나 문제는, 마왕이 역사에서 사람들 눈앞에 모습을 드러낸 적이 한 번도 없다는 것이다.

애초에 마왕이 네 차례 이루어진 마물들의 침공에 어떤 연관이 있는지는 아무도 알지 못했다. 그 마왕을 어째서 봉인할 마음을 먹었는지 또한. 그 봉인이 성공했는지 실패했는지 또한 기록으로 전해지지 않았다.

다만 몇백 년 전에는 마물들의 힘이 지금보다도 훨씬 강했다는 것을 보아, 뭔가의 조치가 취해지긴 했으리라고 짐작할 뿐이었다.

신이 직접 내렸노라 전해지는 창세기에도 마왕의 존재를 언급한 것은 몇 줄뿐이었다.

빛 속에서 신이 태어났고 어둠 속에서 마왕이 태어났다. 어둠은 빛보다 먼저였으므로 마왕이 신보다 그 역사가 길었다.

그럼에도 불구하고, '마왕'이라는 단어를 듣는 것만으로도 긴장하게 되는 것은 대부분 빛의 신을 섬기고 있는 제국민으로서는 어쩔 수 없는 반응일 것이다.

실제로 칼리스와 발리아, 지엔이 마왕 운운하는 것을 들은 원정대원들 사이에서도 긴장감이 맴돌았다. 그 가운데 지엔은 문득 생각했다.

'그 남자, 제라드.'

이미 죽은 만티코어의 축 늘어진 거죽 위에 손을 얹고, 그가 했던 말을 지엔은 뒤늦게야 전해 들었다.

'내 너의 창조주는 아니나 네 창조주가 나의 혈육이므로 내 너를 내 피조물이라 부르마.'

이미 제라드가 인간의 모습을 하고 있되 평범한 인간이 아닌 것은 여러 사건을 통해 알았으나, 그 말은 특히 인상적이었다.

지엔은 다시금 제라드의 행적을 찬찬히 되짚었다. 마물들을 몰고 다니며, 죽은 마물을 되살리는 것조차 가능한 뛰어난 흑마법사.

그를 '위대한 분'이라고 부르며 경배하던 엘레나의 고성의 악령들.

그리고 그들을 꿰뚫던 한 줄기 자줏빛 창.

'자줏빛?'

지엔의 눈이 문득 커졌다.

물론 사람마다 마나의 색이 다르다는 것은 로아나와 나세르를 봐서 잘 알고 있었지만, 그렇게 수상한 남자의 마나의 색과 번개의 땅에 내리치는 번개의 색이 같다는 것은 아무래도 단순한 우연이 아닌 것처럼 느껴졌다.

지엔이 입을 열려던 찰나, 탐지 마법을 사용하여 주변을 살피고 있던 마법사의 외침이 들려왔다.

지엔은 다시 입을 다물었다.

"전하! 곧 '마물의 숲'에서 빠져나가게 될 것 같습니다. 저 앞에 '번개의 땅'이 보입니다."

"그런가."

벨하르트가 달리던 말에 박차를 가했다. 원정대원의 속도 또한 함께 빨라졌다.

그도 그럴 것이 '마물의 숲'은 꽤 하는 용병들이라면 마석을 얻기 위해 꽤 자주 헤집고 다니는 장소였다. '마물의 숲' 어딘가에 도망자의 마을이 존재한다는 것만 봐도 알 수 있었다.

그러나 '번개의 땅'은 새로운 발견에 목숨 건 마탑의 마법사들이나, 몇몇 연구자들을 제외하고는 본 사람이 드문 미지의 땅이었다. 이제야 제 몫을 한다는 설렘에 원정대의 마음은 부풀 수밖에 없었다.

요란하게 울리는 말발굽 소리 속에서, 지엔은 앞으로 뻗었던 손을 다시 거둬들였다.

'내 눈으로 제라드의 마법과 번개의 땅의 번개가 얼마나 흡사한지 확인하고 나서 말해도 늦지 않아.'

그렇게 생각한 지엔의 시선이 정면을 향했다.

마침내 검고 구불구불한 나무들과 보랏빛 안개에 물든 대기의 모습이 씻은 듯 사라지며, 광활한 지평선 너머 먹구름이 짙게 깔린 붉은 땅이 모습을 드러냈다.

과연 위명대로 붉은 땅 곳곳에는 보랏빛 늪이 독처럼 고여 있었으며, 멀리에서는 자줏빛 안개가 요란하게 번쩍였다. 먹구름 사이로 드문드문 보이는 하늘은 대지와 똑같이 피처럼 붉은색이라 지평선의 경계가 흐렸다.

지엔을 비롯한 번개의 땅을 처음 보는 사람들은 저마다 헛숨을 삼켰으나, 로아나와 벨하르트의 반응은 달랐다.

가장 먼저 미간을 일그러뜨린 로아나가 검을 뽑아 들며 호통쳤다.

"명색이 마법사라는 자가, 스스로 환각에 걸린 것도 깨닫지 못하다니!"

"예, 예?!"

마법사가 사색이 되어 소스라치는 가운데, 원정대원들도 놀란 듯 눈을 번쩍 떴다. 그 가운데 지엔이 읊조렸다.

'그러고 보니.'

벨하르트가 그 말을 받았다.

"'번개의 땅' 어디에서건 '검은 구'가 보인다는 사실을 어떻게 잊지?"

그 가운데, 앙크를 들고 일행의 선두로 다가간 헤카테가 빠르게 읊조렸다.

"빛의 신이시여. 당신의 손길로 우리의 눈앞을 가린 장막을 거두어주소서."

앙크에서 흰빛이 터지며 주변의 풍경이 일렁였다. 이윽고 씻은 듯 주변의 풍경이 녹아내리며 나타난 것은 아까와 다를 바 없는 마물의 숲의 풍경이었다.

다만 주위를 엄청난 수의 마물들이 둘러싸고 있다는 것이 달랐다. 보랏빛 안개 너머에서 형형하게 번득이는 눈동자는 온통 핏빛이었다.

그리고, 마물들의 맨 앞에 서서 수려한 얼굴로 웃는 한 남자가 있었다.

이미 한 번 경험한 것이지만, 원정대에 속한 유일한 빛의 대사제와 눈앞의 적이 소름 끼치도록 같은 모습이라는 것에 모두는 적잖이 동요했다.

이윽고 헤카테의 목소리가 고요히 울렸다.

"환각 마법을 눈치채지 못한 것은 마법사의 잘못이 아닙니다. 제 형인 제라드가 사용하는 것은 일반적인 마법이 아니라 흑마법, 더군다나 이곳은 그의 힘의 근원인 마기가 몹시 짙게 깔린 땅입니다. 사제인 저조차 환각에 걸린 것을 깨닫지 못했으니 말이지요. 제 실책입니다."

말을 마친 헤카테가 정면을 보며 말했다.

"오랜만이네, 형."

"정말로 오랜만이로구나, 헤카테."

한통속인 것처럼 다정하고 우애 깊은 인사에 몇몇의 안색이 창백하게 변했다.

그러나 그것은 지극히 일부였을 뿐, 대다수는 헤카테가 시간을 끌 속셈이란 것을 파악하고 상황을 타파하기 위해 머리를 굴렸다.

옅게 웃은 헤카테가 다시 말했다.

"마지막으로 마주쳤던 때가 내가 아직 브리지트 백작령에 있었을 때이니, 참 많은 길을 돌아왔어."

"그렇게 말하니 정말로 마주친 지가 아주 오래된 것처럼 느껴지는구나. 사실 나는 항상 네 주위를 맴돌고 있었는데도."

"유령들의 고성에서 날 도와주었다는 얘기는 들었어."

"그건 네 착각이란다, 헤카테."

그렇게 말하며 제라드가 곱고 유려한 손을 내밀었다.

악수를 청하는 듯한 가벼운 동작이었으나, 그 손이 일전에 행하는 일을 본 원정들은 지레 겁먹으며 물러났다. 그 모습을 본 제라드의 입가에 사악한 미소가 떠올랐다.

"나는 그때 내 주인을 구하러 갔을 뿐이고, 이번에도 그건 별로 다르지 않단다. 헤카테. 그럼, 서로 목적을 감추려는 연기는 여기까지 하지 않겠니?"

그러고는 가식적인 미소마저 지우는 제라드의 모습에, 헤카테가 원정대에게 소리쳤다.

"다들 도망치십시오!"

동시에 제라드의 남색 눈 안에 있던 동공이 짐승의 것처럼 세로로 길쭉해졌다. 그의 머리 양옆에서 날카로운 뿔이 하늘을 찌를 것처럼 높이 솟았다.

생전 처음 보는 마물의 모습에 혼비백산한 원정대원들이 외쳤다.

"마물! 마물이다! 하지만 인간이 어찌…….."

"마물과 인간의 혼혈인가? 아니, 그런 얘기는 들어 본 적이 없는데."

그 가운데 로아나가 분연히 검을 뽑아 들며 헤카테의 옆에 섰다.

"돕겠습니다! 혼자 힘으로는 버티기 힘들 겁니다."

"아니요, 혼자나 둘이나 별다를 것은 없습니다."

단호하게 대답한 헤카테가 소매를 걷어 올렸다. 앙크를 고쳐 쥔 그는 말을 이었다.

"아까도 말했듯이 이 북부 땅은 저자의 힘의 근원인 '마기'로 넘쳐나는 곳, 장기전으로 가서는 승산이 없습니다. 원정대를 이끌고 최대한 북부 경계와 가까이 도망치세요. 그동안은 제가 길을 막겠습니다."

"하지만—"

"이곳에 계시면 저도 제힘을 발휘하기 힘들어집니다!"

그 외침에 로아나는 결국 입술을 깨물며 물러났다.

그들을 짧게 일별한 벨하르트가 말했다.

"일단 물러난다. 마물들에게 포위당하지 않도록 지형과 방향에

유의하여 길을 뚫어라."

"예!"

그 말에 이성이 약간 돌아온 원정대원들이 일제히 외쳤다. 인간이 마물로 변하는 광경은 처음 보아 당황했으나, 마물들을 상대하는 것에는 그들도 비교적 익숙했다.

원정대의 가운데에서 말을 달리던 지엔은 힐끗 뒤를 보았다.

'헤카테.'

혹시나 이것이 그를 보는 마지막 순간은 아닐지, 지엔은 불안해질 수밖에 없었다.

제라드가 과연 상대가 동생이라고 해서 봐줄까? 이미 엘레나의 고성에서도 헤카테를 죽게 내버려 두려 했던 전적이 있는 남자였다.

'차라리 내가 돌아가서 제라드를 설득하는 편이 가능성이 더 높지 않을까?'

그렇게 생각하며 지엔이 고삐를 당기던 손을 느슨히 풀던 찰나, 뒤에서 지엔의 마음을 읽기라도 한 것 같은 헤카테의 외침이 날아왔다.

"나세르 공자님! 혹시나 지엔이 딴 맘 먹지 않게 잘 데리고 가 주십시오! 자기가 도움이 될 거란 생각은 하지도 마시라고요!"

"헤카테! 너 말이 너무 심하잖아!"

지엔이 분개하거나 말거나, 재빨리 지엔의 옆에 말을 붙인 나세르가 그녀의 고삐를 낚아채 대신 잡아끌었다. 반대편에 붙은 칼리스 또한 빠르게 지껄였다.

"지엔아. 저 녀석의 목표에 너도 포함된다고 들은 이상, 네가 저기에 남는 건 '나 좀 잡아가 줍쇼' 하고 널 진상하는 꼴이야. 저 녀석의 목표를 이루도록 도와주는 꼴이라고. 그게 뭐든 간에, 저런 마물인지 인간인지도 모를 녀석이 빛의 성물을 이용해 하는 일이 제대로 된 일일 리 없어. 이 자리를 벗어나는 편이 너를 위해서도, 제국을 위해서도 나아."

칼리스에 이어 나세르 또한 말했다.

"저 녀석과 오래 알고 지내지는 않았지만, 제국을 위해서 목숨을 바친다거나 하는 충성심이 강한 녀석으로는 보이지 않더군. 오히려 남들보다 충성심이나 사명감 같은 게 희박하면 희박했지. 저렇게 혼자 남는 것은 필시 살 궁리가 있어서일 거다."

"으음. 그건 그래요."

칼리스의 말에도 말머리를 돌리려던 지엔은 결국 나세르의 말에 수긍하고 말았다.

아닌 게 아니라, 헤카테는 벨하르트가 지엔의 전생에서의 마지막 원수란 것을 알았을 때 태연하게 '도망'이라는 극단적인 선택지를 꺼낸 전적이 있었다.

사제라면 벼락보다도 더 두렵게 여긴다는 파문조차 그는 별로 개의치 않아 하는 것 같았다.

"무사히 돌아오겠죠?"

지엔이 한숨처럼 내뱉은 말에 두 사람은 주저 없이 고개를 끄덕였다. 그들은 고삐를 당기며 말에 박차를 가했다.

보랏빛 안개는 갈수록 짙어졌다. 신장이 별로 길지 않은 지엔조차 팔을 길게 뻗으면 손끝이 제대로 보이지 않을 정도였다.

그런 가운데 사방에서는 비명이 난무했다. 분명 제라드가 끌고 온 마물들의 소행임이 틀림없었다. 사냥 대회 때 보았던 것과도 차원이 다른 위용을 자랑하던 그들은 과연 보통 마물은 아닌 것 같았다.

아무리 텔레포트가 담긴 마석이 있다 한들, 사상자가 없을까? 지엔은 그게 걱정이었다. 비록 그다지 사이도 좋지 않았고, 애초에 죽을 각오가 없었던들 북부 땅에 오지도 않았겠지만 얼굴 보던 사람들이 죽는 것은 꺼려졌다.

'하긴, 저 사람들보다도 걱정해야 할 것은 이 둘이지만.'

그렇게 생각하며 지엔은 힐끗 양옆을 살폈다. 나세르와 칼리스, 빛의 성물을 지녔다는 이유로 텔레포트 마석조차 지급받지 못한 사람들이 하필 지엔과 나란히 있었다. 제라드가 목표로 삼은 상대이기도 했다.

헤카테가 도대체 어떻게 막고 있는 건지 모르겠지만, 제라드 본인은 아직까지 나타나지 않고 있었다.

말에서 훌쩍 뛰어내린 칼리스가 땅에 손을 대고 주문을 외우자, 그의 손에서 새어 나온 연둣빛이 지면 위로 어지러이 얽힌 발자국을 그렸다.

발자국들을 곰곰이 살펴보던 칼리스가 왼쪽을 가리켰다.

"일단 더 많은 사람들이 향한 곳은 저쪽이야."

"그래도 칼리스 님과 함께 길을 잃어서 다행이에요."

지엔이 무심코 뱉은 말에 칼리스가 뒷머리를 긁으며 쑥스러워했다.

"하하, 그래? 그래 봐야 전투 마법은 전혀 못 쓰는데. 물론 보조 마법을 나만큼 많이 익힌 사람은 마탑은 물론이고 어디를 찾아봐도 아무도 없지만!"

"쑥스러워하든 잘난 척을 하든 하나만 하지."

보다 못한 나세르가 눈을 가늘게 뜨며 내뱉든 말든, 칼리스는 싱글벙글한 표정으로 말을 몰았다. 그의 안색이 본래의 빛을 잃은 것은 그로부터 삼십 분 정도가 지나서였다.

아무리 달려도 일행은커녕 한 사람도 만나지 못하자, 슬슬 지친 지엔이 물었다.

"칼 님, 저희 제대로 가고 있는 거 맞겠지요?"

그렇게 말하며 지엔은 칼리스의 마법이 남아 있는 지면을 바라보았다. 지면 위에 찍힌 연둣빛 발자국이 점차 늘어나고 있는 건 사실이었다.

아마도 저것은 앞서 이 길을 지나간 사람들의 흔적, 그러니 발자국이 많아진 건 좋은 징조인데도 칼리스의 얼굴은 오히려 어두워졌다.

턱을 짚은 칼리스가 중얼거렸다.

"이상해."

"예?"

칼리스가 진지하기 그지없는 표정으로 말을 이었다.

"난 분명히 갈수록 발자국이 줄어들 거라 생각했어. 텔레포트 마석을 사용하든, 마물들의 공격이나 안개 탓에 무리가 갈라지든 수가 줄어드는 건 같으니까. 그런데 줄어들긴커녕 갈수록 늘어나다니. 이 부근에서 무리가 합류했다고 보는 게 옳겠지만, 그랬다면 틀림없이 우리도 볼 수 있는 어떤 신호 같은 게 있었을 텐데……."

어두운 시선으로 땅을 더듬던 그가 다시 말했다.

"이상한 건 하나 더 있어. 처음에는 분명히 대부분의 발자국이 말발굽이었는데, 이제는 사람 발자국이 더 많다는 거야."

그러더니 칼리스는 문득 안색이 새파래져서 자신의 입술을 매만지기 시작했다. 그 모습을 지켜보던 지엔이 어리둥절하게 물었다.

"칼 님?"

"이런, 젠장, 어쩌지. 아무리 예기치 못한 발견이 마법사들의 기쁨이라곤 해도 이런 건 별로 기쁘지 못한데."

"네?"

"지엔아, 나는 어쩌면 찾아선 안 될 것을 찾아 버렸는지도 몰라."

팔짱을 끼고 한 걸음 물러나 있던 나세르도 끼어들었다.

"무슨 얘기인지 알아듣게 설명해라."

심상치 않은 기척이 느껴진 것은 그때였다.

나세르와 칼리스가 고개를 휙 돌리고, 마나를 쓸 수 없어 시선은 느껴도 기척을 감지하기는 어려운 지엔이 마지막으로 고개를 들었을 때 이미 상황은 반쯤 끝나 있었다.

두 손을 휙 들어 허공에 마법진을 펼친 칼리스가 다급하게 외쳤다.

"목석! 못난이를 데리고 피해!"

"상황도 상황인데 그 호칭 좀 어떻게 안 되나?"

이를 깨물고 그렇게 말하면서도 지엔의 어깨를 감싼 나세르가 방향을 유도했다.

"가자, 지엔!"

세 사람 중 제일 늦게 기척을 느낀 탓에 적의 정체를 보지 못한 지엔이 물었다.

"방금 그건 뭔가요?!"

"나도 안개 때문에 제대로 보진 못했다. 하지만 아마도 사람 같았어. 망나니가 남기를 자처한 이유는 그 때문이겠지. 망, 아니, 칼리스라면 방어 마법을 펼치고 그 마법이 깨지지 않을 동안 대화를 시도할 수 있을 테니까……."

그렇게 말하던 나세르가 달리던 것을 멈추었다. 비슷한 생각을 한 지엔도 동시에 멈추었다.

두 사람은 서로를 돌아보며 말했다.

"하지만, 칼리스 님이 대화를 시도했다가는……."

"……안 돼, 차라리 말이 통하지 않는 마수 쪽이 나았어. 그자들이 말을 알아들을 수 있다면, 틀림없이 칼리스를 죽이고 말 거다."

한마음이 된 두 사람이 뛰어왔던 방향으로 도로 향하는 그때, 번뜩이는 화살들이 그들에게로 날아왔다.

수가 많지는 않았지만 정확히 급소만을 노린 화살이었다.

나세르가 시퍼런 기운을 두른 검으로 화살들을 쳐내고 옆을 돌아보자, 검도 없이 가진 활만으로 화살들을 휘둘러 쳐내는 지엔의 모습이 보였다.

'역시, 이유는 모르겠지만 검 빼고 다 잘 쓰는군⋯⋯.'

복잡미묘한 표정으로 생각한 나세르가 다시 지엔과 함께 달아났다.

그러나 추격자들의 실력도 만만치 않았다. 그들은 교묘하게 화살의 방향을 틀어 두 사람이 도망치는 방향을 한 곳으로 유도했고, 두 사람은 알면서도 번번이 걸려들 수밖에 없었다.

적의 수부터가 너무 압도적이었다. 게다가 하나같이 숙련된 궁수, 어느 샌가부터 화살에 마나가 실려 날아오기 시작하자 나세르는 얼굴을 굳혔다.

'평범한 궁수들이 아니야. 설마 제라드가 우리를 상대하려고⋯⋯?'

이윽고 고개를 내저은 그는 머릿속에 떠오른 비현실적인 가정을 지웠다.

'아니, 힘과 속도 면에서 훨씬 압도적인 마수를 수족처럼 다룰 수 있는데 굳이 사람을 쓸 필요가 없어. 하물며 이런 척박한 마물의 숲에서 사람을 먹이고 재우며 군대를 만들 필요는⋯⋯.'

그렇게 생각하며 달리던 그의 발끝에 순간 이상한 감각이 걸렸다. 그가 뒤를 돌아보며 외쳤다.

"지엔! 오지⋯⋯."

채 말이 끝나기도 전에 그가 밟은 땅이 무너지며 아래 숨은 함정이 드러났다.

안개와 흙먼지 사이로 삐죽삐죽 솟은 나무 송곳과 창들을 본 나세르는 있는 힘을 다해 검을 벽에 꽂았다. 콰가가각! 거친 소리를 내며 끝없이 미끄러지던 검은 나세르의 몸이 나무 송곳에 꿰이기 직전 아슬아슬하게 멈추었다.

안도의 한숨을 내쉰 나세르는 자신의 위로 떨어져 내리는 지엔의 허리를 한 손으로 받았다.

"공자님! 감사…… 헉, 밑에 엘레나의 고성 절벽보다 더한 광경이."

질겁한 표정으로 자신의 목을 꽉 끌어안는 지엔을 받쳐 안으며 나세르는 위를 올려다보았다.

'상황이 더 안 좋아졌군.'

한 손에는 벽에 꽂은 검, 다른 손에는 지엔을 잡고 있으니 두 팔을 쓸 수 없게 되었다. 마나를 이용해 구덩이를 벗어나는 것도 혼자라면 모를까, 둘의 무게를 감당하고서는 무리였다.

섬처럼 고립된 두 사람에게 구덩이 위의 형체들이 스멀스멀 접근했다. 이윽고 안개 사이로 고개를 쑥 내미는 형체들은 분명히 사람이었다.

조악해 보이는 복면을 쓰고 하나같이 석궁을 든 정체불명의 단체는 나세르와 지엔을 어느 공터로 끌고 가 털썩 무릎 꿇렸다. 무슨 일이 일어날지 몰라 불안하게 주위를 둘러보는 그들 앞에 칼리스가 나타났다.

"앗, 너희도 잡혔냐."

물론 그도 멀쩡한 모습은 아니었다. 밧줄로 꽁꽁 묶이고 목에 단도까지 닿은 주제에 태연한 얼굴로 그런 말이나 건네고 있었다.

그의 다음 말에 나세르는 조금 발끈했다.

"나는 한 사람이고 그쪽은 두 사람이었는데, 잘 도망가지 않고 뭐한 거야?"

"그러는 그쪽이야말로 자신만만하게 남겠다고 한 건 무슨 수가 있어서가 아니었나."

"에이, 마법사는 검사 없이 쓸모없는 걸 알면서."

"그걸 지금 자랑이라고……."

그때 쇠 긁는 듯 거칠고 스산한 목소리가 둘 사이에 끼어들었다. 나세르와 지엔은 뺏뺏하게 굳어져 목소리가 날아온 곳으로 고개를 돌렸다.

"이봐, 이봐, 회포를 푸는 것도 좋은데 잠시 이쪽을 보라고."

과연, 목소리의 주인은 기대를 배반하지 않는 미치광이 같은 인상의 왜소한 사내였다. 벌어진 입 사이로 빼곡히 들어찬 이는 누런색이었고, 눈은 기이하게 번들거렸다.

그렇기는 하나 분명 사람이었다. 힘을 합쳐 마물들과 맞서 싸우기도 모자란 이 위험한 땅에서 어째서 사람이 같은 사람을 공격하는 것인지.

나세르가 굳어진 목소리로 물었다.

"이봐, 너희는 대체 누구지?"

"그건 내가 할 말인데. 경계 안의 양 떼들."

'양 떼?'

심상치 않은 단어 선정에 지엔이 고개를 기웃거리던 것도 잠시였다.

"경고는 지금까지 한 짓들만으로도 충분할 줄 알았는데."

흥얼거리듯 말한 남자가 칼리스의 목에 대고 있던 단검에 힘을 주자, 칼리스의 눈처럼 진한 선홍색 핏줄기가 하얀 목을 타고 흘러내렸다. 정작 본인은 담담한데 그 모습을 본 나세르와 지엔의 얼굴만이 창백해졌다.

그도 그럴 게 칼리스는 본래 이런 일을 당할 만한 신분이 아니었다. 제국의 지고한 황족답게 숨길 수 없는 기품을 휘광처럼 두르고 있는데, 그런 그의 신분조차 알려 하지 않다니. 마치 속세의 신분 따위 자신들과 아무런 상관도 없다는 것처럼…….

'아, 가만.'

그제야 지엔은 이 숲에 들어오기 전 벨하르트가 테이블 위에 지도를 펼쳐 놓고 했던 얘기를 떠올렸다. 현실성 없는 얘기라서 일종의 괴담으로 치부하고 잊어버리기는 했지만.

'설마.'

지엔이 조용히 뇌까리는 가운데, 피가 묻은 단검을 입가로 가져가 핥은 남자가 낄낄 웃으며 말했다.

"너희를 어떤 끔찍한 방법으로 죽여야 경계 안 양 떼들이 감히 늑대들이 사는 곳까지 넘보지 않을까? 응?"

그때 돌연 바람이 불어닥치며 언뜻 안개 사이로, 도무지 마물의 숲에는 없을 법한 나무로 지은 방벽이 신기루처럼 드러났다 사라졌다.

그 모습을 본 나세르 또한 드디어 상황을 파악하고 굳어진 얼굴이 되었다.

"도망자들의 마을에는 절대로 들어가지 말라고, 거기에는 미치광이들만 산다고 누가 가르쳐 주지 않던?"

"……."

지엔과 나세르가 말없이 몸을 굳히는 가운데, 히죽 웃은 남자가 다시 말했다.

"이런, 정말 아무 말도 듣지 못한 거라면 너희는 상당히 미움받은 모양이구나. 그렇다면 너희도 우리 마을의 일원이 될 자격이 있지."

혹시 이야기가 잘 풀리려나? 지엔의 안색이 미미하게 밝아지던 찰나, 다시 단도의 방향을 바꾼 남자가 그 끝으로 칼리스를 겨냥했다.

다시금 굳어진 분위기 속에서 남자가 웃으며 말했다.

"자, 그럼…… 입주 선물로는 어느 부위를 받는 게 좋을까?"

잠시 후, 인근 나무에서 새 형태의 마수와 까마귀들이 일제히 날개를 퍼덕이며 날아올랐다.

*　　*　　*

지엔은 눈을 떴다. 눈을 몇 번 깜빡거리자, 어두웠던 시야가 선명해지며 주위 사물들이 눈에 들어왔다.

나무로 지은 조악한 창고였다. 얼기설기 엮은 비틀린 나무판자 틈새로 햇빛이 미미하게 새들어오고 있는 걸 보니 낮인 것 같았다. 창고에는 자신 외에는 아무것도 없고 바닥에는 집단조차 깔려 있지 않았다.

아직 잠에서 덜 깬 지엔이 몽롱하게 눈을 깜빡였다.

'까다로운 칼리스 님이라면 이런 데서 한숨도 못 주무실 텐데……'

무심코 그런 생각을 하다 말고 지엔은 헉 하며 정신을 차렸다. 그제야 직전의 상황을 떠올린 그녀가 속으로 외쳤다.

'칼리스 님! 분명히 인질로 잡히셨었지.'

칼리스가 인질로 잡히자 나세르와 지엔은 순순히 저항을 포기했다. 물론 칼리스가 죽게 내버려 둘 수도 없었지만, 칼리스가 황족이라는 것 또한 한몫했다. 그를 죽게 내버려 뒀다가는 단둘이 살아남아도 제국에게 선처를 기대할 수 없다.

상대가 조금만 더 실력이 낮았더라도 나세르가 기회를 잡아 반격했겠지만, 마기가 넘치는 땅에서 살아온 도망자들의 마을 사람들은 전원 마나를 사용할 수 있었다.

칼리스가 기절한 다음 나세르가 기절 당하고, 겉모습이 제일 위협적이지 않은 지엔이 마지막이었다.

생각을 마친 지엔은 다시 고개를 들어 두리번거렸다.

'그럼 여기는 도망자들의 마을 안의 감옥인 건가?'

감옥이라기엔 창고라기에 더 가까운 모양새였다. 하긴, 지엔은 벨하르트의 말을 떠올렸다.

"도망자들의 마을'은 기본적으로 이방인에 대해 몹시 배타적이라고 했으니, 감옥이 따로 없는 건 사로잡힌 사람들을 수감하지 않고 즉시 죽여서겠지.'

그렇게 생각하면 갇혔다고 절망하긴커녕, 살아 있는 것을 다행으로 여겨야 할 판이었다. 지엔은 다시 고개를 기웃했다.

'특별히 살려 둔 이유라도 있는 건가?'

그러다 문득 이 근처 어딘가에 나세르와 칼리스도 갇혀 있을지 모른다는 생각에 지엔이 소리 높여 외쳤다.

"나세르 님! 칼리스 님! 혹시 이 근처에 계세요?!"

그러자마자 날아오는 말에 지엔은 깨갱 어깨를 움츠렸다.

"닥쳐라, 계집! 수작을 부리려 했다간 당장 안으로 들어가 네 혀부터 자르겠다."

"네에."

지엔은 그 즉시 입을 다물었다. 그녀가 시무룩하게 생각했다.

'하긴, 죄수들을 한 데 몰아넣는 형편 좋은 일을 해 줄 리 없지. 무슨 작당을 꾸밀지도 모르고 말이지.'

그리고 지엔은 차분히 상황을 정리했다. 두 팔은 꽁꽁 묶인 데다가 목소리를 내는 것 또한 금지당한 상태. 더구나 바깥이 대낮인걸 보니, 이대로는 탈출한다 해도 당장 걸릴 것이 뻔했다. 그렇다면……

"잠이나 잘까."

고민한 게 언제냐는 듯 지엔은 창고 한구석에 비척비척 누웠다.

다시 말하지만 지엔이 현실도피라는 습관을 갖게 된 데는 헤카테의 영향이 컸다.

"일어나면 먹을 것 정도는 나와 있으면 좋겠는데."

처량하게 중얼거린 지엔은 다시 눈을 감았다.

인기척에 그녀의 눈이 뜨인 것은 그로부터 몇 시간쯤 지나서였다. 부스스하게 몸을 일으켜 주위를 둘러보자, 그리 많이 잔 것 같지도 않은데 어느새 나무판자 틈새로 보이는 바깥은 어두워져 있었다.

그리고 눈앞에 한 남자가 서 있었다. 태산처럼 거대한 어깨와 몸을 가진 사내였다.

'마물의 숲에서 본 오우거가 이랬던 것 같은데.'

그런 생각 따위나 하는 지엔에게 남자가 물었다.

"지금부터 묻는 말에 솔직히 대답해라."

그리고 그는 한 손을 휘둘렀다. 그제야 지엔의 시선이 그의 손에 들린 것으로 향했다.

반달 모양으로 휘어진 곡도(曲刀)였다. 그걸로도 모자라 칼날 곳곳에 비죽비죽하게 톱날 같은 것이 솟아 있었다.

지엔이 태어나서 본 것 중에 제일 살벌하게 생긴 무기였다.

'엄마야.'

속으로 놀란 숨을 삼킨 지엔에게 남자가 물었다.

"너와 같이 있던 보랏빛 머리카락의 사내."

곡도를 위협스레 휘두르며 그가 말을 이었다.

"그가 루디나토가의 하나뿐인 적장자인 데다가 황태자와 가까운 친척, 따라서 황족이라는 게 사실인가?"

"어, 그게……."

혹시나 자신의 증언이 칼리스에게 불리하게 작용할까 봐 지엔은 잠시 머리를 굴렸다. 도망자들이라면 틀림없이 제국에 불만이 많을 테니 '황족이라니, 잘 걸렸다!'하고 저 곡도로 칼리스의 목을 석둑 자르는 것도 이상하진 않았다.

그때 남자가 지엔의 머릿속을 읽은 것처럼 말했다.

"머리 굴리지 마라. 뜸 들일 때마다 손가락을 하나씩 자르겠다."

'아니, 이놈의 마을은 뭐만 하면 어디 한 군데를 자른대?'

결국 머리를 굴리던 것을 포기한 지엔은 솔직하게 대답했다.

"네, 그분의 성함은 칼리스 릭서만 폰 루디나토. 그분의 어머니는 현 황제의 여동생이시며, 따라서 벨하르트 황태자 전하의 사촌이십니다."

"이런, 역시나 맞구만, 젠장!"

지엔의 대답을 들은 남자는 눈썹을 찡그리며 거친 말을 잔뜩 토해 냈다. 그 뒤에도 계속 혼자 욕을 지껄이며 분한 듯한 표정을 짓던 남자는 갑자기 휙 뒤돌아 창고를 나가 버리고 말았다.

끼익, 다시 문이 닫히고, 혼자 남은 지엔은 중얼거렸다.

"도대체 뭘 하려는 거지? 칼리스 님의 정체를 알아서 뭘 하려고?"

제정신이 있는 한 제국에 협상하려 들진 않을 텐데…… 그랬다간 도망자들의 마을이 지상에서 흔적도 없이 쓸려나갈 테니까.

결국 지엔은 무릎걸음으로 기어가 나무 문틈에 눈을 들이밀었다. 창고의 이음새가 헐거운 것이 다행이었다.

얼마 떨어지지 않은 곳에 횃불이 불티를 흩날리며 활활 타고 있고, 그 옆에 보초로 보이는 자가 서 있었다. 그래 봤자 변변한 갑옷도 없이 평복에 창만 든지라 아무리 봐도 무기를 잡은 농부로밖에 안 보였다.

그럼에도 불구하고 여느 원정대원 못지않은 기도가 흘러나온다는 것이 놀라웠다. 하긴, 도망자들의 마을 사람이니 보통내기는 아닐 것이다.

보초가 밖으로 나오는 남자를 보며 경례했다.

"다녀오셨습니까!"

"그래."

"저, 그래서 뭐라고 하던니까……?"

보초의 조심스러운 물음에 남자가 탄식과 함께 대답했다.

"제길, 맞다더군. 그 재수 없는 뺀질이는 릭서만 제국의 황족이 확실해. 흔치 않은 보라색 머리카락과 붉은 눈동자에서부터 알아봤어야 했는데, 젠장. 게다가 그토록 뺀질대는 주제에 그런 기품이라니."

재수 없는 뺀질이! 뺀질대는 주제에 넘쳐흐르는 기품! 분명히 칼리스를 수식하는 표현들이었다. 지엔은 눈을 부릅뜨며 대화에 더욱 집중했다.

안절부절못해진 보초가 물었다.

"그럼 이제부터 어찌실 작정입니까? 함부로 죽였다가는 제국의 분노를 사게 될 텐데요. 그렇다고 살려 두자니…… 추적 마법으로 저희 마을 위치를 정확히 파악해 낼 정도의 실력자입니다. 게다가 우연히 찾아왔다는 말도 진실인지 거짓인지 알 수 없고요."

"네 말이 맞다. 아마 동료들이 이 숲을 헤매고 있다는 것도 사실일 터. 흐음……."

덩치 큰 남자는 잠시 턱을 쓰다듬으며 생각에 잠겼다. 지엔은 바짝 긴장하며 그의 대답을 기다렸다.

잠시 후, 수염에 파묻힌 그의 입이 열렸다.

"그 뺀질이는 이 숲에서 오래 살아온 우리가 원정에 큰 도움이 될 거라 말하며, 도와준다면 그에 마땅한 포상을 내리겠다고 말했지."

'칼리스 님!'

지엔은 속으로 감동했다.

'제대로 생각을 할 줄 아시는 분이셨군요! 저희 앞에서는 안 하시기에 그만 아닌 줄 알고 있었지 뭐예요!'

그 가운데 턱을 쓰다듬던 남자가 다시 말했다.

"우리 대부분은 제국이 아닌 왕국에서 죄를 짓고 달아난 도망자들. 제국이 보증해 준다면 도망자 신분에서 확실히 벗어날 수 있겠지. 하지만……."

'하지만?'

지엔은 왠지 모를 불안감을 느꼈다. 그 가운데 남자가 다시 입을 열어 덧붙였다.

"그 뺀질이 말을 어떻게 믿지?"

보초 또한 열심히 추임새를 넣었다. 그러는 걸 보면 그도 칼리스를 본 적이 있는 모양이었다.

"맞아요! 그렇게 뺀질대는데! 절대 못 믿죠!"

'칼리스 님! 그러게 그 경박한 태도 좀 어떻게 하시라니까!'

물론 지엔과 나세르, 헤카테가 칼리스와 여행하며 복장 터져 죽으려고 한 것을 회상하면 남자의 저 말도 이해 못 할 것은 아니나, 아무리 그래도 경박하다고 사람을 죽이는 것은 너무 심하다.

그때 남자가 다시 말했다.

"검사 쪽은 마음에 들어. 백금발의 그 남자 말이야. 재갈을 풀어 줄 때마다 지엔인지 뭔지를 내놓으라고 성화라 아직 이름도 못 듣긴 했지만, 그래도 그 배짱! 적진인데도 홀로 맞서 싸우겠다는 패기! 아주 마음에 들어."

"그럼 어떻게 할까요?"

"뺀질이는 죽이고, 검사는 저기 지엔인지 뭔지와 혼인시켜 이 마을에 정착시키지. 마침 쓸만한 실력자들이 죽어 나갔으니까 말이야. 마물들이 통 평소답지 않게 발작해대서……."

'그 발작을 막으려고 우리가 북방에 원정을 온 거라고!'

머리를 쥐어뜯는 지엔에게 남자의 말이 마저 들려왔다.

"그래도 팔 하나쯤은 자르는 게 좋겠지. 도망치기라도 하면 곤란할 테니 말이야. 그럼, 그렇게 알고 있으라고. 일단은 저 뺀질이부터 죽여야겠어. 소란을 일으킬 필요는 없으니 대접하겠다는 핑계로 술에 독이라도 타는 게 낫겠지."

"네, 넵!"

"그럼 수고하라고. 혹시나 저 뒤의 여자가 도망치거나 무슨 일을 당하지 않게 잘 감시해. 검사의 기세를 보아하니 저 여자에게 무슨 일이 생기면 자진이라도 할 것 같더군."

"알겠습니다!"

'나세르 님! 고마운데 안 고마워요!'

지엔이 속으로 외쳤다. 나세르 덕분에 무슨 일을 당할 걱정은 사라졌으나, 도망칠 기회 또한 사라진 셈이었다.

남자가 저벅저벅 소리와 함께 사라지자 보초는 더욱 뻣뻣해진 몸으로 창고 주위를 경계하기 시작했다.

그러나 인력이 부족한지 보초가 한 사람뿐이란 게 다행이었다.

지엔이 불에 눈을 켜고 지켜보길 얼마 못 가, 보초는 두리번거리더니 어디론가 달려가기 시작했다. 아무래도 볼일이 급해진 모양이었다.

'기회다!'

그들이 지엔의 팔만 묶었을 뿐 다리는 묶지 않은 것이 천만다행이었다. 마나도 쓸 줄 모르는, 아무리 봐도 수행원으로밖에 안 보이는 평범한 여자를 경계할 필요는 없다고 생각한 것 같았다.

실제로 중후반부터 마나가 실린 화살이 날아온 데다가 구덩이에 빠지기까지 하는 바람에 지엔은 활약도 얼마 못 했다.

'어서 가야 해! 나세르 님은 팔 하나 잘리고 끝난 댔지만…… 아니, 물론 그것도 보통 일이 아니지만, 그보다도 이대로라면 칼리스 님이!'

급한 마음을 힘껏 담아 문을 박차자 단 한 번의 발길질 만에 문이 우지끈 박살 났다. 부디 자신이 아닌 마을 사람의 소행으로 보이길 기도하며 지엔은 횃불 앞으로 달려갔다.

"으."

치익 소리와 함께 살 타는 냄새가 났다. 팔이 밧줄로 칭칭 감겼는데 요령 좋게 밧줄만 태우는 건 불가능했다. 마나를 사용할 수 있었다면 화상에서 몸을 보호하는 일쯤 어렵지 않았겠지만, 이런 걸 아쉬워할 때가 아니었다.

다시 주위를 두리번거리던 지엔은 벽에 기대어 있는 창을 발견하고 발을 이용해 창을 지탱했다. 여러 번 묘기를 부린 끝에 겨우 밧줄을 끊어낸 지엔이 숨을 돌렸다.

"휴."

그리고 혹시나 돌아온 보초에게 들킬세라 밧줄 조각을 주머니에 털어 넣은 그녀는 나무 사이로 뛰어들었다.

짙은 마기 탓에 달빛조차 흐려서 다행이었다. 칠흑 같은 어둠 속에서 나무 사이로만 이동하며 지엔은 마을의 구조를 파악했다.

열 채에서 스무 채 정도밖에 없어 마을이라고 부르기도 민망한 규모였다. 마을 가운데에 우물이 하나 있어 사람들은 주로 그곳에 모여 회의를 하거나 일상적인 얘기를 나누는 모양이었다.

깊은 밤인데도 서너 명의 사람들이 그곳에 나와 있었다. 그들은 하나같이 마을에서 가장 높은 집을 올려다보며 근심 어린 얼굴로 수군댔다.

지엔은 그 집으로 향하는 오르막길을 올려다보았다. 그 길도 희미한 달빛에 젖어 있었다.

"외지인이 찾아왔다며? 그것도 우연이 아니라 마법으로 찾아냈다던데. 이제 이 마을도 안전하지 않은 건가?"

"아니야, 안심하게. 우리 마을을 찾을 의도가 아니라 흩어진 일행들을 찾으려던 것뿐이라고 하더군."

"그래도 그게 가능했다는 건 다른 마법사들도 마음만 먹으면 우리 마을을 찾아올 수 있다는 소리 아닌가……."

"죽였다가 후환이라도 생기면 어쩌지? 저자의 동료 마법사들이 찾아오면…….."

"무슨 소리야. 그럼 살려서 보내기라도 할 건가? 애초에 선택지
는 하나였어. 말도 안 되는 소리를."

그들의 수군거림을 한 귀로 흘려넘기며 지엔은 언덕 위를 조용
히, 그리고 신중히 올랐다. 다행히 조심한 보람이 있어 마을 사람들
은 지엔의 존재를 끝까지 눈치채지 못했다.

'마을 사람들이 얘기하는 내내 이쪽을 본 걸 보면, 칼리스 님은
여기에 계시겠지. 그리고 어쩌면 나세르 님도.'

과연 예상대로였다. 언덕 위의 이층집 창문을 빼꼼 들여다본 지
엔은 아까의 남자와 대작하고 있는 칼리스의 모습을 발견했다.

벽에 온갖 무기들이 걸려 서늘한 빛을 발하는데도 칼리스는 그
에 전혀 개의치 않는 듯 보였다.

그는 그닥 성의 있는 청중이라고 할 수 없는 남자에게 잘도 자기
의 모험담을 늘어놓고 있었다.

"아, 그래서 연회장의 모두가 우리를 바라보는데……."

그 모습을 보며 지엔은 잠시 머리를 짚었다.

'저 사람, 여기가 적진이란 걸 아는 거야 모르는 거야.'

조금의 방비라도 하고 있을 줄 알았는데 그 기대를 완전히 배신
당했다. 지엔은 내친김에 생각을 바꿨다.

'잠깐, 내가 칼리스 님을 구한다고 해도 저 두목을 상대하기 위해
선 결국 나세르 님이 필요해. 칼리스 님 말씀이 마법사는 검사 없이
제 몫을 하기 힘들다고 하셨으니…….'

독배를 마시기에 여유가 좀 있다면 나세르 님을 먼저 구할까? 그

때, 칼리스의 장광설을 더 이상 듣고 있기가 힘들어진 듯 남자가 웃는 얼굴로 잔을 내밀며 말했다.

"허허, 북쪽 경계 안에서였다면 먼발치에서 올려다봐야 했던 분의 모험담을 이렇게 가까이에서 듣게 되다니. 정말이지 곱씹어 봐도 크나큰 영광이군요. 이 감동을 표현하고자 저희 마을에 얼마 없는 귀한 술을 가져왔는데, 한 잔 받으시겠습니까."

뻔한 입에 발린 말임에도 불구하고 칼리스는 전혀 의심 없이 외쳤다.

"술이라니, 북쪽 경계 밖에서도 그런 것을 취급하는 줄은 전혀 몰랐는데! 자네들 생각보다 풍족하게 사는군. 물론이지, 한 잔 주게."

흔쾌히 빈 잔을 내미는 그 모습을 보며 지엔은 속으로 비명을 질렀다.

'칼리스 님! 조금이라도 의심해 줘요! 하다못해 두목과 잔을 바꾸기라도……'

지엔의 기대를 배신하고 칼리스의 잔에 붉은 액체가 꼴꼴꼴 소리를 내며 담겼다. 그것이 다가오는 죽음의 발소리인 줄도 모르고 칼리스는 그저 웃는 얼굴이었다.

'내가 못 살아!'

지엔이 창문 밖으로 거듭 가위 자를 그려 보였지만 칼리스는 전혀 못 본 눈치였다. 아니, 붉은 눈이 언뜻 휘어지며 이채를 띤 것 같기도 했지만 아무래도 착각 같았다.

그러지 않고서야 저렇게 거리낌 없이 독이 든 술이 담긴 잔을 들어 올려 입가에 가져갈 리가.

결국 마음이 급해진 지엔은 주위를 둘러보다가 작은 돌 하나를 주워 칼리스에게 던졌다.

'쐐애애액!'

지엔의 괴물 같은 힘에 힘입어 화살처럼 빠르게 쏘아진 돌멩이는 정확히 칼리스의 손목을 때렸다.

힘없이 떨어져 바닥을 나뒹구는 잔을 보며 칼리스가 감흥 없이 중얼거렸다.

"아, 아까워라."

그 모습을 본 지엔은 다시 의심하기 시작했다.

'내 존재를 아시는 건가?'

하긴, 그렇게 요란하게 가위 자를 쳐 보였는데 모르는 게 이상했다. 하지만 그랬다면 왜 술을 마시는 걸 멈추지 않았지?

그때 남자의 목소리가 기이한 침묵을 깼다. 그가 뒤를 돌아볼 듯하기에 지엔은 황급히 몸을 감추었다.

아무도 없는 창가를 본 두목이 웃으며 말했다.

"쥐새끼가 있는 모양이군요."

칼리스는 손목을 맞은 일이 아예 없던 일인 것처럼 태연히 말했다.

"글쎄, 나 같으면 자네가 평소에 섭섭하게 대한 부하의 배신에 한 몫 걸겠네."

"호오. 왜 그렇게 생각하시는지?"

"그야 당연히 귀한 술을 자네가 평소에 동고동락하던 자신이 아닌 나에게 베풀어서 실망하지 않았겠나. 뭐, 그래도 벌하진 말게.

황족의 몸에 손을 댄 죄는 막중하나, 특별히 그냥 넘어가도록 하지."

칼리스가 기묘하게 빛나는 눈으로 두목을 보며 말했다.

"그러니 대작을 다시 시작하는 게 어때? 나는 떨어진 잔을 못 쓰겠다고 까탈 부릴 정도로 까다로운 자가 아니라네."

그 말을 들은 지엔이 생각했다.

'거짓말.'

그때 두목의 목소리가 다시 들려왔다.

"당신의 동료가 도주하는 것을 눈감아 주는 대신, 당신은 얌전히 독주를 받겠다. 그걸로 봐 달라……."

대놓고 '독주'란 표현을 사용하는 두목의 행태에 지엔이 숨을 들이켰다. 그리고, 남자가 다시 말했다.

"죄송하지만 그렇게는 못 해 드리겠습니다."

"못난아! 도망쳐!"

칼리스가 외친 것과 동시에 지엔이 기대어 있던 벽을 뚫고 곡도날이 튀어나왔다. 간발의 차로 피한 지엔은 창을 들어 반격하려 했으나 곧 창이 부러지고 말았다.

애초에 아무리 힘이 세 봐야 마나 사용자인 두목을 지엔이 이길 수는 없었다. 마나 사용이 금지된 무투 대회도 아님에야.

금세 제압당한 지엔을 멱살 잡고 끌고 간 두목은 칼리스의 미끈한 목에 검날을 가져다 댔다.

"당당히 구는 것이 미심쩍다 했더니, 역시나 뭔가 꿍꿍이가 있었군. 도대체 무슨 수로 그 먼 곳에 있던 하녀를 탈출시킨 거지?"

아무래도 뭔가 단단히 오해한 듯한데. 지엔이 그렇게 생각하는 가운데, 마찬가지로 이마에 땀방울을 매단 칼리스가 말했다.

"하하, 그건 오해인데. 정말로 오해일세. 왜냐하면 못난, 아니, 그 하녀는 내 도움이 필요 없을 정도로 강하기 때문이지……."

그런 칼리스의 말을 믿을 수 없다는 듯 두목이 버럭 고함을 질렀다.

"에잇, 정말! 이 지경이 돼서도 저놈의 혀는 끝까지 나불거리는 군! 어디 한 군데 잘려 봐야 정신을 차리지!"

마침내 화가 머리끝까지 오른 그는 칼리스에게 검을 휘두르려 하더니 갑자기 우뚝 멈추었다. 이윽고 입가에 비릿한 미소를 떠올 린 그는 바닥에 아무렇게나 내팽개쳐져 있던 지엔을 향해 천천히 걸음을 옮겼다.

가까워질수록 그의 손에 들린 곡도가 위협스러운 빛을 뿜어내는 것을 보며 지엔의 얼굴이 하얗게 질렸다.

"본보기는 직접 겪기보다 보는 게 더 좋을 테지."

그렇게 말한 두목이 망설임 없이 곡도를 내밀어 휘둘렀다.

'베인다……!'

지엔은 눈을 질끈 감으며 고개를 돌렸다.

뜨끈한 액체가 뺨에 튄 것이 느껴졌다. 그러나 정작 밀려오는 고 통은 없었다.

'너무 고통이 큰 나머지 실신하기라도 한 건가?'

그게 아니면? 지엔은 천천히 손을 들어 뺨에 묻은 액체를 더듬어 보다가 느리게 눈을 떴다.

가물거리던 지엔의 시야에 이윽고 짙은 보랏빛 상이 맺혔다. 두 눈 크게 뜬 그녀가 비명을 토해 냈다.

"칼 님!"

"놀라지 마, 못난아. 잘린 곳은 없으니까."

"하지만 얼굴이, 얼굴이……."

지엔은 창백하게 질린 얼굴로 손을 들어 칼리스의 뺨을 감쌌다.

칼리스의 몹시 가벼운 표현과 달리 그의 얼굴에 난 상처는 결코 가볍지 않았다.

두목이 들고 있던 곡도는 살상보다도 고문에 특화된 무기였다. 변칙적으로 구부러진 날이 칼리스의 뺨에 깊이가 균일하지 않은 흉터를 남겼다.

어떤 곳은 얇게 패인 반면, 어떤 곳은 선홍색 살이 드러나 보일 만큼 깊게 패었다.

그런 상처가 눈에 안 띄는 곳도 아니고 뺨의 절반이나 가로지르고 있었다.

목숨이 날아가느니 마느니 하는 시국에 이런 상처쯤 아무것도 아닐지 모르지만, 지엔만은 알고 있었다. 칼리스의 외모는 결코 우연히 운 좋게 타고난 것이 아니란 것을.

당장 치료하지 않으면 흉이 깊게 질 것이다. 그렇게 생각하면서도 지엔은 차마 두목에게 '당장 치료를 위해 자리를 비켜 달라' 따위의 말은 할 수 없었다.

오히려 두목은 칼리스는 물론이고, 나머지 이들마저 살려 줄 의향이 사라진 것 같았다. 눈을 번득이던 그가 차갑게 말했다.

"이놈들, 광장으로 옮겨."

"예!"

명령이 떨어지자 바깥에서 진작부터 상황을 주시하던 마을 사람들이 들어와 지엔과 칼리스를 밧줄로 묶었다.

그러는 와중에도 지엔의 시선은 여전히 별다른 조치를 받지 못해 피가 뚝뚝 흘러내리는 칼리스의 상처에 고정되어 있었다.

언덕 아래쪽으로 끌려가며 지엔에게 슬쩍 고개를 숙인 칼리스가 속삭였다.

"어차피 허사가 돼서 말해 주는 거긴 한데, 입 안에 작은 실드를 쳐서 술이 목구멍으로 넘어가지 못하게 하려 했어. 떠들면서도 주문 완성한다고 얼마나 고생했던지."

뭐라고? 어처구니없다는 듯 미간을 일그러뜨리는 지엔에게 칼리스가 마저 속닥거렸다.

"그래서 내가 죽어 간다고 확신한 마을 사람들이 날 내다 버리면 입 안의 독을 뱉고 일어나 어떻게든 너희를 구하러 갈 작정이었어."

"확인 사살이라도 했으면 어쩔 건데요? 또 그게 미량으로도 치사량을 넘는 독이었으면 어떻게 했으려고."

"뭐, 그럼 그냥 죽는 거지 뭐. 그래도 이래 봬도 어느 정도는 독에 대비가 되어 있거든. 나도 황족이라는 말씀."

"너무해요! 내색이라도 해 주시지. 전 진짜 칼리스 님이 죽는 줄 알고……."

"아무리 내가 천재라도 실드 마법을 쓰면서 통신 마법을 쓸 순 없다고. 통신 마법은 고난도 마법이란 말이야."

스스로를 일컬어 천재라고 거리낌 없이 말하는 칼리스의 모습에 지엔이 눈을 가늘게 떴다.

그것도 잠시, 다시금 칼리스의 손을 부여잡으며 지엔이 얼굴을 일그러뜨렸다. 그녀가 떨리는 목소리로 말했다.

"칼리스 님, 그보다도 정말 어쩌면 좋아요? 칼리스 님 얼굴이…….."

"지엔아, 지금 이런 상황에서까지 내 얼굴 걱정해 주는 거야? 고맙긴 한데, 그보다는 너와 내 목숨을 걱정하는 편이 좋지 않을까? 아무리 나한테 내 얼굴이 중요해도 목숨만큼은 아니거든."

칼리스가 난처한 듯 미소를 띠며 하는 말은 대부분 지엔의 귀에 들어오지 않았다. 그녀가 다시 중얼거렸다.

"하지만 칼리스 님, 얼굴이…… 칼리스 님한테 얼굴이 얼마나 중요한데."

"지엔아, 혹시나 하는 얘기다만, 너한테 내 목숨보다 내 얼굴이 더 중요한 건 아니지?"

농담하듯 가볍기만 하던 칼리스의 표정이 점차 진심으로 떨떠름해졌지만, 지엔은 그에 신경 쓸 겨를조차 없었다.

그녀는 다만 울상을 한 채 중얼거렸다.

'그렇게나 좋아했던 얼굴이면서.'

전생에 칼리스가 자신을 사랑하게 됐던 계기.

또한 죽어서 신의 앞에 함께 서게 되었던 계기가 다름 아닌 지금 칼리스의 얼굴이었다.

자수정처럼 짙고 아름다운 색으로 반짝이는 보랏빛 머리카락, 장인이 혼신의 힘을 기울여 조각한 듯한 이목구비, 언제나 자신감을, 때로는 짓궂음을 담고 반짝이는 선홍색 눈동자.

다른 이들보다도 유난히 자기 얼굴에 자부심을 가진 칼리스가 고깝게 보일 때도 있었으나, 그것도 어디까지나 초반에 한해서였다.

곁에서 지켜보면 지켜볼수록, 지엔은 차라리 칼리스가 전생의 자신의 얼굴을 가져가서 진심으로 다행이라고 생각하게 되었다.

전생의 자신에게서 검술을 가져간 나세르는 행복해 보이지는 않았지만 적어도 그 검술을 올바른 곳에는 쓰고 있었다.

그리고 칼리스의 경우에는, 그가 그의 얼굴을 올바른 곳에 쓰고 있는지는 잘 모르겠으나.

'적어도 행복해 보였어.'

늘 어깨를 움츠리거나 고개를 푹 숙이고, 위축되어 보였던 전생과는 다르게, 고개를 뻣뻣이 들고 아무 데나 고개를 기웃거리며 제멋대로 구는 칼리스를 보며, 지엔은 전생과 현생 중 어느 쪽이 그의 진짜 성격일지 궁금해하곤 했다.

그러나 매번 생각 끝에 나오는 결론은, 역시 그런 건 아무런 상관도 없다는 것이었다.

칼리스가 행복하기만 하다면 그것으로 족하다고. 그것으로 자신이 그에게 주었던 전생의 상처에 조금이나마 속죄할 수 있으면 좋겠다고.

그렇게 생각했었는데.

'그런데 어째서.'

어느덧 도착한 광장의 밝은 횃불 아래 훤히 드러난 칼리스의 상처를 지엔은 여전히 떨리는 눈으로 바라보았다.

'어째서 이번 생의 행복을 당신 스스로 걸어찬 거야? 왜? 게다가 하필이면 나 때문에. 다른 누구도 아니고 나를 위해…….'

바로 그 순간, 쳉그랑하고 금속이나 유리로 만든 뭔가가 깨지는 소리가 지엔의 귓가에 들려왔다.

고개를 퍼뜩 든 그녀는 주위를 둘러보았다. 그러나 눈빛을 흉흉하게 빛내며 주위를 감싼 도망자 마을 주민들의 모습만 보일 뿐, 깨지는 소리가 난 원인은 어디서도 찾아볼 수 없었다.

지엔이 어리둥절하게 고개를 기울이던 그때, 칼리스가 떨떠름한 얼굴로 속삭였다.

"지엔아, 너도 방금 들었어?"

"네?"

"뭔가가 깨지는 것 같은 소리. 내 귀에는 분명 들렸는데, 주위에 그걸 들은 듯한 사람이 아무도 없네."

어리둥절하게 주위를 두리번거리는 칼리스를 보며 지엔의 얼굴은 서서히 굳어졌다. 그녀의 머릿속에 한 가지 가설이 떠올랐다.

'방금 그건, 전생의 칼리스 님과 나 사이의 제약이 깨어지는 소리일지도 몰라.'

그녀는 여전히 심각해진 얼굴로 중얼거렸다.

'칼리스 님이 그가 받은 얼굴을 남을 홀리고 갖고 노는 데 이용할 시, 칼리스 님은 이번 생에도 나를 사랑하게 된다.'

그러나 칼리스는 그러기는커녕 지엔을 감싸며 그의 얼굴마저 희생했다. 그것은 확실히 그러한 제약을 지우기엔 충분한 일이었다.

지엔은 계속 굳어진 얼굴로 칼리스를 바라보았다. 만약 이 가설이 사실이라면, 이제 칼리스가 자신을 사랑하게 될 걱정은 더는 없다.

　다시 고개 숙인 그녀가 중얼거렸다.

　'하지만…… 어째서 나세르 님이 만티코어로부터 나를 구하고자 했을 때는 같은 일이 일어나지 않은 거지? 조건이 부족했나?'

　지금으로서는 그쪽에 가능성을 둘 수밖에 없었다. 지엔이 굳어진 얼굴로 생각하는 사이, 다른 사람들에 의해 끌려 나온 나세르가 그녀의 옆에 꿇어 앉혀졌다.

　일이 이렇게 된 정황을 대강 알고 있는 칼리스와 지엔과는 달리, 나세르는 아무것도 모르는데도 당황하거나 두려워하는 기색이 아니었다. 다만 그는 지엔을 향해 다급히 물었다.

　"지엔, 무사한가? 무슨 일을 당하진 않았나?"

　'그러긴커녕, 너무 무사해서 그만 사고를 쳐 버렸는뎁쇼…….'

　자신 때문에 이 마을에서 평화롭게 살아갈 수 있었던 나세르도 함께 죽게 되었다는 사실에 지엔이 새삼 죄책감을 느끼는 사이, 옆에서 칼리스가 빈정댔다.

　"이봐, 하루 만에 봐서 애틋한 건 알겠지만 이쪽도 좀 신경 써 주시지?"

　그에 가볍게 눈썹을 꿈틀하며 칼리스를 돌아보았던 나세르의 입이 곧 벌어졌다.

　그가 심각한 표정을 지으며 물었다.

　"그 상처는 뭐지? 어서 치유하지 않으면 흉이 남을 텐데."

"이 상처가 뭐냐면, 이들이 황족 시해죄 따위는 두려워하지 않는다는 증거지. 다른 말로 하자면, 우린 이제 모두 죽었다는 뜻이라네."

바로 그때, 마치 그 말을 기다리기라도 했다는 것처럼 세 사람의 만담을 듣고 있던 두목이 끼어들었다.

"순순히 이해해 줘서 정말 고맙군! 부디 이곳에 원혼으로 남진 말게. 안 그래도 척박한 곳이라서 말이야."

호탕한 두목의 외침에 칼리스가 밧줄로 묶인 손을 들려고 시도했다. 그가 다급하게 말했다.

"아니, 납득했다는 뜻은 아니었다네. 원혼으로 남지, 남고 말고. 백 년도 더 남을 자신 있네. 그래서 말인데 이 검 좀 치워 주면 안 될까?"

"잘 가라!"

"아니, 거참 사람 말을 안 듣네."

유연하게 나불대는 것과 달리 칼리스의 안색은 하얗게 질렸다.

두목의 칼은 가장 먼저 그에게로 떨어졌다. 그런 것을 보면 두목이 어지간히 그를 죽이고 싶어 했던 것이 틀림없었다.

그 모습을 보며 나세르는 눈을 크게 뜨고, 지엔은 속으로만 비명을 질렀다.

'안 돼!'

그러나 두목의 검은 칼리스의 몸을 관통하지 못했다. 캄캄한 어둠을 뚫고 날아온 섬광이 순식간에 그의 손목을 꿰뚫었다.

"크아악!"

처절한 비명과 함께 손목을 감싼 두목이 바닥에 쓰러졌다. 그 광경을 지켜보던 마을 사람들의 얼굴에 경악이 번졌다.

칼리스와 지엔, 나세르가 얼떨떨한 채로 눈만 깜빡이는 가운데, 일제히 무기를 집어 든 마을 사람들은 돌연 지엔 일행에게로 달려들었다. 당황한 와중에도 상황 판단이 제법 빨랐다.

"공격한 게 누군지는 몰라도 이들을 지키는 게 목적이다! 인질로 삼아야 해!"

"아니야, 그냥 죽여!"

"죽여서 대장님의 원수를 갚자!"

저마다 다른 말을 외치며 달려들었던 이들의 몸이 순식간에 한 군데씩 잘려 나갔다.

핏물과 섞이면 구분할 수 없을 정도로 진한 핏빛 검광을 보며 세 사람은 비로소 습격자의 정체를 알아차렸다.

검은 수풀 뒤에서 한숨 섞인 목소리가 날아왔다.

"마을의 위치를 알려 드리는 대신 주민을 공격하지 말아 달라고, 분명 미리 부탁드렸을 텐데요."

아름답고 예의 바른 듯하면서도 냉소와 빈정거림이 섞여 있는 목소리였다.

"헤카테?"

반가운 표정으로 지엔이 되묻기가 무섭게, 서리 낀 듯 차가운 목소리가 그에 대답했다.

"제국에서 가장 중한 범죄인 황족 시해를 대놓고 저지른 자들입니다. 아무리 북쪽 경계 바깥이라도 해도 제국의 기사로서 그들에게 선처해 줄 수는 없습니다. 게다가, 그들이 칼리스 대공자뿐만 아니라 나세르 공자와 당신의 친우까지 해치려 했다는 것을 분명 보셨을 텐데요."

"그건…… 하아."

"당신이 성력을 사용할 수 없는 지금, 작은 부상도 치명적인 결과로 이어질 수 있습니다. 어쩔 수 없는 선택이었습니다."

설전에서 진 헤카테가 마침내 물러났다.

"경의 말이 모두 맞습니다. 이 마을을 익히 알고 있으면서 이런 일이 일어나고 있을 가능성을 간과한 제 잘못도 있으니, 그냥 넘어가도록 하지요."

그리고 마침내 수풀 속에서 빠져나온 그들이 광장으로 걸어왔다.

마을 광장을 빙 둘러싼 횃불 속에서 선명히 드러난 네 명의 모습을 보며, 지엔은 속으로 환호했다.

'헤카테, 무사했구나! 발리아 님도! ……발레노르 경이야 뭐, 무사할 줄 알았지만. 그리고…….'

지엔의 꺼림칙한 눈빛이 대열 맨 뒤로 향했다. 벨하르트가 검은 머리칼에 붙은 나뭇잎을 한 손으로 대강 털어 내고 있었다.

방금 하나뿐인 사촌 형제가 죽을 위기에 처하는 모습을 보았으면서도 그는 용케 무표정한 얼굴이었다. 그러긴커녕 칼리스에게 시선도 주지 않는 벨하르트를 대신해 로아나가 말했다.

그녀 역시 벨하르트와 마찬가지로 이 재회가 달가운 듯한 표정은 아니었다.

"만나도 이렇게 만나는군요. 서로의 인원 구성이야 어느 정도 예상은 하고 있었습니다만······."

그렇게 말하며 눈을 가늘게 뜨고 자신을 흘겨보는 로아나의 모습에 지엔은 어깨를 움츠렸다.

안 그래도 자신이 이 마을을 탈출하는 데 전혀 도움은 안 되고 방해만 된 것 같아 여러모로 미안하게 생각하던 차였다.

'하지만, 내가 칼리스 님과 나세르 님과 따로 떨어진다는 건 곧 죽음을 의미한다는 걸 모르진 않을 텐데.'

그럼에도 불구하고 이 일행에 지엔이 아직도 껴 있다는 것이 심히 마음에 안 든다는 듯한 저 태도라니.

'역시 원정대원 중에 내 죽음을 바라는 사람이 있다면 다름 아닌 발레노르 경일까?'

그녀라면 단지 자신이 쓸모가 없다는 것만으로도 그런 생각을 할 법도 했다. 인상을 쓰고 고민하던 지엔은 어느새 다가온 그녀가 검으로 밧줄을 끊어 주자 감사 인사를 건넸다.

"아, 감사······."

이번에도 자신의 말은 끝까지 들어 주지도 않고 휑하니 사라지는 로아나의 모습에 지엔의 안색이 어두워졌다.

그때, 지엔과 다른 일행들의 모습을 바라만 보던 헤카테가 마침내 나섰다.

그가 팔짱을 끼며 말했다.

"보아하니 방금 이곳에 온 건 아니신 듯하고, 갇히시면서 짐은 물론 빛의 성물들도 빼앗겼겠군요. 패트릭 아저씨의 집에 있을 테니 나중에 찾으러 가지요."

원정대가 와해되고 나서도 여전히 우선순위가 명확한 헤카테 덕에 한시름 덜 수 있었다.

그것도 잠시, 지엔이 얼떨떨하게 물었다.

"그, 그래. 그런데 패트릭 아저씨라니, 그게 대체 누구…….."

그에 헤카테는 여전히 담담한 얼굴로 주저도 없이 그녀 뒤의 바닥을 가리켰다.

"당신 옆에 누워 계신 그분을 말한 겁니다."

그에 지엔은, 물론 나세르와 칼리스마저 떨떠름한 시선을 천천히 내리깔았다.

문제의 '패트릭 아저씨'는 여전히 꿰뚫린 부분을 움켜잡은 채 고통스럽게 울부짖으며 바닥을 구르고 있었다.

패트릭의 머리채를 잡아 젖히고 뭔가를 살피는 듯하던 헤카테가 품에서 작은 약병 하나를 꺼내더니 망설임 없이 그의 입 안에 까 넣었다.

흰자만 보이던 눈이 겨우 원래대로 돌아온 패트릭이 가쁜 숨을 내쉬며 바들대는 입꼬리를 말아 올렸다.

그가 짓씹듯 내뱉었다.

"제기랄…… 너는 오랜만에 만나도 귀여운 구석이 하나 없구나, 헤카테."

눈을 내리깐 헤카테가 무심히 대꾸했다.

"그때보다 나이가 적어진 것도 아니고 늘어났는데, 귀여운 구석이 생기기를 기대하는 것 자체가 어불성설 아닙니까?"

"하하…… 혀에 돋친 가시도 하나도 줄지 않고 여전하군! 그거아나? 네가 어렸을 때 말하는 것을 듣고, 난 네 정체가 혀에 돋은 가시로 사람을 죽이는 마물이라 해도 믿겠다고 생각했었다."

"빛의 대사제에게 못 하는 말이 없으시군요. 아저씨의 팔과 부하들의 치료가 아쉽지 않다면 어디 더 말씀해 보시지요."

"……."

패트릭의 입이 거짓말처럼 다물렸다. 그것과 동시에 일대에 싸늘한 침묵이 찾아왔다.

잠시 후, 입을 연 칼리스가 나직이 중얼거렸다.

"저런 게 사제라니, 말세야 말세."

"그 사제가 이 일행의 유일한 사제란 것을 유념해 주시기 바랍니다."

"하하, 말세가 말도 안 되게 좋은 세상의 줄임말이라고 내가 말했나?"

"……."

그럭저럭 사태가 소강되자, 가볍게 한숨을 내쉰 헤카테는 다시 칼리스를 돌아보았다. 그가 미간을 좁히며 말했다.

"사정이 있어서 앞으로 며칠 동안은 신성력을 쓸 수 없습니다. 회복되자마자 치유해 보도록 노력은 하겠습니다만, 흉터가 사라질지는 장담할 수 없어요."

그러자 로아나가 이를 부득부득 갈더니 다시금 패트릭과 마을 주민들을 향해 돌아섰다.

"황족의 몸에 흉을 지게 하다니, 저 자식들을 당장……."

"그만둬, 로이. 나는 괜찮으니까."

칼리스가 급히 손을 내젓자, 로아나는 믿을 수 없다는 눈으로 그를 돌아보았다. 그녀가 떨떠름하게 말했다.

"하지만, 칼 오라버니…… 얼굴이 전부까지는 아니더라도, 절반 정도는 될 텐데."

"지엔도 그러더니, 로이 너까지 그 소리야? 내 인망이 이 정도라니, 믿을 수가 없군."

평소처럼 뻔뻔한 칼리스의 말에도 로아나의 표정은 풀리기는커녕 더더욱 굳어지기만 했다.

칼리스의 상처를 헤집을 듯 집요하게 응시하는 로아나의 모습에, 지엔의 머릿속에서 오래전 파묻었던 의심이 다시금 고개를 들었다.

'설마, 발레노르 경이 정말로 칼리스 님을?'

서로 죽일 듯하다가도 친근하고, 또 친근하다가도 서로 죽일 듯한 것이 정말 알다가도 모를 둘 사이였다.

고개를 기웃거리던 지엔은 자신에게 다가오는 발리아의 모습을 보고 얼굴을 활짝 폈다.

옷이 더러워지는 것도 아랑곳하지 않고, 무릎을 꿇고 앉은 그녀가 지엔의 두 손을 붙잡으며 외쳤다.

"지엔! 무사해서 다행이야. 정말 걱정했어."

"발리아 님! 발리아 님이야말로 무사하셔서 정말 다행이에요."

그렇게 말한 지엔의 시선이 여전히 칼리스에게 화내고 있는 로아나와 패트릭과 한담을 나누는 헤카테, 마지막으로 멀뚱히 서 있는 벨하르트를 훑었다.

'심장이 없는 사람으로도 모자라서 인내심이 없는 사람, 거기다 인성이 없는…… 미안, 헤카테! 말은 바로 해야지! 아무튼, 인성이 없는 사람들과 함께하셨다니! 도망자들의 마을에 갇히는 것보다 이쪽이 더 끔찍한 경험이었을지도 몰라.'

그나마 헤어질 때와 같이 해사한 발리아의 얼굴을 보니, 별다른 고생은 하지 않은 것 같아서 다행이었다.

그때 발리아가 다시 말했다.

"나세르 공자님께는 빛의 검이, 칼리스 님께는 빛의 지팡이가 있는 데다, 지엔까지 함께 있었으니까."

"네?"

"정말 걱정될 수밖에 없잖니."

"아, 아아, 네. 그렇지요. 제라드가 만약 헤카테에게서 벗어났더라면 저희가 1순위 추적 대상이었겠지요."

"응, 세 사람이 제라드에게 붙잡히기라도 하면 북부 탐방이 정말 곤란해지니까."

"네?"

"응?"

지엔이 반사적으로 되물은 말에 발리아가 의아하게 고개를 기울였다.

그 모습을 보며 지엔은 기묘한 느낌을 받았다. 분명히 발리아와 같은 주제로 대화를 나누고 있는데도, 어쩐지 말이 조금도 맞물리지 않는 듯한 느낌. 서로를 겨냥해 던진 말이 번번이 목표를 빗나가는 듯한.

지엔이 그 이유를 채 깨달을 새도 없이, 헤카테가 그들에게로 다가왔다.

상처를 붕대로 싸매고 진통제의 효과를 보고 있을 뿐, 여전히 치료되었다고 할 순 없는 패트릭을 미련 없이 버리고 온 그가 지엔에게 말했다.

"지엔, 당신 상태가 이 중 제일 나아 보이니 저와 함께 패트릭 아저씨의 집으로 가도록 하죠. 빛의 성물 외에 또 잃어버린 물건들이 있는지 빠짐없이 확인해야 합니다."

"아, 그래. 같게."

퍼뜩 대답한 지엔은 걸음을 옮기면서도 뒤에 남겨진 발리아를 계속 돌아보았다.

지엔이 돌아볼 때마다 발리아는 변함없이 밝은 미소를 보냈지만, 지엔의 마음속에서는 꺼림칙한 느낌이 사라지지 않았다.

마치 마차에서 그 말을 들었을 때와 같은 기분이었다.

— *지엔은 살 가치가 있어.*

살 가치……. 작게 뇌까리며 지엔은 헤카테를 따라 언덕을 올랐다.

칼리스가 독주를 받아 마실 뻔했던 문제의 이 층짜리 목조 가옥에 도착한 헤카테는 그곳을 마치 제집처럼 익숙하게 헤집고 다녔다.

그 모습을 뒤에서 지켜보며 지엔은 떨떠름한 얼굴을 했다.

칼리스가 잔을 떨어뜨렸을 때 쏟아진 포도주가 핏자국처럼 남은 실내는 흡사 살인 현장 같은 느낌이었으나, 헤카테는 그런 건 안중에도 없는 듯했다.

'하여간 배우고 싶다, 저 침착함.'

그렇게 중얼거리던 지엔은 헤카테의 부름에 2층으로 올라갔다.

과연 나무 상자 안에 빛의 검과 빛의 지팡이를 비롯한 성물들이 고스란히 담겨 있었다.

그들은 그저 귀족 도련님들답게 비싸고 호사스러운 무기를 사용한다고 생각한 것 같았다. 가치를 모르고 이렇게 아무렇게나 둔 걸 보면.

상자 안을 물끄러미 내려다보던 지엔의 눈에 또 다른 게 보였다. 벨하르트가 출발 직전 나눠 준 텔레포트가 담긴 마석.

"어휴, 이 귀한걸."

지엔은 그것을 잽싸게 집어 품에 넣었다. 그러면서 그녀가 생각했다.

'어차피 나는 나세르 님 때문에 쓰지도 못할 텐데, 수도에 돌아갈 때까지 안 쓰고 잘 아껴 두면, 살아 돌아갈 때의 얘기긴 하지만, 팔아치울 수도 있지 않을까?'

텔레포트 마석의 가치는 돈으로 환산할 수 없다고 칼리스 님이 전에 말씀하셨었는데.

그런 생각을 하던 지엔에게 헤카테가 조금 서운한 투로 물었다.

"그거 말고 다른 마석은 눈에 안 보이십니까?"

"앗, 맞다."

작은 탄성과 함께 지엔이 마석을 손에 들었다. 아무런 색도 없던 마석은 지엔의 손이 닿자 잠시 파르르 떨더니, 이윽고 위협적인 붉은 색을 내뿜기 시작했다.

지엔이 저도 모르게 헤카테를 물끄러미 보자, 헤카테는 금세 진저리를 쳤다.

"그러니까 제가 아니래도요."

"그건 알아. 내가 생각하고 있던 건 다른 거였어."

그제야 구겨져 있던 미간을 푼 헤카테가 물었다.

"어떤 것 말씀입니까?"

"처음에는 여든 명 남짓하던 원정대가 이제는 열 명밖에 남지 않았잖아. 그런데도 여전히 마석이 붉은색이라는 건."

"그렇군요. 이 마을 주민들이 당신에게 적의를 품고 있을 가능성도 있지만, 그건 당신뿐만 아니라 외지인 다수에 대한 모호한 적의. 이 마법에 탐지될 정도는 아닐 겁니다. 즉……."

턱을 매만지던 헤카테가 마침내 지엔이 내내 생각하고 있던 말을 입에 담았다.

"'당신의 적은 저 다섯 사람 중에 있다'."

지엔은 조심스레 고개를 끄덕였다.

두 사람은 얼굴이 굳어진 채 나란히 패트릭의 집을 나왔다. 적의 정체가 특정된 건 좋았지만, 하필 그 상대들이 하나같이 심상치 않다는 게 문제였다.

헤카테는 물론 나세르와 칼리스도 제외해도 될 터였다. 둘이 지엔을 죽이고자 했다면 기회는 얼마든지 있었거니와, 오히려 그들은 죽음의 위기 앞에서마저 지엔을 감쌌다.

'그렇다면 남는 것은 벨하르트와 발리아 님, 발레노르 경인데…….'

지엔의 미간에 얕은 골이 파였다.

'어느 쪽이든 까다로운 사람뿐이야.'

발리아의 경우에는 의심하지 않으려 했지만, 그녀에게서 간혹 느껴지는 꺼림칙함이 그녀를 후보에서 완전히 제외하지는 못하게 했다.

그러나 가장 유력한 후보는 물론 로아나와 벨하르트였다.

문제는 그들이 일행 중에 순수 무력으로는 제일 강한 축에 속한다는 것이었다.

'마법이나 정령술이면 시간이 필요하거나 어떤 특별한 흔적이라도 남지, 둘 모두의 특기는 검…… 별 방법이 없어, 최대한 둘과 떨어져서 행동하는 수밖에는.'

그렇게 생각하며 죽을상을 하는 지엔 앞에서 헤카테가 나무문을 밀어젖혔다.

문이 힘없이 열리며 벨하르트와 로아나, 발리아, 칼리스와 나세르, 마지막으로 그들 가운데 포위당한 듯 쓰러져 있는 패트릭의 모습이 나타났다.

패트릭의 안색은 그리 좋지 못했다. 말이 환자지, 사실상 인질 취급이었으니 당연한 일이었다. 형세가 역전된 것을 보며 지엔은 속이 다 시원해지는 기분이었다.

그것도 잠시, 여태껏 상황을 관망하던 벨하르트가 툭 내뱉은 한마디에 방 안 공기는 순식간에 얼어붙었다.

"헤카테 사제. 정말로 그대와 패트릭의 존재만으로 도망자들이 반항하지 않을 거란 말을 믿을 수 있나? 등 뒤에 믿을 수 없는 자들을 두기보다는 모조리 죽여 버리는 편이 훨씬 편할 텐데."

그 말에 패트릭은 물론 일행들마저 경악했다.

지엔은 생각했다.

'마을에 들어오자마자 사는 사람들을 모조리 죽일 궁리부터 하다니.'

이런 사람이 정말로 제국을 물려받아도 되는 걸까?

그렇게 지엔이 살면서 한 번도 해 본 적 없는 건설적인 고민에 빠져드는 가운데, 헤카테가 한숨과 함께 대답했다.

"전하. 저희의 계획을 위해서는 도망자들이 오랜 시간 걸쳐 닦아 둔 이 터전을 이용하지 않으면 안 됩니다."

"이곳의 시설을 이용하는 것과 이자들을 살려 두는 것 사이에 무슨 상관관계가 있느냐고 나는 묻고 있는 거다."

여전히 완고한 벨의 대답에 나세르는 미간을 더욱 좁혔고, 로아나는 입술을 깨물며 묵묵히 고개를 숙였다.

그 가운데, 풀을 찧어 만든 연고를 뺨에 덕지덕지 바른 채 벽에 기대어 있던 칼리스가 몸을 일으켰다.

그가 벨하르트를 돌아보며 말했다.

"벨, 이 마을 사람들이 지금까지 쌓아 온 것을 이용하면서 이 마을 사람들을 죽일 생각을 하다니, 그거야말로 도적이 할 짓이 아니고 뭐야? 내게 황족으로서의 품위를 지키라고 항상 충고한 건 너였잖아."

가볍게 빈정대는 어조와는 달리 목소리만은 결코 가볍지 않았다. 그가 마법사로서 죽음에 친숙해졌을 뿐, 의미 없는 죽음에는 진저리 내는 사람이란 게 훤히 들여다보였다.

그러나 벨하르트의 태도는 흔들리지 않았다.

"사람으로써의 삶을 포기하고 경계 바깥으로 도망친 사람들에 대해서까지 사람 취급을 해 줘야 하나?"

"내가 걱정하는 건 이 사람들의 목숨뿐만 아니라 네 평판이기도 해, 벨. 이 일이 경계 안으로 새어 나가면 네게 좋은 일이 생길 것 같아?"

칼리스의 논리정연한 말에 잠시 생각에 잠긴 눈을 하던 벨하르트가 천천히 눈을 감았다.

드디어 설득당했나 싶어, 안도의 한숨을 내쉬던 일행의 얼굴이 이어진 그의 말에 차갑게 굳었다.

"시체는 말이 없지."

"……."

'세상에, 인성 봐.'

지엔이 경악하는 가운데, 다시 눈을 뜬 그가 주저 없이 말을 이었다.

"아마 너와 나세르 공자를 해치기로 작정했을 때, 저들 또한 그 생각을 염두에 두고 있었을 것이다."

그 말을 들은 칼리스가 눈을 감으며 깊은 한숨을 토했다. 침묵은 곧 긍정이란 뜻이었다.

벨하르트가 다시 말했다.

"자국의 황족을 해치려 한 자들에게 내가 손속에 자비를 둘 필요가 있나? 제국민들도 실상을 알면 나를 말리기는커녕, 더욱 참혹하게 죽이지 않은 것을 개탄할 거다."

"이봐, 당사자가 괜찮다는데 그런 식으로 여론을 이용할 생각은 접어 둬. 하여간 나는 확실히 말했어, 반대라고. 사람 피를 많이 봐야 찝찝할 뿐이니까."

말 그대로 찝찝해 죽겠다는 표정의 칼리스에 이어 나세르 또한 말했다.

"도망자들의 마을이라는 특성상 외지인을 배척하는 특성도 이해 못 할 것은 아닙니다. 죽이려 한 것은 과했다고 생각하지만, 저 또한 당사자로서 자비를 베풀어 주시면 좋겠군요. 사람의 피를 많이 보는 것은 저 또한 힘든지라. 차라리 제국으로 인도하여 이들이 도망친 이유였던 죄목을 밝히고 법으로 다스리심이 옳지 않을까 합니다."

미미하게 인상을 쓰고 말하는 나세르를 보던 지엔이 생각했다.

'전생에도 무가의 여식이었지만 피 보기를 영 싫어하는 성격인 듯하더니, 정말 사람 성격은 변하지 않는구나. 칼리스 님도 본래는 여린 성격이었던 듯하고.'

그리고 지엔은 다시 벨하르트를 돌아보았다.

'아마 이 중에 가장 많이 바뀐 건 저 사람이겠지.'

그러게 왜 전생에 자신이 갖고 있던 하고많은 좋은 것 중에 하필이면 강철 심장 같은 가장 쓸모없는 걸 가져갔담? 덕분에 전생의 복수를 하긴커녕 현생의 죄만 늘리고 있잖아.

못마땅한 얼굴로 투덜대던 지엔은 벨하르트가 갑자기 이쪽을 돌아보자 놀라서 흠칫 어깨를 떨었다.

"너는 어떻게 생각하지?"

'헉.'

"당사자들이 다들 선처를 바라는 입장이니, 너도 의견을 말해 보아라."

지엔은 몹시 놀라 더듬거리면서도 대답했다.

"여, 영광입니다. 가능하다면 저, 저도 죽이지 않는 방향으로 갔으면 합니다. 왜, 왜냐하면…… 헤카테가, 아니, 헤카테 사제님이 이들과 친분이 있는 것 같으니까요."

모두의 의견이 같자 벨하르트의 눈이 못마땅한 듯 가늘어졌다. 그러나 그것도 잠시, 헤카테를 휙 돌아본 그가 다시 말했다.

"왜 이들이 그대를 배신하지 않을 거라 확신하는지, 이유를 설명해라. 납득할 만한 이유가 아니라면 내 결정은 바뀌지 않는다."

"그리하겠습니다."

졸지에 마을 사람들의 운명이 자신에게 달렸는데도 헤카테는 문제 될 것 없다는 듯 차분한 태도였다. 어찌 보면 어떻게 되든 별로 상관없다는 듯이 보이기도 했다.

한 걸음 앞으로 나선 그가 말을 이었다.

"이 마을의 시조는 패트릭이 아닌 제 어머니였습니다. 아니, 정확히 말하자면 성별을 모를 사람이었지만, 저를 낳았으니 생물학적으로 어머니라 지칭하겠습니다."

"성별을 모를 사람이라고?"

"아마도 '대변동' 때 이 세계를 떠나지 않은 얼마 없는 이종족이 아닐까 합니다. 저를 낳고 얼마 안 가 돌아가셨기 때문에, 직접 뵌 적이 없어 저도 잘은 모르겠습니다만."

어머니의 죽음을 입에 담으면서도 헤카테는 여전히 담담했다. 도리어 질문한 이들의 기분만 찝찝해졌다.

그들이 묘한 표정으로 입을 다무는 가운데, 헤카테가 말을 이었다.

"제 어머니는 주변 땅의 마기를 완벽하게 몰아내는 능력을 가지고 계셨습니다. 고위 사제 최소 둘 이상이 힘을 합쳐야만 만들 수 없는 성력장과 비슷한 힘이었으리라 추측됩니다. 그분이 먼저 이곳에 자리를 잡고, 그 뒤에 경계를 넘어 이곳으로 도망쳐 오던 패트릭 아저씨와 그 일행이 자리를 잡았습니다. 개중 어린애들은 마나를 다루지 못했기에 사실상 경계를 넘을 때부터 이미 죽음을 각오하고 있었기 때문에, 그들은 제 어머니의 힘이 아니었다면 무사히 성인으로 자라나지 못했을 겁니다. 그때 자라난 이들이 지금 이 마을의 주축입니다."

"헤, 헤카테의 말이 맞네."

입을 벌려 듣고 있던 패트릭이 황급히 끼어들었다. 그가 뒤늦게나마 덧붙였다.

"우리 모두는 헤카테와 그 어머니에게 갚을 수도 없을 만큼 엄청난 빚을 졌어. 그러니 당연히 헤카테가 감히 외지인을 우리 마을에 데려와 이런…… 이런 짓을 한다고 해도, 차마 미워할 수는 없네."

그러더니 이를 악물고 눈에 눈물을 그렁그렁 맺는 패트릭의 모습을 보며 지엔은 조금 어이가 없어졌다.

'먼저 우리를 죽이려 한 건 댁들이잖아.'

벨하르트 또한 차분히 눈을 감으며 대꾸했다.

"애초에 우리에게 반항할 방도가 전혀 없는 상황에서 그런 말은 의미 없으니 믿지 않겠다."

"⋯⋯."

그 말에 패트릭은 얌전히 입을 다물었다.

그 가운데, 턱을 쓰다듬던 칼리스가 불쑥 물었다.

"어, 잠깐. 그럼 헤카테의 아버지는 저 패트릭⋯⋯ 이란 자의 일행에 속해 있던 도망자 중 하나인가?"

"네?"

"아니, 왜냐하면 생각해 봐. 어린아이가 어른으로 자라기 위해서는 꽤 오랜 시간이 필요할 텐데, 헤카테의 어머니가 죽고 나서는 당연히 이 주변 마기를 몰아낼 수 없었을 거 아니야? 그러니 헤카테가 태어나기 전에 십몇 년 정도 그녀가 이곳에 머무르는 동안 마을의 기반을 다졌고, 그 뒤에 헤카테를 임신했다는 얘기가 되는데⋯⋯ 헤카테의 출산 직후 그녀는 사망했다고 했으니까."

칼리스의 말을 듣던 지엔은 고개를 끄덕였다.

꽤 예리한 지적이었다. 일반적인 임신 기간은 약 열 달, 그 기간 안에 마을의 어린아이들을 성인으로 자라나게 하고 마을의 기틀을 닦았다면 말이 되지 않는다. 그러나 헤카테의 아버지도 틀림없이 이들 중에⋯⋯.

그때 패트릭이 말했다.

"아닙니다."

"아니라고?"

"예."

"어떻게 그런 일이 가능하지?"

벨하르트 또한 의심이 가득한 목소리로 물었다. 그에 패트릭이 진땀을 뻘뻘 흘리며 다시 무릎을 꿇었다.

그가 고개를 더욱 깊게 조아리며 말했다.

"저도 차라리 헤카테의 아버지를 이 마을 사람 중 하나라고 속여 위기를 모면하고 싶은 마음이 크지만…… 그분은 자신의 배에 뭔가의 봉인 마법을 걸었다고 스스로 말씀하셨었습니다. 그래서 출산을 미룰 수 있는 만큼 미뤘다고…….."

믿을 수 없는 대답에 모두의 표정이 흐트러졌다. 헤카테조차 이 말은 처음 듣는다는 눈치였다. 그가 떨떠름한 얼굴로 물었다.

"봉인…… 말입니까?"

"예. 뱃속의 시간을 수백 년 전부터 멈춰 두었으나, 그 때문에 자신은 점점 쇠약해져 가고 있어 얼마 안 있어 죽을 거라고…… 그렇게 말했습니다."

칼리스가 경악한 얼굴로 물었다.

"대체 뭘 위해?"

"그분이 말씀하시기를, 자신이 낳을 자가 곧 자신을 수태시킨 자이며 또한 누구보다도 사악한 자임을 알고 있다더군요…… 때문에 누구보다도 순수하고 기쁜 마음으로 빛의 길을 걷고자 하는 아이 또한 함께 묶여 있다며 가슴 아파하셨습니다."

그에 집 안 모두의 시선이 헤카테에게 쏠렸다.

"무슨 문제 있으십니까?"

칼리스가 미간을 좁힌 채 중얼거렸다.

"누구보다도 순수하고 기쁜 마음…… 음……."

"그보다도 그녀의 정체는 명확하군."

그렇게 말한 것은 나세르였다. 헤카테가 나세르를 돌아보았다.

나세르가 나직이 말을 이었다.

"천족."

예언과 정화, 둘 모두는 빛의 신의 권능이라는 것은 제국 사람이라면 다들 알고 있는 사실이었다. 빛의 신이 제국에서 가장 세가 강한 것은 다른 이유가 아니었다.

몇백 년 전 지상에서 사라진 종족이라 생소하기는 하지만, 헤카테 또한 고개를 끄덕이며 말했다.

"그런 것 같습니다."

"그리고 누구보다도 사악한 자라면……."

"제라드이겠지요."

패트릭이 겁에 질린 얼굴로 나세르의 말을 끊었다.

모두가 바라보는 가운데, 그는 창백하게 질린 얼굴로 말을 계속했다.

"그가 태어났을 때부터 남달랐다는 것은 우리 모두가 알고 있었습니다. 헤카테가 어려서부터 자기 어머니와 똑같은 능력을 각성하여 다친 마을 사람들을 치료해 주기 시작했을 때, 제라드는 어떻게 했는지는 몰라도 마을에 마물을 끌어들여 저와 다툰 사람들을 공격하게 했지요…… 그러다가 급기야 한 빛의 사제님이 예언을 받았다며 오셔서 그와 헤카테 모두를 데려갔습니다. 외지인을 공격하지 않은 것은 저희도 그때가 처음이었지요."

지엔은 눈을 번쩍 떴다. 그 빛의 사제란 사람의 정체를 그녀는 왠지 알 것만 같았다.

'오웬!'

왜인지 헤카테에 대한 일을 빛의 신전에서 그에게 일임했다는 느낌이 들 때가 많았으니, 아마도 그때 헤카테를 데려온 것도 오웬일 것이다.

어깨를 으쓱한 패트릭이 말했다.

"여러분께서는 제라드 그 녀석에게 쫓겨 이곳까지 도망 오셨다고요…… 그럴 만도 합니다. 어릴 때부터 집채만 한 마수를 다루던 녀석이니 이제는 얼마나 강해졌을지 짐작도 안 가는군요."

갑자기 잊고 있던 적의 존재가 다시 떠오르자 이들의 안색이 창백해졌다. 로아나는 분한 표정으로 검을 꾹 잡았고, 칼리스는 그저 쓰게 웃었다.

그때 패트릭이 다시 말했다.

"사실은 한 가지, 그녀로부터 남겨진 전언이 있습니다."

"뭐?"

"그녀는 죽기 전 쌍둥이를 저희에게 맡기며, 자신이 지닌 펜던트를 무덤에 함께 묻어 줄 것을 신신당부했습니다. 그리고 자신의 자식 중 하나가 이 마을을 떠났다가 돌아올 때 그에게 돌려주라고…… 물론 그 자식이 제라드가 아니었음은 분명합니다."

그렇게 말한 패트릭은 그때까지도 멀뚱멀뚱 앉아 있던 헤카테의 어깨를 척 잡았다. 그가 외쳤다.

"헤카테! 나는 어쩌면…… 이 일을 하기 위해 지금까지 이 험한 곳에서 버티고 있었는지도 모른다."

"아까 전하께서 말씀하셨듯 다른 방도가 없는 상황에서의 말씀은 효력이 없습니다. 차라리 이제 떠올랐다고 솔직하게 말씀하시지요."

"제기랄, 지 형이랑 똑 닮은 놈……."

패트릭의 욕을 가볍게 흘린 헤카테가 물었다.

"그 펜던트 얘기나 더 해 보십시오. 어떻게 생겼습니까? 외관적인 특징이 있을 것 아닙니까. 예언에 나올 정도였다면, 고작 제 출생의 비밀 따위를 알기 위한 물건은 아니었을 텐데."

"헤카테, 네 출생의 비밀이 '고작'이야?"

지엔의 자그마한 속삭임이 지나간 뒤, 패트릭이 기억을 더듬어 가며 말을 이었다.

"동그랗고 호두알만 한 크기에…… 흰 몸통을 금빛 십자 무늬가 감싸고 있고, 중앙에는 푸른 보석이 있었다. 값나가는 건 아닌 것 같았지만……."

그 익숙한 외관 설명에 모두는 얼굴을 굳혔다. 흰색과 금색의 조합, 푸른 보석 장식은 빛의 성물들이 공유하고 있는 한 가지 공통점이었다.

"빛의 펜던트……!"

나세르가 나직이 외칠 때까지도 영문을 모르고 있는 건 지엔뿐이었다.

그녀가 어리둥절하게 물었다.

"헤카테, 빛의 펜던트는 수도에 있는 빛의 신전 본단이나 다른 가문에 보관되고 있는 게 아니었어?"

헤카테는 싸늘한 표정으로 대답했다.

"아니요, 빛의 펜던트만은 다른 성물들과 달리 그 행방이 묘연합니다. 기록이 남아 있고, 또 빛의 성물이 만들어질 때 함께 만들어진 보관함에도 그것의 자리가 있기에 존재는 확신할 수 있습니다만, 일각에서는 빛의 펜던트의 권능이 너무 터무니없음을 들어 그런 것은 존재하지 않으며, 단지 빛의 신의 위상을 높이려는 수작이라고 말하기도 하지요."

"아, 그래?"

"정말이지, 당신이 브리지트 백작가에서 일한다는 것도 모자라 오웬 대사제와 어린 시절을 보냈다는 말을 들어도 아무도 믿지 않을 겁니다."

그렇게 말하며 한숨을 푹 내쉰 헤카테는 다시 고개를 들었다. 지엔도 헤카테를 따라 패트릭을 바라보았다.

꺼낼 수 있는 패는 모두 꺼낸 패트릭은 무릎을 꿇고 비장한 표정으로 처분을 기다리고 있었다.

턱을 매만지며 한참을 생각에 잠겨 있던 벨하르트가 마침내 입을 열었다.

"……빛의 펜던트가 이곳에 있었다고 하면, 오랫동안 빛의 펜던트의 행방만이 묘연했던 이유는 설명된다. 마왕을 봉인하기 위해 만들어진 물건이고 그 결과가 알려지지 않았으니, 실패했다면 이

부근에서 떠돌고 있던 것도 이해가 돼. 빛의 펜던트의 권능은 '설령 죽은 사람이라도 단 한 번 살려 내는 것.' ……찾을 수만 있다면 원정대에겐 큰 도움이 되겠지."

"그, 그럼!"

"그녀를 묻은 곳을 말해라."

고개를 조아린 패트릭이 사력을 다해 외쳤다.

"예, 예! 이곳에서 조금 떨어진 곳에 그녀의 무덤이 있습니다! 그녀의 시체는 은은히 빛이 나는 데다가 썩지도 않고, 마물들이 감히 접근하지도 못해 거의 원형을 유지하고 있습니다. 그녀의 시체를 직접 보시면 한눈에 제 말이 모두 사실임을 아실 겁니다. 제가 직접 안내하겠습니다."

"우리 모두가 갈 순 없다."

경계가 담긴 그 말에 패트릭의 안색이 흐려졌다. 그것도 잠시, 그는 곧 주먹을 움켜쥐며 씩씩하게 외쳤다.

"예! 어느 분이 함께 오시든 확실히 안내하도록 하겠습니다. 사실 펜던트는 무거운 물건이 결코 아니니 제가 혼자 갖고 올 수도 있겠지만, 여러분이 저희를 믿지 못하실까 봐 우려되는 마음에……."

패트릭이 주절대는 소리를 무시하고, 벨하르트는 턱을 매만지며 다시 생각에 잠겼다.

이윽고 그가 한 사람을 지목했다.

"발레노르 경."

"예."

로아나가 담담히 부복했다.

"패트릭을 따라가 그의 말의 진실과 펜던트의 유무를 확인해 보고 오도록. 동행인은…… 저 하녀가 좋겠군."

내내 무슨 일이 일어나든 대처할 수 있도록 긴장한 자세를 유지하고 있던 로아나와는 달리, 놀라운 구간을 제외하고는 대화 중반부터 바닥에 늘어져 있던 지엔이 벼락 맞은 표정으로 고개를 들었다.

가장 먼저 입을 연 사람은 뜻밖에도 로아나였다. 그녀가 반쯤 입술을 깨문 채 대답했다.

"전하. 괜찮으시다면…… 전하께 제국의 귀물인 빛의 펜던트를 되돌려 드리는 영광을 감히 혼자 누리고자 합니다."

'다행이다. 외진 곳에서 날 살해하고 싶은 마음은 없나 봐.'

지엔이 생각하기가 무섭게 벨하르트가 대답했다.

"기각한다. 아무리 경이라도 혼자라면 돌발 상황에 대처하기 어려울 수 있다."

"그래서, 제 조력자가 될 사람이 바로 저 하녀……."

로아나가 차마 말을 마치지 못하고 입을 다물었다. 입술이 멈추지 않고 계속 달싹거리는 것을 보아 계속 '하녀…… 하녀라고…….' 하고 곱씹고 있는 듯했다.

그 심상치 않은 모습에 나세르가 나섰다.

"전하, 부디 지엔 대신 제가 가게 해 주십시오. 지엔은 연약…… 하지는 않으나, 발레노르 경이 흡족할 만큼의 도움은 주지 못할 겁니다."

"그대는 제압당하는 과정에서 심하게 맞아 아직 온전히 거동이 어려운 상태인 것 알고 있다."

그의 말에 나세르의 입이 얌전히 다물렸다.

다음으로 나선 것은 칼리스였다. 그가 한 손을 들며 말했다.

"벨, 로아나는 알겠는데 왜 하필 지엔이야? 차라리 마법사인 나를 보내는 게 로아나에겐 훨씬⋯⋯."

"대공가 자제가 그런 얼굴로 돌아다니면 제국의 수치다."

"벨, 상처가 덧나지 않게 움직임을 자제하라는 정도로 말하면 안 되는 거야?"

투덜거리면서도 그 또한 입을 다물었다.

마지막으로 말을 꺼낸 것은 헤카테였다. 그는 이번이 마지막 기회란 것을 알고 있는 듯, 길게 한숨을 내쉬더니 지엔을 힐끗거리며 말했다.

"전하, 저 또한 지엔이 발레노르 경과 동행하는 것에 반대합니다. 오히려 발레노르 경께서 충분히 혼자 잘하실 수 있는 일을 그르칠까 염려되는군요. 아니면 차라리 제가 대신 가겠습니다."

로아나가 고개를 열렬히 끄덕거리는 모습을 보니 심사가 꼬이긴 했지만, 어쨌건 지엔도 그에 동의했다.

무엇보다도 지엔은 헤카테가 염려하는 바를 잘 알고 있었다.

'나와 같은 가능성을 생각하고 있겠지. 내게 적개심을 품은 발레노르 경이 단둘이 되자 홧김에 일을 저지르거나, 발레노르 경에게 벨하르트가 나를 살해하라고 은밀히 지령을 내릴 가능성.'

만약 그것이 진짜라면, 로아나와 단둘이 나가는 것은 자살 행위였다. 더군다나 벨하르트가 굳이 쓸모없는 지엔을 로아나에게 붙이려는 것이 아무래도 이상했다.

그러나 벨하르트는 헤카테의 말마저 일축했다.

"그대는 지금 신성력을 사용할 수 없는 상태인데, 어떻게 저 하녀보다 도움이 될 거라 장담하지? 저 하녀의 체력이 그대보다 높다는 것은 일찍이 들어서 알고 있다."

"……."

패트릭이 저만치서 '진짜?' 하는 눈빛으로 헤카테를 힐긋거렸다. 예상치 못한 굴욕에 미간을 구기는 헤카테에게, 벨하르트가 다시 말했다.

"그리고 발레노르 경이 패트릭을 데려갈 시, 우리에겐 또 다른 인질이 필요하다."

"그 말씀은……."

헤카테와 모두가 설마 하는 눈빛으로 벨하르트를 바라보는 가운데, 그가 담담히 선언했다.

"발레노르 경이 무덤에 다녀오는 사이 마을 주민들이 우리를 위협한다면, 우리는 헤카테 사제를 인질로 삼는다. 그리고 만약 그대에게 무슨 일이 생긴다면, 발레노르 경, 무슨 일을 해야 할지 알고 있겠지."

"……패트릭 이 자를 인질로 삼아 상황을 타개하겠습니다."

로아나가 대답하기 싫어 죽겠다는 얼굴로 간신히 대답을 쥐어짜 내고 나서야, 벨하르트는 바깥을 가리켰다.

로아나와 패트릭을 따라나서기 전, 지엔은 마지막 희망을 담아 발리아를 간절히 쳐다보았다.

'발리아 님! 제발 따라와 주세요! 지엔을 발레노르 경과 단둘이 둘 수는 없다고, 그렇게 말씀해 주세요! 제발요!'

그러나 발리아는 말똥말똥한 눈으로 이쪽을 보고 있다가, 눈이 마주치자 환히 웃으며 손을 흔들 뿐이었다.

지엔은 속으로 무릎 꿇으며 절망했다.

'그래, 세상에 완벽한 사람은 없어! 착한 사람은 보통 눈치가 없기 마련이라고!'

일말의 희망마저 포기한 지엔은 터덜거리는 걸음으로 두 사람을 따라 걸음을 옮겼다. 그러다 문득, 그녀의 머릿속에 한 가지 의문이 스쳤다.

'어라.'

그 자리에 가만히 멈춰 선 지엔은 턱을 매만졌다.

'그러고 보니 발레노르 경은 그렇다 치고, 발리아 님은 마을 주민들의 처우에 대해 한마디 말씀도 하지 않으셨네.'

분명 한마디 말쯤은 할 줄 알았는데. 가령 '그런 짓을 하시면 안 돼요, 전하! 그런 짓을 했다가는 모두가 전하를 미워할 거예요.' 같은, 심장 잃은 폭군을 교화시킬 때나 쓸 법한 말. 실제로 그녀가 전생의 벨하르트에게 들은 말이기도 했다.

'허허, 거참 생각할수록 남 말할 처지가 아니로군. 이런 생각은 그만두도록 할까.'

허심탄회한 표정을 지은 지엔은 고개를 내젓고 힘차게 집 밖으로 발을 내디뎠다.

몇 걸음 떨어진 곳에서 그런 지엔을 못마땅하다는 눈으로 바라보던 로아나가 다시 휙 돌아서서 걸음을 옮겼다.

헤카테의 안내에 따라 도망자들의 마을로 이동하면서 벨하르트가 계획한 것은, 도망자들의 마을을 거점으로 숲에 뿔뿔이 흩어져 있을 원정대원들을 다시 규합하는 것이었다.

도망자들의 마을에 다수가 얼마간 지낼 식량과 방어 시설이 어느 정도 갖춰져 있음을 감안하고 세운 계획이었다.

그 말을 듣고 칼리스와 나세르는 주민들을 몰살시키려던 벨하르트를 뜯어말리기를 백 번, 천 번 잘했다고 생각하게 되었다.

아무리 도망자들의 마을이라고 해도 그렇지, 마을 주민을 몰살시키고 그들의 집에 거주하면서 식량과 식수를 축내겠다니, 원혼에게 매일 밤 시달려도 할 말이 없을 터였다.

"하긴, 벨 녀석은 원혼도 피해 갈 것 같지만."

시답잖은 말을 지껄이며 칼리스는 걸음을 옮겼다.

제압당할 때 두들겨 맞은 곳이 검사인 나세르보다 훨씬 적었기에, 얼굴을 제외하곤 비교적 상태가 멀쩡했던 칼리스는 발리아와 함께 마을 주변을 살피고 울타리와 해자를 점검하러 나온 참이었다.

"용케 이런 열악한 시설로 버텼네."

다 썩은 나무판자 위에 강화 마법진을 덧대어 그리며 칼리스가 중얼거렸다. 발리아 또한 고개를 끄덕이며 해자에 물을 보탰다.

다시금 마을 안으로 발걸음을 옮기던 칼리스가 불쑥 입을 열었다.

"그러고 보니, 발리아 영애."

"부르셨어요?"

그렇게 물으며 이쪽을 돌아보는 발리아의 눈이 티 한 점 없이 맑았다. 괜스레 죄짓는 기분이 들어 헛기침한 그가 말을 이었다.

"영애에게 궁금한 게 좀 있는데."

"얼마든지 말씀하세요."

"아까 벨하르트가 이 마을의 주민들을 몰살시키겠다고 했을 때."

"네."

"왜 아무 말도 하지 않았지? 내가 아는 영애라면 마땅히 그러리라고 생각했는데 말이야."

"아, 그건요."

잠시 고민하듯 눈동자를 굴리던 발리아가 이윽고 경쾌하기까지 한 목소리로 대답했다.

"전하의 말씀이 옳다고 생각했기 때문이에요."

그 말에 칼리스의 표정이 일순 흐트러졌다. 그가 믿을 수 없다는 듯이 물었다.

"뭐라고?"

발리아는 전혀 문제 될 것 없다는 듯 또박또박 말을 이었다.

"이 마을을 거점으로 원정대원을 다시 불러 모으겠다는 저희의 계획상, 원정대원들을 부르는 과정에서 틀림없이 마물 역시 그만큼 불러 모을 것이 분명해요."

"그, 그렇지."

"외부의 적이 만만치 않은데 내부의 적까지 신경 쓸 여유는 없어요."

"그거야 그렇긴 하지만……."

"그리고."

발리아가 고개를 돌리며 툭 내뱉은 말에 칼리스가 어리둥절하게 되물었다.

"'그리고'?"

다시금 칼리스를 돌아본 발리아가 아침 햇빛을 받은 이슬처럼 반짝이는 미소를 지었다.

"마을에 있는 건물들의 규모는 틀림없이 마을 구성원들의 수에 맞추어 지어져 있겠지요."

"그야…… 그렇겠지? 아까도 돌아다니면서 세어 보니까 고작해야 이십 채에서 삼십 채 정도의 가구밖에 없었고, 실제로 마을 주민의 수를 다 세어 봐도 오십이 될까 말까. 하긴, 이렇게 척박한 땅이니 건축 자재를 아낄 수밖에 없었겠지. 그런데 그게 왜?"

그녀가 너무 초연해서 어딘지 섬뜩하기까지 한 얼굴로 대답했다.

"말하자면 저희 원정대원들은 정해진 인원에 딱 맞게 지어진 공간을 억지로 비집고 들어가는 셈이에요. 남는 자리가 있을 리 없겠지요. 모두가 불편할 거예요."

"……."

"하지만 빈 자리가 생긴다면, 어떨까요? 모두가 편해지지 않을까요?"

안색의 변화 하나 없이 무서운 결론을 입에 담는 발리아를 보며, 칼리스는 잠시 걸음을 멈추었다.

그는 자신이 방금 들은 말이 무슨 뜻인지를 반추해 보았다. 아무리 생각해도 자신이 잘못 해석한 것 같지는 않았다.

'그렇다면 발리아가 진심으로 이 마을 주민들의 죽음에 아무런 유감도 느끼지 않는다는 뜻인데.'

그는 굳어진 얼굴로 생각을 거듭했다.

'아니, 속단하기엔 일러. 파티장이나 숲에서 신분에 상관없이 지엔을 염려하고 아끼던 그 태도는 거짓이 아니었어.'

다시 고개를 든 칼리스가 태연한 척 물었다.

"하지만, 발리아 영애가 방금 말한 그 '모두'에 마을 사람들은 들어 있지 않은 것 같은데?"

"그야 도망자들이니까요. 나라에 대한 의무도 권리도 포기한 사람들보다 나라와 대륙을 위해 힘쓰는 원정대원의 안위가 더 중요한건 당연한 거 아닌가요?"

"하지만…… 수백 년 전에는 초승달 숲의 크레센트 일족도 제국민이 아니었지."

발리아에게 의도한 것 이상으로 직접적인 말을 던진 칼리스는 흠칫했다.

눈을 홉뜨며 입을 막은 그가 다시 발리아를 보았다.

'이런, 이랬다가 발리아 영애가 화내기라도 하면 곤란한데.'

그런데 뜻밖의 일이 일어났다. 자신의 일족이 도망자들에게 비유 당했음에도 불구하고 발리아는 전혀 아무렇지 않은 얼굴로 방긋 웃었다.

칼리스가 의아해하는 찰나, 그녀가 여전히 웃는 얼굴로 말했다.

"대대로 초승달 숲을 지킬 사명을 갖고 태어나 물의 정령의 힘을 타고나는 저희 크레센트 일족과 저런 도망자 마을 주민들을 비교하시다니. 농담이시지요?"

그녀의 얼굴은 재미있는 농담을 들었다는 듯 한 점의 유감 없이 밝게 빛나고 있었으나, 칼리스는 이를 다행으로 여겨야 할지 불행으로 여겨야 할지 모를 심정이었다.

칼리스가 아무 말이 없자, 발리아는 긍정으로 받아들인 듯 휙 몸을 돌렸다. 그녀를 따라가며 칼리스가 어둡게 한숨을 내쉬었다.

미려한 이마를 찡그린 그는 중얼거렸다.

'발리아가 태생적으로 귀족적인 성품을 보였던들 목숨에 대한 존중은 있었어. 그런데 지금은 타인의 목숨을 도구로 사용함에 있어 전혀 거리낌이 없는 눈치야. 도대체 무엇이 그녀를 이렇게 만들었지? 전혀 변하지 않을 거라 생각한 건 아니지만, 어떻게 이 짧은 새에?'

그리고 칼리스는 지금쯤 마을 안에서 누구보다도 고상한 모습으로 같은 생각에 잠겨 있을 한 사람을 떠올렸다.

'벨하르트.'

칼리스는 진홍빛 눈을 구기며 입술을 깨물었다.

'경계해야 할 건 수도의 멍청이들이 아니었어. 가장 경계해야 할 건 다른 누구도 아닌 벨하르트, 바로 그 녀석이었어.'

　패트릭은 한 팔이 온전치 못한데도 다른 팔로 넝쿨을 휙휙 헤집으며 거침없이 나아갔다. 그 모습을 보며 지엔은 새삼 헤카테의 어린 시절을 상상해 보았다.

　'헤카테도 아마 이 근처를 마당 삼아 자랐을 텐데.'

　그래서 그토록 건조한 성품이 된 걸까? 주위를 둘러싼 보랏빛 안개와 검은 나무들, 바닥에 넝쿨과 함께 얽혀 누워 있는 회색 풀들을 보고 있자면 얼마 없는 감수성마저 사라지는 것 같긴 했다.

　그리고 지엔은 새삼 잊고 있던 의문을 떠올렸다.

　'제라드에게서는 어떤 수를 써서 도망친 걸까?'

　지엔은 앞서 걷는 로아나의 등을 힐끗거렸다.

　로아나와 벨하르트, 발리아와 함께 나타난 것으로 보아 그들은 뭔가 알지도 모르지만, 하필 지금 함께 있는 사람이 로아나라니.

　'마을에 돌아갔다가 틈을 봐서 발리아 님이나 헤카테 본인에게 직접 묻는 게 좋겠지?'

　그렇게 생각한 지엔은 도로 입을 다물고 얌전히 걸음을 옮겼다.

　세 사람 사이에는 계속 침묵만이 흘렀다. 로아나가 간간히 패트릭을 향해 '얼마나 더 가야 하지?'라거나 제대로 가고 있는 거겠지? 허튼수작 부리면 용서치 않겠다.'라고 말할 뿐이었다.

　차마 패트릭 꼴이 되기 싫어 바닥만 보고 걷던 지엔은 갑자기 날아온 목소리에 고개를 들었다.

　"이봐, 하녀."

"네? 부, 부르셨습니까. 발레노르 경."

지엔의 당황하는 모습을 물끄러미 보던 로아나는 툭 던지듯 물었다.

"왜 네가 칼리스 공자와 나세르 공자와 함께 있었던 거지?"

그 말에 지엔은 미간이 일그러지려는 것을 애써 참았다. 그녀가 느릿느릿 대답했다.

"그건…… 대피할 때 함께 대피했기 때문에. 어쩌다 보니…… 절대로 제가 함께 가 달라고 매달린 것이 아니옵고."

그러면서 지엔은 로아나가 이 말을 꺼낸 저의가 무엇인지 짐작해 보았다.

자신의 한심함에 대한 저격? 칼리스가 자신과 함께 다녔다는 것에 대한 못마땅함?

그때, 얼굴을 크게 찌푸린 로아나가 지엔의 말을 잘랐다.

"내가 묻고 있는 건 그런 게 아니다. 내가 묻고 있는 건, 칼리스 공자와 나세르 공자가 함께 가자고 청했다고 해도 네 쪽에서 거절할 수 있었을 텐데, 왜 그렇게 하지 않았냐는 거다."

로아나를 잠시 벙찐 채 올려다보던 지엔이 황망히 대꾸했다.

"그야, 제 실력으로는 이 마물의 숲에서 절대 혼자 버틸 수 없을 테니까요……?"

'차라리 왜 안 죽었냐고 물어보지 그러냐?'

속으로만 투덜거리던 지엔은 로아나의 미간이 갑자기 크게 일그러지는 것을 보고 흠칫 놀랐다.

그리고 그녀는 문득 자신의 주머니를 살폈다. 마을을 나올 적에,

의심 가는 후보의 수를 최대한 줄여야 한다는 헤카테의 말에 따라 마석을 챙겨 왔었다.

과연, 주머니로 보이는 선명한 붉은빛에 지엔은 침을 꼴깍 삼켰다. 그녀는 다시 고개를 돌려 로아나를 보았다.

'역시 내게 살의를 가진 건 발레노르 경인가? 시체를 찾자마자 패트릭과 나를 동시에 죽일지도 몰라.'

지엔의 눈에 새삼스레 떠오른 경계심을 로아나 역시 눈치챈 듯했다. 얼굴을 찌푸린 그녀가 등 뒤로 기세를 키우며 차차 일촉즉발의 분위기가 흘렀다.

그때, 패트릭의 외침이 둘 사이의 긴장된 공기를 갈랐다.

"이쪽입니다. 누군가 펜던트를 발견하고 가져가지 못하도록 이 아래에 숨겨 두었습니다."

두 사람은 일제히 고개를 휙 돌렸다. 성인 남성 열 명이 빙 둘러 안아야 겨우 감쌀 수 있을 것 같은 거대한 나무 앞에 패트릭이 서 있었다.

지엔이 기묘한 붉은빛을 띤 나무의 잎사귀를 관찰하는 동안, 패트릭은 구멍 안으로 휙 뛰어들었다. 두 사람이 말릴 새도 없었다.

그 모습을 본 로아나가 미간을 좁히며 중얼거렸다.

"어째 썩 믿음이 안 가는데."

'발레노르 경께는 대체 누가 믿을 만한 사람이겠어요.'

지엔이 속으로 조용히 생각하는 사이, 나무 바로 앞까지 다가간 그녀가 가죽처럼 반질반질한 나무 표면을 발로 툭 찼다.

"나무의 생김새도 영 수상쩍군. 북부에만 자생하는 특수한 종인 건 분명한데."

"그럼 돌아갈까요?"

지엔이 희망을 담아 조심스럽게 묻자, 잠시 고민하던 로아나가 고개를 내저었다.

"아니. 어차피 제 목숨은 물론 마을 사람들의 목숨까지 인질로 붙잡혀 있는데 허튼짓은 안 하겠지. 설령 허튼짓을 한다고 해도 베어 버리면 되는 일이니."

"그래도, 함정 같은 게 있을지도 모를 일이잖아요? 그럼 대응하기 힘들 것 같은데요. 제 생각에는……."

지엔이 눈치 보다 머뭇머뭇 덧붙인 말에, 갑자기 휙 고개를 든 로아나가 지엔을 골똘히 응시하기 시작했다.

지엔은 식은땀이 등을 타고 흐르는 것을 느꼈다.

'젠장, 괜히 말했다. 이래선 함정에 날 던져 줍쇼 하는 말이나 다를 바가 없잖아.'

진땀을 뻘뻘 흘리던 지엔은 결국 로아나의 눈빛을 이기지 못하고 다시 입을 열었다.

"제가…… 제가 앞장설 깝쇼? 아니, 앞장설까요?"

"……."

"바, 발레노르 경의 길을 여는 앞장서서 영광을…… 허락해 주시겠습니까?"

"……."

'아무 말이 없길래 눈빛으로 앞장서라고 협박하는 건 줄 알았는데, 바라는 게 그게 아니었나?'

고개를 반쯤 숙인 지엔의 두 눈이 마구 흔들리자, 그 모습을 골똘히 들여다보던 로아나가 다시 돌아섰다.

그녀가 쌀쌀맞은 투로 내뱉었다.

"도대체 기사를 뭐라고 생각하는 거지? 하녀에게 선두를 맡기다니, 그런 짓을 할 리 없잖나."

'아, 그러십니까.'

속으로 투덜거리는 지엔에게 나무 안에서 패트릭의 외침이 날아왔다.

"왜 안 오시는 겁니까? 밖에 무슨 일이 생기기라도 했습니까?!"

"망을 부탁하지."

없는 정도 떨어질 만큼 쌀쌀맞은 목소리로 말한 로아나가 구멍 안의 어둠 속으로 휙 몸을 던졌다. 스스로의 실력에 대한 자신감을 알 수 있는 망설임 없는 동작이었다.

홀로 남게 된 지엔은 잠시 주위를 두리번거리다가, 천천히 걸음을 옮겨 구멍 바로 옆에 쭈그려 앉았다.

자신의 힘으로도 꽤 버거운 활도 풀어서 화살통과 함께 내려놓은 지엔은 비로소 무릎 위에 턱을 올려놓고 중얼거렸다.

"도대체 뭐가 저렇게 불만인 거지?"

그녀는 다시 중얼거렸다.

"내가 죽길 바라는 것 같길래 모처럼 앞장서겠다는 기특한 말도 꺼내 봤는데, 그건 또 원치 않는다고 하고……."

로아나가 자신을 죽이고자 하는 것은 알겠지만, 도대체 무슨 방법을 생각하고 있는 것인지는 짐작이 안 갔다. 하다못해 그것만 예상이 가능했어도 어느 정도 대비책을 세울 수 있을 텐데.

지엔이 심각하게 생각하던 그때, 갑자기 검은 형체가 옆의 구멍에서 불쑥 튀어나왔다. 로아나인가 싶어 돌아본 지엔은 팔을 움켜쥐고 헐레벌떡 뛰고 있는 패트릭의 모습을 보고 어안이 벙벙해졌다.

그것도 잠시, 황급히 땅에 놓여 있던 활을 잡으며 일어난 그녀가 패트릭을 향해 외쳤다.

"이봐요, 아저씨!"

호칭을 잠시 고민했지만, 헤카테에게 아저씨이면 자신에게도 아저씨였다.

그에 패트릭이 이쪽을 돌아보았다. 그는 기이하게도 히죽히죽 웃는 얼굴이었다.

"아, 그렇지! 너도 있었지, 너도……."

마치 자신의 존재를 잊고 있었던 것 같은 그의 대답에 지엔은 미간을 좁혔다. 그녀가 다시 외쳤다.

"아저씨, 발레노르 경은요? 같이 들어갔잖아요!"

"그 여자 말이냐? 당연히 죽었겠지! 하하, 하! 지금은 아니더라도 조만간……."

뭐? 선 채로 빳빳이 굳어지는 지엔에게 패트릭이 방금 나온 구멍을 다시 가리켰다.

"저 나무, 아니, 마물의 이름은 흡혈귀 나무! 뿌리로 인간과 마물을 공격해 마력을 빨아먹지. 저들의 외피는 너무 단단해 마나를 담은 검으로도 자를 수 없어서, 막을 방법은 단 하나! 저들에게 독이 되는 신성력을 쏟아부어 무력화시키는 것뿐이다!"

그에 비로소 진상을 깨달은 지엔이 이마를 찡그리며 외쳤다.

"그래서 시체를 저곳에……!"

어째서 마물을 물리치는 효과가 있는 시체를 마을에서 떨어진 곳에 보관했나 했더니, 제라드를 피하기 위해서라거나 은인의 시체를 이용할 수 없다는 이유 따위가 아니었다. 단지, 이 인근의 오랜 골칫거리 하나를 해결하고자 했을 뿐.

그녀의 표정을 본 패트릭이 킬킬거리며 말을 이었다.

"그래, 방금 내 말을 들어서 알겠지만 우린 사실 헤카테의 어머니에게도, 헤카테에게도 큰 감정이 없어! 은혜는 은혜고, 죽은 사람은 죽은 사람이지! 산 사람은 살기 위해 무슨 짓이든 해야 한다고!"

구덩이 안에서 그 역시도 완전히 무사할 수는 없었던 듯, 한쪽 다리를 절뚝이며 뛰기와 걷기를 반복하던 패트릭이 다시 외쳤다.

"그 기사는 이미 오랫동안 굶주린 흡혈귀 나무의 제물이 되었을 테니, 내가 마을에 돌아가 이 사실을 알리면 싸움은 끝난다! 헤카테에겐 미안하지만, 어쩔 수 없지! 그는 인질로서 아무런 가치도 없거든."

그때 지엔은 이미 활시위를 당기고 있었다.

울퉁불퉁한 돌에 걸려 넘어져 잠시 엎드려 숨을 고르던 패트릭은 그녀의 모습을 발견하고 눈을 크게 떴다.

"대체 뭐……! 그 거대한 활은 저 기사의 것이 아니었단 말이냐?!"

그가 그렇게 외친 순간, 빛과 같이 날아온 화살이 그의 허벅지를 꿰뚫었다.

"아아악!"

처절한 비명을 지르는 패트릭을 감흥 없는 눈으로 보던 지엔이 다시 활시위를 당겼다. 두 손으로 바닥에 짚은 패트릭은 뒤뚱뒤뚱 물러났다. 그가 경악을 담아 외쳤다.

"아악, 잠깐! 쏘지 마! 쏘지 마! 무시해서 미안해, 너, 아까 그 기사랑 사이 안 좋지? 너 혼자 돌아가면 네가 그 기사를 죽인 걸로 오해할지도 몰라! 그럴 바엔 차라리 나와 말을 맞추는 게⋯⋯."

지엔은 망설이지 않고 활시위를 놓았다. 쐐애액! 날카로운 파공음과 함께 날아간 두 번째 화살이 패트릭의 다른 다리마저 꿰뚫었다.

지엔은 비명도 지르지 못하고 바닥에 푹 고꾸라진 그를 차가운 눈으로 내려다보았다. 이윽고 활을 고쳐 쥔 그녀는 빠르게 돌아섰다.

'두 다리를 쏘았으니 이젠 마을로 도망칠 수는 없겠지. 두 팔로 기어가더라도 우리보다는 늦게 도착할 거야.'

과다출혈로 죽을지 모르니 지혈을 하는 것이 좋겠다는 생각이 문득 들었으나, 지엔은 곧 고개를 내저었다. 지금 위급한 상태인 건 로아나도 마찬가지였고, 패트릭과 로아나 중에 고르라면 당연히 로아나였다.

'죽으면 자기 팔자지 뭐.'

그렇게 중얼거린 지엔은 잠시 활을 들고 있던 손을 내려다보았다. 사람을 쏜 것은 처음이었는데도 기묘할 정도로 아무런 불쾌감도 느껴지지 않았다.

'이것도 내 전생 때문인가?'

찝찝해지는 것도 잠시였다. 금방 감정을 추스른 그녀는 활과 화살을 내려놓고 구멍 안으로 휙 뛰어내렸다.

구멍 안은 고작 이 미터 정도의 높이였다. 손톱을 세워 벽을 긁으며 내려오자, 축축하고 물렁물렁한 흙 사이로 무수히 많은 가느다란 줄기 같은 것이 손에 닿았다.

평소라면 나무뿌리로 여겨 대수롭지 않게 생각했겠지만, 패트릭의 설명을 듣고 나니 찝찝하기만 했다. 바닥에 발이 닿자마자 지엔은 벽에서 손을 휙 소리 나게 떼어 냈다.

다행히 벽과 바닥을 둘러싼 뿌리들은 지엔에겐 어떠한 반응도 하지 않았다. 지엔은 안도의 한숨을 내쉬었다.

'항마력 때문인가?'

그리고 지엔은 눈을 들어 주변을 살폈다.

'그도 아니면, 더 먹음직한 먹이가 있어서 나 따위는 신경 쓸 겨를도 없거나.'

가운데에서 흰빛을 뿜어내는 정체불명의 무언가 때문에 구덩이 안은 생각보다 어둡지 않았다.

구덩이 한가운데에서 나무뿌리에 뒤덮여 원래 형태를 알 수 없는 둥근 덩어리를 발견한 순간, 지엔은 한달음에 그리로 뛰어갔다. 그녀가 외쳤다.

"발레노르 경! 괜찮으세요, 발레노르 경?!"

"저리…… 가라!"

나무뿌리 사이로 터져 나온 독기가 바짝 오른 외침을 들으며 지엔은 안도했다.

'아직 살아는 계시네.'

다행히 아직은 멀쩡한 모양이나, 패트릭에게 듣기로 흡혈귀 나무는 마나를 흡수한다고 했으니 겉보기와는 상태가 다를지도 모른다. 그렇게 생각하며 가까이 다가가는 지엔에게 로아나가 다시금 외쳤다.

"당장 꺼져! 이까짓 건 나 혼자서도 충분히 해결할 수 있으니, 너는 당장 마을로 돌아가 패트릭이 흉수란 걸 알려!"

"패트릭은 어차피 마을로 돌아가지 못해요. 제가 그의 다리를 화살로 쐈거든요."

"뭐?"

일순 멍해진 로아나에게 지엔은 거리낌 없이 손을 내밀었다.

"그보다도 만약 정말로 마을에 돌아갔을 때 이미 일이 벌어진 다음이라면, 발레노르 경 없이 상황을 역전시키는 건 불가능해요. 그러니까 어서⋯⋯."

그렇듯, 지엔이 손대기도 싫을 지경인 로아나에게 손을 내민 것은 순전히 이해타산적인 이유에서였다.

그런데 그때, 뿌리 사이로 뻗어 나온 로아나의 손이 지엔의 손을 짝 소리 나게 후려쳤다.

지엔은 저도 모르게 황당한 얼굴을 했다. 그런 그녀에게 로아나의 외침이 다시 날아왔다.

"가라고 했다!"

그제야 정신을 차린 지엔이 허둥지둥 대꾸했다.

"아니, 대체 왜요?! 보세요, 이것들, 저한테는 전혀 위험하지 않다고요!"

그렇게 말하며 지엔은 로아나를 휘감고 있는 뿌리 중 하나를 잡아당겨 자기 쪽으로 끌고 왔다. 또 다른 먹이의 등장에도 뿌리는 기뻐하긴커녕, 몸부림치며 지엔에게서 벗어나려 애썼다.

뿌리 사이로 드러난 두 눈으로 그 모습을 똑똑히 보았을 텐데도 로아나는 여전히 고집불통이었다.

"가! 네 도움 따위는 필요치 않다!"

그 순간, 나무뿌리가 꿈틀대더니 로아나를 통째로 휘감은 그대로 지면을 향해 숨어들기 시작했다. 이대로라면 그녀는 몇 분 안에 생매장당할 것이 분명했다.

셀 수도 없이 많은 마물과의 전투 경험을 통해 지금 상황이 심상치 않음을 깨달았을 텐데도, 한사코 자신의 도움을 받지 않으려 하는 로아나를 보며 지엔이 이해할 수 없다는 얼굴을 했다.

그런 지엔에게 독기 어린 로아나의 말이 다시 들려왔다.

"네 도움을 받느니 차라리 죽는 게 낫다."

"아, 아니, 그게 무슨……!"

"내게 다른 누구도 아니고 하녀의 도움 따위, 필요할 리가……."

'아니, 그런 이유였어?'

지엔은 저도 모르게 내뱉었다.

"허, 참나."

아차. 그런 다음 지엔은 자신이 너무 기가 막힌 나머지 가감 없이 내뱉었다는 것을 깨닫고 로아나의 표정을 살폈다.

다행히도 그녀는 분개한 표정이 아니었다. 다만 지엔의 말보다는 자신의 무력함이나 지금 처한 상황이 더 분한 듯, 고개 숙인 채 이를 부득부득 갈고 있었다. 그녀도 가만히 생매장당해 줄 생각은 없어서 몇 번이고 마나를 일으켜 보았지만, 뿌리들은 꼼짝하긴커녕 그럴수록 놓칠 수 없다는 듯 거세게 쥘 뿐이었다.

그녀의 몸이 반절 가까이 땅에 파묻히자 지엔이 다시 손을 뻗었다.

"제 손 잡으세요! 어서요!"

"필요 없다고 했지. 내가, 이 내가 한낱 하녀 따위에게……."

"제가 하녀이든 아니든, 로아나 님을 도와줄 수 있는 사람은 지금 여기 저밖에 없어요. 제 도움이 필요하다는 사실을 그렇게 인정하기가 힘드세요?"

그렇게 말하면서 지엔은 로아나를 감싼 뿌리를 맨손으로 힘겹게 쥐어뜯었다.

그녀가 다시 외쳤다.

"저는 나세르 님도 도와드린 적 있어요! 칼리스 님도 도와드린 적 있고요! 그래도 두 분 다 이런 반응, 전혀 보이시지 않았어요. 그런데 왜 발레노르 경만 이러세요? 왜 이 지경이 돼서까지 고집을 부리시는 거냐고요. 이대로 나무의 거름이 돼서 죽어도 좋아요? 안 억울하시겠어요?"

그때였다. 내내 말이 없던 로아나의 입이 '죽음'이라는 말에 반응한 듯 움찔 열렸다. 이윽고 흘러나온 힘 없는 중얼거림에 지엔은 의아해졌다.

"난…… 발레노르가의 하나뿐인 후계자니까."

"그게 뭐가 어떻다고!"

로아나의 상반신이 거의 다 땅에 파묻히자 마음이 급해진 지엔은 목소리를 더 높였다.

"로아나 님, 그래 봐야 로아나 님도 결국 태어나서부터 발레노르가의 후계자였던 건 아니지 않으요? 리어가에서 태어났지만 노력해서 재능을 인정받고 지금의 후계자 자리에 오르신 거잖아요! 그런데 아까부터 계속, 신분 운운……."

"바로 그렇기 때문이다!"

"네?!"

갑자기 터져 나온 외침에 지엔은 멍하니 눈만 깜빡였다. 그런 그녀에게 로아나의 말이 쏟아지듯 날아왔다.

"나는 내 출신 성분을 노력으로 극복했다는 것을 증명해야 해. 그런데 내가 고작 이깟 위기 하나 이겨 내지 못해서 하녀의 도움을 받았다고 하면, 그렇다면 내가 지금까지 해 온 노력은…… 내가 증명해 온 것들은 전부……."

그 말에 눈을 크게 떴던 것도 잠시, 지엔은 저릿저릿해진 뒷목을 붙잡았다. 지엔이 어처구니없다는 듯 중얼거렸다.

"아니, 그러니까 지금…… 제가 남들한테 말하고 다닐까 걱정돼서 제 손을 못 잡으셨다는 얘기에요?"

아니, 뭐. 말 안 한다고 맹세라도 해 드릴까요? 지엔이 어이없어하며 덧붙인 말에 로아나의 얼굴이 새빨갛게 익었다.

"그, 그런 말까지는 안 했……."

그러다 그녀의 말이 뚝 끊겼다. 자연적으로 끊어진 것이 아니라, 나무뿌리에 의해 숨이 부족해진 로아나가 마침내 의식을 잃었기 때문이었다.

그제야 퍼뜩 정신을 차린 지엔은 황급히 로아나를 붙들고 있던 뿌리를 떼어 냈다. 오히려 의식이 없으니 더욱 구해 내기가 쉬웠다.

'거참, 자기 살리겠다는 사람을 도와줘도 모자랄 판에 뭐 하는 짓이야.'

혀를 차며 중얼거린 지엔은 의식이 없는 로아나를 등에 업었다.

처참할 정도로 너덜너덜하게 쥐어뜯긴 뿌리들은 참패를 인정한 듯, 지엔을 방해하는 대신 조용히 물러나 있을 뿐이었다. 그 모습을 보며 지엔이 다시 생각했다.

'항마력, 이거 정말 편리한 힘이네. 이게 나한테 왜 있는지는 몰라도, 없었으면 큰일 날 뻔했어.'

그리고 그녀는 로아나를 짊어지고 출구를 향해 후다닥 달려갔다. 그러는 길에 지엔은 이곳의 유일한 광원을 지나치며 그것의 발치에서 굴러다니던 호두만 한 것을 주웠다. 그것을 주머니에 쏙 집어넣은 그녀가 다시 중얼거렸다.

'빛의 펜던트도 가져가야지.'

이걸 가져가면 공적으로 쳐 주실까? 아니, 하지만 얘기를 자연스럽게 바꾸려면 펜던트는 발레노르 경이 가져온 걸로 쳐야겠지. 거기까지 생각한 지엔의 안색이 잠시 어두워졌다.

어쨌건 이 일을 아무에게도 말하지 않겠다고 약속한 이상, 지엔은 그 약속을 지킬 생각이었다. 결코 지엔이 로아나를 가엽게 여겼다거나 하는 이유가 아니었다.

'이 일을 말하기라도 했다가 수치스러워 못 살겠다며 스스로 목숨이라도 끊을까 염려된다.'

죄업은 전생의 것으로 충분했다.

훌쩍 날 듯이 뛰어 구덩이를 빠져나온 지엔은 뒤를 돌아보았다.

다행히 나무뿌리는 바깥까지 뻗어 나오지 않았다. 패트릭 말마따나, 저 빛나는 시체가 나무뿌리가 지면 위로 올라오지 못하도록 어떤 방어막 같은 역할을 하는 모양이었다.

로아나를 땅에 눕힌 다음, 고개를 돌려 패트릭이 쓰러져 있던 곳을 바라본 지엔은 안도의 한숨을 내쉬었다.

"아직 있네."

쓰러진 채로 미동도 하지 않는 모습을 보아하니 아무래도 죽은 모양이었다.

아무튼 자신과 로아나, 나아가 마을에 남은 일행까지 모두 죽이는 것을 획책한 인간이었기에, 죄책감 따위는 들지 않았다.

그의 맥박이 뛰지 않는 것을 확인한 지엔은 다시금 로아나에게로 돌아왔다가, 그새 돌아누운 로아나의 어깨가 미미하게 떨리는 것을 보고 흠칫했다.

'설마 우나?'

땅을 파고든 손톱이 흙을 그러쥐는 모습을 바라보던 지엔은 잠자코 내버려 두기로 했다. 다행히, 잠시 동안 혼자 그러고 있던 로아나는 빠르게 정신을 차렸다.

황급히 몸을 일으킨 로아나는 운 것이 분명한 눈을 하고서도 애써 태연하게 말했다.

"어서 마을로 돌아가자. 패트릭 그자가 아무 계획 없이 우리를 죽이려고 든 것은 아닐 터. 황태자 전하와 나머지 일행이 위험하다."

"네, 그렇게 해요……."

활을 주워 등에 매며 지엔은 로아나를 힐끗거렸다.

'고맙다'는 말이라도 내뱉지 않을까 아주 조금 기대했으나, 단호한 뒷모습을 보아 그녀는 그 일을 자신의 기억 속에서 지우고자 단단히 다짐한 것 같았다.

잠시 머뭇거리던 지엔이 불쑥 물었다.

"저기요."

"뭐지?"

"아까 나무 밑 구덩이 안에서 하셨던 말씀에 대한 얘기인데."

한 박자 늦게 꺼림칙한 대답이 돌아왔다.

"……네 무례를 책잡을 마음은 없다."

'아니, 그건 사람이면 당연히 그래야 하는 거 아닌가? 목숨을 구해 줬는데?'

잠시 어처구니없다는 표정을 짓던 지엔이 뒤늦게 말을 이었다.

"아니, 그게 아니라. 로아나 님께서는 발레노르가의 후계자라는 자리를 자기가 반드시 지켜야 할 것처럼 말씀하셨잖아요. 하지만, 칼리스 님께서는 발레노르 경이 원래는 후계가 되는 것을 원치 않았던 것 같다고 하셨거든요."

왜인지 아무 말이 없는 로아나의 눈치를 살피던 지엔이 작게 덧붙였다.

"그래서, 칼리스 님께서 잘못 보신 건가 해서요."

잠시 정적이 흘렀다. 지엔이 걱정스럽게 힐긋거리는 가운데, 뜻밖에도 로아나는 작은 미소를 내보이며 물었다.

"그런가? 칼 오라버니가 그런 말을 했나."

지엔은 그런 그녀를 놀란 눈으로 쳐다보았다. 조소에 가깝긴 했으나 분명한 미소였다.

이윽고, 눈을 내리깐 로아나가 한숨 섞인 목소리로 말했다.

"어처구니가 없군. 분명 내 입으로 직접 말한 적은 한 번도 없는데. 매번 정신을 놓고 다니고, 중요한 건 하나도 보지 않는 것 같으면서 그런 건 잘도 눈치챈단 말이야."

'발레노르 경 말이 심한 것 같긴 한데, 다 맞는 말이라 차마 반박할 수가 없다.'

그렇게 생각하는 지엔에게 로아나는 묘하게 후련해 보이는 얼굴로 다시 말했다.

"그래, 맞아. 나는 발레노르가의 후계가 되는 것을 결코 원한 적이 없다."

"아. 그럼, 칼리스 님의 말씀이……."

"귀한 손님들의 방문에 들뜬 나머지 가장 잘하는 것을 내보이지 않았다면, 발레노르가의 가주 앞에서 검 휘두르는 모습을 자랑하듯 보이지 않았더라면…… 수도에 오고 한동안 그런 후회를 하지 않은 날이 없었다."

"……."

기묘한 정적 속에서, 로아나가 똑바로 앞을 보고 걸으며 말을 이었다.

"발레노르가에는 나 외에도 두 명의 자제가 더 있었다. 나보다 재능은 훨씬 뒤떨어졌지만 나이와 교육 때문에 실력은 훨씬 높았었지. 나는 호시탐탐 날 죽이려는 그들의 손에서 스스로를 구해야 했다. 가주님 외에는 아무도 나를 도와주지 않았어. 그 속에서 내가 살아남은 방법은 단 하나였다."

그렇게 말한 로아나는 천천히 손을 뻗어 허공을 움켜쥐었다.

"아무도 모르게 실력을 길러서, 모두가 보는 앞에서 그들을 꺾을 것. 그렇게 더 높은 곳으로 올라갈 것. 올라가고 또 올라가서, 아무도 감히 넘보지 못할 자리에 설 것."

"……."

"공개적으로 증명되지 않은 실력은 의미가 없다. 그래야만 아무도 내 자리를, 그 전에 내 목숨을 위협하지 않으니."

멍하니 그녀의 말을 듣고 있던 지엔은 갑작스레 날아온 물음에 정신을 차렸다.

로아나가 갑자기 뒤돌아 지엔을 보며 물었다.

"지엔, 너는 왜 텔레포트 마석을 사용해 두 사람에게서 떠나지 않았지?"

갑작스러운 질문에 잠시 멍해 있던 지엔은 뒤늦게 한 가지 사실을 깨닫고 경악했다.

'발레노르 경이 처음으로 내 이름을 불렀어.'

그러나 더 놀랄 틈은 없었다. 서슬 파란 로아나의 시선 앞에서, 지엔은 머뭇머뭇 대답했다.

"아, 그건, 아무래도 나세르 님이랑 칼리스 님한테는 같이 수도까지 여행하면서 이래저래 신세 진 게 많거든요. 목숨의 구함도 여러 번 받았고. 그래서 혼자 달아나기가 영 그랬다고나 할까……."

"은혜, 충성심…… 고작 그런 걸 위해서였나?"

대답을 곱씹던 로아나가 뒤늦게 덧붙인 말에 지엔은 경악했다.

충격 깃든 눈빛으로 로아나를 보며 지엔이 생각했다.

'당신, 기사잖수? 그것도 말만 그럴듯하게 하는 기사가 아니라 진짜 기사. 게다가 자존심은 또 어떻고, 방금까지만 해도 분명히 '기사'인 자신이 한낱 '하녀' 따위에게 도움받을 수 없다며 그 난리를 피웠으면서.'

지엔의 경악 어린 시선을 마주한 로아나는 담담하게 말을 이었다.

"기사에게 기사의 도리가 있듯이, 하녀에겐 하녀의 도리가 있다. 그리고 설령 하녀가 기사의 도리를 하더라도, 사람들은 그 하녀에게 기사처럼 숭고한 의도가 있었을 거라 생각하지도 않아."

"그 뜻은……."

지엔을 약하게 쏘아본 그녀가 말을 이었다.

"네가 그러다가 죽었어도, 사람들은 고작 하녀인 네가 그들에게 은혜를 갚으려다가 죽었다고는 생각하지 않을 거다. 네 직위가 그러한 이상, 네가 아무리 노력해도 실력도 충성심도 증명할 수 없이 개죽음을 당할 수밖에 없다는 뜻이다. 내가 마차에서부터 줄곧 충고하지 않았나?"

로아나가 마지막에 덧붙인 물음에 지엔의 눈이 커졌다. 그러고 보면 분명, 그 비슷한 말을 들은 듯한 기억이 있긴 했다.

　— 그래 봐야 넌 기사도 아니고 하녀다. 네가 주인에게 충정을 보여 봐야 돌아오는 것은 네 목숨값에 해당하는 금화 몇 푼일 뿐이란 말이다. 고작 그런 것을 위해 북방 원정에 끌려가게 되다니.

그러나 당시의 분위기, 또 로아나와 자신의 당시 관계를 생각해 보아 지엔은 그것이 우호적인 의도에서 나온 발언이 아니라고 판단했다.

실제로 지엔은 당시 로아나가 단순히 시비를 걸고 싶은 거라고, 기분 나쁜 일이 있는데 마땅히 화풀이할 대상이 없으니 원정대원 중에 가장 신분이 미천한 자신을 택한 거라고 생각했다.

리어 성에서 대뜸 자신에게 검을 휘두르던 로아나의 모습도 그와 비슷한 맥락에서 생각했다.

그런데 설마 그게…….

'나름대로 가르침을 주려던 거였나? 나를 살아남도록 도와주기 위해?'

로아나 입장에선 칼리스가 자신의 가정사적인 치부를 보지 않게 해 준 데에 대한 일종의 신세 갚기였을지도 모른다.

'아니, 그래도 다짜고짜 검을 휘두르는 그런 무식한 방법으로 도와줘서는 나 아닌 누구라도 알아채지는 못했겠지만.'

그렇게 생각한 지엔은 재빨리 로아나와 있었던 다른 일들을 되짚었다.

천 개의 계단에서 마주쳤을 때 왜 힘써서 수련하지 않느냐고 윽박지르던 일이나, 칼리스와 자신의 신분 차를 들어 충고하던 일.

'그럼 그게 설마, 시비 걸던 게 아니라 사실은……'

그때, 로아나가 다시 입을 열었다. 지엔은 퍼뜩 고개를 들고 그녀를 바라보았다.

"요새는 평민에게도 기사단의 문이 닫혀 있지 않다. 네 실력이라면 어떻게든 몇 년 안에는 합격할 수 있겠지. 아마 그 대부분의 시간을 이상할 정도로 형편없는 네 검술을 가다듬는 데 써야겠지만."

'아니요, 그건 제 전생의 죄 때문이라서 몇 년은커녕 몇십 년을 써도 안 됩니다만.'

지엔의 얼굴이 어두워지는 것을 못 본 로아나가 더욱 거침없이 말을 이었다.

"여자라서 더더욱 제약이 크겠지만, 어차피 마나를 다루게 되면 신체적인 제약은 별 의미가 없어진다. 오히려 마나의 운용에는 여성들이 더 뛰어난 재능을 보이곤 하지. 헛소리하는 놈들이 없진 않지만, 내가 삼 년 연속 무투 대회 우승을 거머쥐고선 많이 줄었다."

"자, 잠깐만요. 삼 년 연속이라고요?"

로아나가 뒤도 안 돌아보고 대답했다. 묘하게 자부심이 깃든 목소리였다.

"네 주인이 우승을 거머쥔 건 내가 삼 년 연속 우승으로 더는 출정하지 못하게 되었기 때문이지."

"……."

"네가 네 충성심이나 실력을 의심받지 않고 당당히 주인 곁에 있고 싶다면, 기사가 되는 것만이 방법이다."

그에 멍하니 있던 지엔은 황급히 고개를 내저었다.

"……아, 아니요."

"뭐지?"

로아나가 휙 소리 나게 고개를 돌리는 바람에 지엔은 당황했다.

달리던 것도 멈춘 그녀가 대뜸 지엔 앞에 얼굴을 들이밀고 다그쳤다.

"너는 네 실력이, 재능이 아깝지 않나? 그 모든 것들이 너를 더 높은 자리로 오라고 부르고 있는데!"

"아, 아니요!"

"네가 기사가 되었을 때 가지게 될 것들을 상상해라! 명예, 직위, 돈. 그중에 어떤 것도 네 마음에 드는 게 없나?!"

"아니요! 저는……."

차마 전생에 너무 누리다 못해, 그것들을 이용해 죄를 저질러서 자신이 이 지경이 되었다고는 말할 수 없었다.

마른침을 꿀꺽 삼킨 지엔은, 도무지 이해할 수 없는 생명체와 조우한 듯한 표정을 짓고 있는 로아나를 향해 애써 말을 이었다.

"저는 조용히 사는 게 목표라서. 공자님과 얽힌 일이 끝나면 바로 짐 싸 들고 시골로 내려가 볼 계획입니다."

그러자, 찡그렸던 인상을 도로 푼 로아나가 고개를 기웃거리며 물러났다.

"그래? 도무지 이해할 수가 없군."

"하, 하지만 발레노르 경도 처음엔 직위 때문에 검을 휘두르신 게 아니지 않았나요?"

"……하긴."

다시금 고개를 휙 돌린 로아나는 복잡한 상념에 휩싸인 듯한 분위기를 풍겼다. 아무래도 지엔의 말이 로아나의 아득히 먼 기억 속 무언가를 건드린 모양이었다.

'로아나 경은 내 체력이 내가 혼자서 무던히 수련한 결과라고 착각하시는 거겠지.'

지엔은 그렇게 생각하며 괜한 죄책감에 꿈틀대는 손을 등 뒤로 숨겼다.

한참 만에 로아나가 다시 입을 열었다.

"아깝긴 하지만, 네게 그런 마음이 없다면 강요할 수 없겠지."

그리고 그녀는 아쉬운 목소리로 덧붙였다.

"나는 단지 어린 시절 추억으로 간직하고 있는 마음을 너는 아직도 갖고 있다니, 정말 특이한 하녀로구나."

"하, 하하."

"……하녀인 네게 기사인 내가 도움받으면 사람들이 어떻게 볼지 두려웠지만, 너는 단지 스스로의 의지로 직위를 받지 않은 것뿐이니 그런 건 상관없겠지. 내가 높은 곳에 올라가기 위해 노력하는 것처럼, 너는 낮은 곳에 머무르려 노력하고 있는 것뿐이고."

그 말을 하면서 계속 내면의 풍랑을 따라 흔들리던 로아나의 눈이 점차 멎었다.

그리고 그녀가 다시 지엔을 돌아보았을 때, 그녀는 전처럼 흔들림 없이 올곧은 눈빛을 하고 있었다.

"그러니 더는 네게 도움받은 걸 부끄러워하지 않겠다."

고맙다.

아주 작은 목소리로 뒤따르는 로아나의 말을 들으며 지엔은 저도 모르게 히쭉 웃었다.

"별말씀을요."

로아나의 뒤를 따라 달리다 말고 문득 마석이 든 주머니를 확인했을 때, 마석은 청량한 푸른 빛을 은은히 뿜어내고 있었다.

'마석의 붉은색은 패트릭 때문이었구나. 아마 나와 발레노르 경을 한꺼번에 제거할 작정이었겠지. 이제야 알겠어, 발레노르 경은 처음부터 내게 살의 따위 품은 적 없었어.'

주머니의 마석을 내려다보던 지엔의 눈이 설핏 가늘어졌다.

'그럼 대체, 나를 죽이려는 하는 것은 누구지?'

그런 지엔과 로아나의 앞에, 점차 보랏빛 안개에 감싸인 마을 장벽이 가까워지고 있었다.

*   *   *

분명히 불과 두어 시간 전에 떠나온 마을인데도 전과는 많은 것이 달라진 듯한 느낌이 들었다.

거의 다 말라 있던 해자에 맑은 물이 차올랐고, 벽 주위 곳곳에 전에는 보지 못한 그림 같은 글자들이 새겨졌다.

하지만 그보다도 더 많은 것이 바뀐 듯한 느낌.

'착각인가?'

불안감에 휩싸인 지엔은 등에 메고 있던 활을 꺼냈다. 활시위에 화살을 먹이는 지엔에게 로아나가 속삭였다.

"아까 그자의 말을 미루어 보아, 우리가 마을을 나가면 우리 일행을 습격하기로 이미 계획되어 있었을 가능성이 크다. 내가 먼저 위로 올라가 상황을 보겠다."

"네."

로아나가 두어 번 발돋움하더니 맨땅을 박차고 벽 위로 올라갔다.

지엔은 감탄하며 그 모습을 쳐다보았다. 자신조차 따라 하라고 해도 절대 못 따라 할 몸놀림이었다.

'제대로 협력하는 사이가 되니까 정말 든든하긴 하구나.'

새삼 감탄하는 지엔의 곁에 휙 내려온 로아나는 눈살을 찌푸리고 말했다.

"이상하군. 마을에 기척이 이상할 정도로 없어."

"네?"

"뿐만 아니라…… 곳곳에 피가 튀어 있다. 피의 양은 그리 많지 않은 정도지만."

지엔의 얼굴도 따라서 심각해졌다.

'이미 습격을 받고 난 뒤인 건가?'

그렇다면 일행들은 어떻게 되었을까? 전처럼 단순한 감금? 지엔은 고개를 작게 가로저었다.

아니, 아니다.

　황족인 칼리스를 사로잡았을 때조차 타협의 여지 없이 살해하려던 그들이었다. 그런데 이제는 막강한 무력을 가진 벨하르트와 로아나까지 합류했으니, 가능한 한 한 명이라도 더 무력화하려고 했을 가능성이 컸다.

　'벨하르트 정도라면 인질로 삼았을지도 모르겠지만, 나머지 사람들은 전부…… 최악의 경우에는, 이미 다 죽었을지도.'

　로아나 또한 같은 생각을 한 것인지 얼굴이 눈에 띄게 굳었다.

　그들이 마주 보며 고개를 끄덕이고 마을에 잠입할 통로를 찾으려는 찰나, 뒤에서 경박한 목소리가 날아왔다.

　"여, 로이! 지엔!"

　"칼리스 님?"

　놀라서 눈을 휘둥그레 뜨는 지엔보다 한발 앞서나간 로아나가 버럭 소리를 질렀다.

　"부상자란 사람이 얌전히 있지 않고 여기에서 뭐 하는 겁니까!"

　그에 칼리스는 약초를 빻아 만든 연고가 덕지덕지 붙은 뺨을 쓰다듬으며 떨떠름한 표정을 지었다. 그가 대답했다.

　"어? 어, 뭐. 나도 그러려고 했는데, 이 마을을 거점으로 쓰려면 방어 시설을 강화할 필요도 있고, 어차피 헤카테 사제의 신성력이 회복되지 않는 한 가만히 있어 봐야 달라지는 것도 없고 해서…… 너희 무사히 오나 안 오나 망보고 있었지."

　그러더니 그는 주위를 두리번거렸다.

　"그것보다, 같이 갔던 패트릭이란 놈이 안 보인다는 건 역시……."

"습격이 있었습니까?"

"역시 너희도인가?"

칼리스가 보란 듯이 한숨을 푹 내쉬었다. 그는 로아나와 지엔이
온 길을 살짝 흘겨보며 말했다.

"조금만 더 늦었으면 너희를 찾으러 갈 뻔했다고. 뭐, 로이 네가
있으니 걱정할 필요는 없을 것 같았지만. 그래서, 어디 다친 곳은
없는 거지?"

그렇게 말한 칼리스가 지엔과 로아나를 위아래로 훑었다. 대충
보는 듯해도 은근히 면밀한 시선이었다.

다친 곳이라고는 한 군데도 없는 지엔은 저도 모르게 로아나에
게 시선을 주었다. 로아나도 옷에 흙이 조금 묻은 것을 제외하면 그
럭저럭 겉으로 보기엔 멀쩡했다.

그래도 죽을 뻔했으니 한마디 정도 해도 될 텐데, 로아나는 태연
한 얼굴로 대답했다.

"수작에 휘말려 함정에 빠지긴 했지만, 무사히 탈출했습니다."

"역시 로이야. 음음, 믿음직해."

"그 과정에서 이 하녀, 아니, 지엔의 도움을 받았지만요."

로아나가 아무렇지 않게 덧붙인 말에 지엔은 눈을 끔벅였다.

'으응?'

물론 로아나가 앞서 자신의 도움을 받은 것을 더는 부끄러워하
지 않겠다고 말하기는 했지만, 그건 어디까지나 마음가짐의 문제인
줄 알았지, 저렇게 자기 입으로 떠들고 다닐 거라곤 생각도 못 했

다. 그것도 로아나에겐 가장 친밀한 인물 중 하나인 칼리스에게.

칼리스 또한 몹시 놀란 듯, 벼락이라도 맞은 듯한 표정으로 눈을 깜빡거리다가 뒤로 물러났다. 그가 잔뜩 경계하는 태도로 말했다.

"그렇군, 로이는 이미 마수에 당한 거였어."

"칼 오라버니!"

"이것 봐! 내가 아는 로이는 경고 따위 하지 않는다고. 일단 검기부터 날리고……."

휙 날아간 붉은 섬광이 칼리스의 머리카락을 몇 올 잘랐다. 소름 끼칠 정도로 정밀한 검기 사용이었다.

끼아악, 칼리스가 방금 스친 부분을 감싸며 호들갑을 떨어댔다.

"그래, 이렇다니까! 이게 진짜…… 응? 가만, 그럼 여기 있는 건 진짜 로이가 맞는 건가."

"칼 오라버니, 멍청한 소리 작작 하시지요. 마탑의 스승님들이 보면 울 겁니다."

"하하, 칼 님, 여기 있으신 이분은 아마도 발레노르 경이 맞아요. 제가 쭉 지켜본 바로는 그래요. 뭐, 제가 못 보는 사이 바꿔치기 당했다면 그건 어쩔 수 없는 일이지만……."

주절대던 지엔은 로아나의 죽일 듯한 시선을 받자 아차 하며 입을 다물었다. 그래도 함께 사선을 한 번 넘어서일까, 로아나의 눈빛이 전보다는 두렵지 않았다.

그때였다. 지엔을 한참 흘겨보던 로아나가 툭 내뱉듯 말했다.

"로아나 님으로 충분하다."

"네?"

"일단은 목숨의 은인이니. 물론 말을 놓으란 소리는 아니다. 하녀가 기사에게 평대하면 사람들이 뭐라고 보겠나. 더군다나 나는 아마도 너보다 나이도 많……."

투덜대듯 덧붙이던 로아나의 말을 칼리스가 잘랐다.

"젠장, 알겠다. 로이는 네가 못 보는 틈에 바꿔치기 당한 거야. 지엔아, 내 뒤로 와! 이제 곧 무시무시한 공격이 있을……."

칼리스가 입을 다문 것은 로아나에게 기어이 머리카락 몇 올을 더 잘리고 나서였다.

헝클어진 머리칼을 한 칼리스를 보며 씩씩대던 로아나가 이윽고 검 손잡이에 올렸던 손을 다시 내렸다.

그녀가 마을 쪽을 돌아보며 물었다.

"그런데, 마을 쪽은 어떻게 된 거지요? 일단 습격이 있었던 건 사실인 듯한데, 그러는 칼 오라버니야말로 다치신 데는 없으십니까? 뭐, 평소처럼 까불대는 모습을 보아하니 설령 있더라도 심각한 부상은 아니겠습니다만."

"웅? 어, 그렇지 뭐. 손톱만큼도 다친 데 없으니 걱정 붙들어 매, 로이."

휘휘 손을 내젓는 칼리스를 보며 로아나가 눈썹 끝을 꿈틀 추켜올렸다. 두 팔을 들어 팔짱을 낀 그녀가 거침없이 말했다.

"저는 오히려 이쪽이 수상한데요. 나세르 공자를 비롯해 헤카테 사제님까지, 부상자를 안고 있는 일행이었음에도 아무런 상처 없이 제압이 가능했단 말입니까? 더군다나 마을 주민들은 제가 알기로는 전원 마나 사용자일 텐데."

"아, 그게 말이야."

볼을 긁으며 마을 쪽을 힐끗거리는 칼리스의 미심쩍은 태도에 로아나가 다그쳤다.

"뭡니까?"

"자연의 힘이 그토록 무섭다는 걸 실감하기는 처음이었어. 검과 마법은 결국 인간이 자연을 흉내 내는 것에 불과하고, 근원적인 힘을 거스를 수는 없다는 걸 처절히 깨닫게 되더군."

"'자연의 힘'이라면…… 발리아 님?"

놀란 표정을 짓는 뜨는 로아나의 옆에서 지엔 또한 눈을 크게 떴다.

'발리아 님이 마을 사람들과 대적하기 위해 힘을 썼다고?'

이제까지 지엔이 발리아가 힘을 사용하는 것을 본 것은 계단에서 물의 발판을 만들어 빠르게 이동할 때, 마기가 깃든 안개를 몰아낼 때 정도가 다였다.

발리아가 지금까지 원정대에서 주로 한 일도 그와 다를 바 없었기 때문에, 지엔은 발리아가 자신의 힘을 누군가를 다치게 할 의도로 사용하는 것은 한 번도 본 적이 없었다.

'심지어 그 대상이 사람이었다니.'

지엔이 침을 꿀꺽 삼키는 가운데, 로아나가 흘러내린 머리칼을 쓸어넘기며 말했다.

"마을 주민들은 어떻게 되었지요? 그리고 발리아 님은, 괜찮으신 겁니까?"

로아나 또한 지엔과 같은 것을 염려한 것이 틀림없었다. 일행의 위기 앞에, 자신의 힘으로 사람을 처음 죽이고만 발리아가 크게 상심해 있을 가능성.

'물론 나처럼 사람을 죽이고서도 아무렇지 않을 가능성도 있지만 말이야. 아니, 하지만 나는 전생의 내가 워낙 쓰레기라서 이런 거고. 발리아 님은 다르겠지.'

지엔이 침통한 얼굴로 생각하는 사이, 칼리스가 난감한 듯 입을 열었다.

"음, 놀라지 마, 로이, 지엔. 마을 주민들은 전부…… 몰살당했어."

"……"

"……"

지엔과 로아나가 약속이라도 한 듯 침묵하는 앞에서, 칼리스는 한참이나 눈만 굴렸다.

간신히 정신을 차린 로아나가 입을 열었다.

"하, 하지만…… 마을 광장에 뿌려져 있던 피의 양은 너무 적던데요. 고작해야 한 사람 분량, 난전이 일어나 몰살당했다기에는 너무 적은 양입니다."

"뭘 상상하는 건지는 알겠지만, 물을 칼날처럼 날카롭게 바꿔서 공격했다거나 한 게 아니야, 로이. 그게 아니라 그냥."

말하다 말고 마른침을 삼킨 칼리스가 덧붙였다.

"말렸어."

잠시 정적이 흘렀다. 그 끝에 로아나의 의아한 물음이 따라붙었다.

"말리다니요?"

"말 그대로야. 사람 몸의 수분을 완전히 빼냈어."

"……."

로아나와 지엔이 경악하는 가운데, 칼리스는 착잡한 표정으로 말을 이었다.

"내 평생 그런 광경을 볼 거라곤 생각도 못 했는데. 발리아가 정한 선을 넘어온 자들은 하나같이, 기를 못 쓰고 갑자기 무너져 주저앉더군. 그러더니 온몸의 물이 빠져나가 마른 강바닥의 물고기 같은 몰골로 죽어 버리는 거야."

"그런……."

말을 잃고 입만 뻐끔거리는 로아나와 지엔에게, 칼리스는 짐짓 태연한 척 마을 뒤쪽을 손짓해 보였다.

"시체는 내가 마법을 써서 마을 뒤편에 묻었어. 그나마 일행 중에 그런 모습의 시체에 가장 면역이 많은 것이 나였으니까. 알다시피 나는 마탑 소속이라 이런저런 연구를 진행했고, 저주에 걸려 저보다 끔찍하게 죽은 시체들도 얼마든지 봤으니까. 저런 건 아무것도 아니었지."

문득 속이 안 좋아진 듯한 표정을 지은 칼리스가 황급히 말을 바꾸었다.

"아니, 아무것도 아닌 건 아니지만. 아무튼…… 아무도 다치지 않고 끝났으니 잘된 일이지. 그래, 잘된 일이고말고."

그렇게 말한 칼리스가 다시 밝은 표정을 하며 로아나와 지엔의 어깨에 각각 손을 얹고 끌어당겼다.

"마을에나 돌아가 볼까?"

어깨동무를 하고 경쾌하게 걸음을 옮기는 칼리스를 불쾌한 듯 흘겨보던 로아나는 다시 입을 열었다.

"크레센트 영애는 어떻게 되셨습니까? 괜찮으신 겁니까?"

"응? 아아."

태연히 대답하는 칼리스의 옆에서 지엔 또한 귀를 쫑긋 세웠다.

'그래, 내가 궁금한 게 그거였다고! 발리아 님이 그런 짓을 저지르고도 괜찮으신지!'

그런데 칼리스는 아무렇지 않은 미소와 함께 대답했다.

"크레센트 영애라면 아무렇지도 않아. 걱정하지 마."

"네?"

"너무 아무렇지 않아서 놀랄 정도야."

로아나가 눈을 찡그리며 손을 입가로 가져가 입술을 매만졌다.

"그건 이상하군요. 제가 아는 크레센트 영애라면 분명히……."

"아, 신분에 구애되지 않고 사람을 대하는 따뜻한 성품을 가졌다고 말할 참이었지? 나도 그렇게 생각해, 로이."

고개를 돌려 지엔을 힐끗 본 칼리스가 말을 이었다.

"그 많은 인간들이 모인 황궁에서 지엔의 가치를 처음 알아본 것도 크레센트 영애였고 말이야."

천하의 머저리들 같으니. 칼리스가 심드렁히 내뱉는 욕에도 아랑곳하지 않고 로아나는 다그쳤다.

"그런데 도대체 왜 그런 일이 일어난 겁니까?"

"으음, 그게. 말하자면 이 수도에 올 때의 발리아는 완벽한 백지 상태였지. 어떤 색으로든 물들기 쉬운."

순간 어떤 말이 이어질지 예상하고 얼굴을 굳히는 로아나에게 칼리스가 말을 이었다.

"그리고 발리아의 곁에 있던 사람은, 발리아가 가장 인정받길 원했던 사람은 다름 아닌, 벨하르트였지."

"그럼……."

"발리아는 이 마을 주민들을 몰살시키려는 벨하르트의 계획에 처음부터 반대하지 않았어. 그녀가 생각했을 때, 마땅한 의무를 저버리고 나라에서 도망친 '도망자'들은 아무런 가치 없는 자들이었거든."

딱딱하게 굳은 로아나와 지엔의 얼굴을 슬쩍 살핀 칼리스가 다시 말을 이었다.

"그럼 여기에서, 그 가치 판단의 기준을 제공한 것은 과연 누구일까? 누구의 기준인지, 너무 명확하지 않아?"

"그렇군요. 그렇게 된 거로군요……."

이걸 기뻐해야 할지, 슬퍼해야 할지. 짓씹듯 낮게 읊조린 로아나는 머리카락을 헝클어 복잡한 얼굴을 감추었다.

한편, 칼리스의 말을 듣고 머릿속이 복잡해진 것은 지엔도 마찬가지였다.

'발리아 님이 벨하르트에게 물들었다고? 발리아 님은 심장 없는 벨하르트를 사랑의 길로 이끌어야 하는데?'

그럼 도대체 뭐가 어떻게 되는 거지? 심장 없는 사람이 두 명이 되는 건가? 그런 생각에 휩싸여 창백해진 지엔을 골똘히 바라보던 칼리스가 한숨과 함께 말을 이었다.

"나는 벨하르트가 발리아의 인간적인 면모에 이끌리길 바랐어. 그리고 지금, 오늘의 일로서 벨하르트가 마침내 발리아에게 관심을 갖기 시작한 것 같더군."

두 사람의 시선 속에서 칼리스가 말을 이었다.

"하지만 인간적인 관심이 아니야. 발리아는 벨하르트에게 자신의 '도구로서의 쓸모'를 최선을 다해 증명했고, 벨하르트가 관심을 가진 것도 바로 그 부분이야."

"……."

"처음의 발리아도 벨하르트와 너무 달라 그것대로 걱정이었지만…… 모르겠군, 지금의 발리아와 벨하르트가 함께 있는 것이 좋은 일일지는."

이마를 긁적이며 다시 한숨을 내쉰 칼리스가 발을 재촉했다. 지엔과 로아나는 굳은 표정으로 그를 따라 걸음을 옮겼다.

발리아는 과연 전과 다름없이 환한 미소로 지엔과 로아나를 반겼다.

＊　　　＊　　　＊

무덤에는 가지 않기로 했다.

마을 사람들에게 지엔은 죽든 말든 상관없는 포로였을 뿐일 테고, 마찬가지로 지엔에게 남아 있는 마을 사람들에 대한 기억이라고는 창고에서 탈출하며 언뜻 스치듯 보았던 광장에 모여 수군거리는 모습과 자신과 칼리스, 나세르를 둘러싸고 당장 죽이라고 핏발

선 눈으로 외치던 모습, 그게 다였으니까.

지엔은 다만 짧게 기도했다.

'다음 생엔 이런 인연으로 얽히지 않길.'

마을로 돌아간 지엔은 가장 먼저 헤카테부터 찾아 괜찮느냐고 물어보았다.

헤카테가 도망자들의 마을의 위치를 밝히며 로아나에게 마을 사람 중 아무도 손대지 말라고 했던 것도 그렇고, 어쨌건 태어나고 자란 마을이니 마을 주민들의 죽음에 완전히 무심할 수는 없을 것이었다.

그러나 그는 예상외로 전혀 아무렇지도 않아 보였다. 그는 오히려 눈물 자국 하나 없는 얼굴로 물었다.

"지금 그게 걱정되어서 이렇게 뛰어오신 겁니까?"

그 모습을 보며 지엔은 오래전 오웬이 죽었을 때와 비슷한 기시감을 느꼈다. 그때도 헤카테는 눈물 한 방울 흘리지 않았다.

간신히 정신을 차린 그녀는 머뭇거리다가 물었다.

"헤카테, 너 괜찮아?"

"안 괜찮을 게 뭐가 있습니까? 이 일이 결국 자업자득이란 걸 부정할 사람은 없을 겁니다. 이 마을 사람들이 여러분을 죽이려 했던 시점부터 이미 누가 전멸당하느냐 하는 문제였을 뿐입니다. 그렇지 않습니까?"

"하지만……."

지엔이 계속 머뭇거리자 헤카테가 고개를 들어 그녀를 물끄러미 보았다. 이윽고 그가 덧붙였다.

"사람은 누구나 언젠가 죽습니다."

"⋯⋯."

"그러니 대수롭게 여길 필요는⋯⋯ 지엔?"

대답 없이 그의 숙소를 돌아나오며 지엔은 어두워진 얼굴로 생각을 계속했다. 그녀가 중얼거렸다.

'오웬에 이어 마을 사람들까지⋯⋯.'

그들 모두 지엔보다도 먼저 헤카테와 만난 사람들이었다. 그럼에도 그들의 죽음에 헤카테는 여지껏 아무런 유감도 표하지 않았다. 그런데 그가 자신에게는 '유일한 존재'라고 칭하다니? 의문을 곱씹으며 지엔은 이제는 핏자국만이 남은 텅 빈 광장을 가로질렀다.

지엔과 발리아, 로아나는 임시 숙소로 쓸만한 집을 배정받았다. 몇 시간 전까지만 해도 주인이 있었던, 지금은 빈집이었다.

지엔을 제외하고는 다들 지위가 무척 높은지라, 마을에서 두 번째로 좋은 집을 배정받을 수 있었다. 벨하르트와 칼리스, 나세르와 헤카테가 쓰기로 한 집과도 꽤 가까웠다.

헤카테의 신성력이 회복되고, 마을의 방비가 충분해지자 칼리스는 로아나를 데리고 돌아다니며 추적 마법을 이용해 원정대들을 다시 모으기 시작했다.

텅 비었던 마을이 다시금 원정대들로 북적북적해지는 모습을 지엔은 기이한 감상을 담아 바라보았다.

어느 날 밤, 가만히 있기도 답답해진 지엔은 산책하러 나가기로 했다.

거실을 가로질러 문으로 향하던 지엔에게 불쑥 물음이 날아왔다.

"산책 가나?"

그제야 지엔은 어둠 속에 가려져 보이지 않던 존재를 깨닫고 고개를 돌렸다.

"아, 로아나 님."

달빛에 로아나의 옆얼굴이 희미하게 비쳐 보였다. 이제 보니 그녀는 마른 헝겊으로 검을 닦고 있었다.

로아나가 다시 말했다.

"멀리 갈 거라면 같이 가지. 사람들이 많이 늘었지만 아직은 위험해."

"아, 아니에요. 잠깐 잠이 깨서. 잠시 이 앞에만 나갔다 올게요."

"……그러던지."

짧은 정적 뒤에 로아나가 어딘지 못마땅한 얼굴로 고개를 휙 돌렸다.

예전에는 무슨 생각을 하는지 통 알 수 없던 그녀였지만, 점점 그녀의 생각을 읽는 것이 쉬워진다는 생각에 작게 웃은 지엔이 밖으로 나섰다.

대기를 자욱이 뒤덮은 보랏빛 안개 때문에 하늘에는 여전히 별조차 보이지 않았다.

'꼭 악몽이라도 꾸는 기분이네.'

그렇게 생각하며 몇 걸음 더 옮기던 지엔은 문득 멈춰 섰다.

'그러고 보니, 꿈에서도 이런 풍경을 본 것 같아.'

보랏빛 안개에 자욱이 뒤덮인 땅을 홀로 횡단하는 꿈은 기억나지 않을 만큼 어렸을 때부터 간혹 꾸었다.

짐은 단출한 배낭 하나와 검뿐.

걷고, 자고, 또 걷다가, 마수가 나타나면 베고, 또 나아갔다. 어쩐지 그 꿈을 꾸다가 깨면, 실제로 오래 걷기라도 한 것처럼 심신이 피로하기까지 했다.

사실은 그 꿈도 이 땅과 연관이 있는 걸까?

'전생의 나는 이 땅에 온 적이 있는 걸까?'

그렇다면 참으로 바쁘게 살았다는 생각이 들었다. 온갖 여자들에게 원한을 사고 다니는 것도 모자라, 혼자서 여행을, 그것도 이런 척박한 땅까지 오다니.

도대체 무엇을 찾기 위한 여행이었을까?

'뭐, 지금의 나와는 상관없나.'

아무튼 전생의 자신이 이 땅에서 무엇을 찾아 헤맸는지는 별로 중요하지 않고, 지금 지엔에게 있어 중요한 것이라곤 이 땅에서 무사히 돌아가는 것뿐이었다.

'브리지트 백작령에 돌아가면 수도 쪽은, 아니, 북쪽은 절대로 쳐다도 안 볼 거야.'

그런 생각을 하며 의지를 다지던 지엔은 인기척을 느끼고 고개를 돌렸다.

언제부터 서 있었던 것인지, 수풀 속에 서서 이쪽을 물끄러미 쳐다보고 있던 나세르와 시선이 마주쳤다.

안개 낀 것 같은 회청빛 눈동자가 움찔 흔들리더니, 이윽고 조금 더 맑게 갰다.

그가 한 걸음 다가오며 물었다.

"잠이 안 오나?"

"공자님."

지엔은 어색하게 웃었다.

여행 동료로서의 나세르는 퍽 도움이 되는 편이었기 때문에 마주치면 반사적으로 반가운 마음부터 들었지만, 고백받고 나서는 그를 대하는 심정에 껄끄러움이 섞였다.

그럼에도 지엔은 애써 태연히 말을 이었다.

"자다 깼어요. 공자님은요?"

"나도 자던 도중에 깼다. 이상한 꿈을 꿔서."

그렇게 말하며 나세르가 흐트러진 머리카락을 쓸어넘겼다. 그리고 다시 지엔을 돌아본 그가 물었다.

"무슨 꿈을 꿨지?"

지엔은 태연히 거짓말을 주워섬겼다.

"별 꿈 아니에요. 그냥 이 숲을 혼자 뛰어다니는 꿈이요."

'전생의 당신과 죽도록 치고받고 싸우는 꿈이라고는 절대 말 못해.'

그러자 그런가, 하고 짧게 대답한 나세르는 잠시 고민하는 표정을 짓더니 말했다.

"이곳에서의 경험이 너를 불안하게 했나 보군. 하긴, 브리지트 백작령에서의 평온하던 일상과는 비교가 안 되니 그럴만하지만……."

"아하하, 그렇죠. 뭐."

"나는, 자꾸만 꿈에 칼리스 공자가 나온다."

아무렇게나 둘러대던 지엔은 갑자기 툭 떨어진 말에 눈을 크게 떴다. 고개를 든 그녀는 믿을 수 없다는 표정으로 나세르를 바라보았다.

나세르는 어두워진 얼굴로 말을 계속했다.

"아니, 정확히는…… 모르겠군. 처음에 꾸었던 꿈에서는 얼굴이 제대로 보이지 않았는데, 최근 들어 제대로 보이기 시작했어. 그런데 그 얼굴이 칼리스 공자와 똑같아서, 솔직히 말하자면 꽤 놀랐다. 왜냐하면……."

한 박자 쉰 나세르가 말을 이었다.

"왜냐하면 나는, 그자가 절대로 칼리스 공자가 아닐 거라 생각했으니까. 그자의 눈빛, 그자가 말하는 방식…… 나는 그토록 오만하고 차가운 이는 본 적이 없었다. 실제 칼리스 공자도 꽤 껄끄러운 사람이긴 하지만, 그는 차원이 달랐어."

지엔은 굳어진 눈으로 그렇게 말하는 나세르를 하염없이 쳐다보았다.

짙은 안개를 뚫고 쏟아진 달빛이 둘을 감쌌다. 희미한 빛에 감싸인 나세르를 멍하니 쳐다보던 지엔은 그제야 정신을 차리고 물었다.

"그 사람이…… 두려웠나요?"

그러자 희미하게 웃은 나세르가 대답했다.

"두려워하는 게 마땅한 남자였지만, 아니."

대답은 그렇게 했다지만, 미간은 미미하게 찌푸린 채였다. 이윽고 미간을 더욱 찌푸린 그가 말을 이었다.

"나는 그가 증오스럽고, 또 경멸스러웠다."

그의 마지막 말에 지엔은 바짝 몸을 굳혔다.

그런 지엔의 동요를 알아차리지 못한 채, 잠시 고개 숙인 나세르가 문득 옅게 웃더니 말했다.

"나보다는 지엔, 네 꿈에 대한 얘기를 더 할까."

그가 두 손을 내밀어 지엔의 손을 천천히 감싸 쥐었다.

더없이 귀애하는 것을 보는 듯한 눈으로 자신을 바라보는 그의 눈빛에, 지엔은 움찔했다.

"꿈 때문에 불안해할 필요 없다. 이 숲에서건 어디에서건, 지엔. 네가 헤매게 된다면 나와 함께일 테니."

"공자님, 헤매는 사람이 둘이 된다고 해도 별 안심은 안 되는데요……."

지엔이 애써 나세르의 말에서 무게를 덜고자 꺼낸 말에 그가 가볍게 웃었다. 진심 어린 말이 부정당했으니 화가 날 법도 한데, 그는 지금까지와 전혀 다르지 않은 어조로 말을 이었다.

"그런가? 그럼 말을 바꾸지."

그가 지엔의 손을 잡고 있던 손에 더욱 힘을 주며 말했다.

"지엔, 네가 죽는다면 그건 내가 죽는 다음이 될 거다."

잠시 정적이 흘렀다. 그 뒤에야 지엔은 평소처럼 어처구니없다는 듯 웃을 수 있었다.

"하, 하하, 공자님."

지엔이 나세르가 잡고 있던 손을 빼내려는 시늉을 했다. 아쉬운 듯 마지막으로 한번 힘주어 잡은 다음, 나세르는 그녀의 손을 미련 없이 놓아주었다.

지엔이 애써 너털웃음을 흘리며 말을 이었다.

"하하, 공자님. 정말이지, 고용주보다 오래 살기를 바라는 고용인이라니. 브리지트 백작님이나 공자님의 형님들께서 이 말을 들으신다면 저 엄청 혼나요."

'아마 그냥 혼나는 정도가 아니겠지.'

"그건 그렇겠군."

담담하게 수긍한 나세르는 다행히 불쑥 화제를 돌렸다.

"이 원정이 끝나면 브리지트 백작령으로 돌아갈 계획인가?"

"네? 네, 아마도 그렇겠죠."

"원정에서 생환하기만 한다면 공을 세운 대가로 뭔가를 받을지도 모르는데. 금전적인 보상이나 명예로운 뭔가를."

그 말에 지엔은 어색하게 웃으며 대답했다.

"하하, 그럴 리 있나요. 저는 애초에 헤카테네 형님…… 제라드의 내통자로 의심당해서 끌려온 판국인데. 감옥에 들어가지 않은 것만도 다행이지."

지엔의 말은 분명 사실만을 담고 있었으나, 나세르는 말도 안 된다는 듯 진지하게 반박했다.

"네가 제라드에게 일절 협조하지 않고 있다는 건 이번 원정을 통해 자연스럽게 증명될 테지. 그렇다면 너에 대한 의심을 거두고 공에 걸맞은 포상을 내리는 것이 마땅한 일이다. 무엇보다 황태자 전하께서는 성과주의이시니."

"그건……."

할 말을 잃고 입술만 달싹이는 지엔에게, 나세르는 다시금 차분하게 물음을 던졌다.

"지엔, 너는 이 제국 어디에서건 살 수 있는 돈이 생긴대도 브리지트 백작령으로 돌아갈 생각인가? 영주에게 얽매이지 않는 자유민 신분이 된대도."

생각지 못한 질문에 지엔은 눈을 굴리며 대답했다.

"음…… 그건 생각을 좀 해 봐야겠는데요"

지엔은 새삼 자신이 먼 길을 떠나왔다는 것을 자각했다.

당연히 늙기 전에는 브리지트 백작령을 떠날 일이 없을 줄 알았으니, 은퇴하면 평생 살아온 곳에서 여생을 마치는 것도 나쁘지 않다고 생각했으나 지금은 그렇지 않다는 게 문제였다.

브리지트 백작령에서 제국의 수도, 다시 제국의 수도에서 마물의 땅까지, 사실상 제국을 세로로 횡단한 셈이었다.

여행을 할 생각은 없었지만, 이렇게 된 이상 젊어서 은퇴한다면 다시 제국을 여행하며 마음에 드는 풍경과 마을을 만날 때까지 시간을 투자할 수도 있겠다는 생각이 든다.

생각을 마친 지엔이 말을 꺼냈다.

"저, 항구 도시 푸리에가 궁금했어요. 오가는 사람이 많고 매일매일 장이 선대서."

'풍부한 물자는 편안한 삶을 살기 위한 필수 조건이지.'

다분히 현실적인 이유에서 꺼낸 말에 옅게 웃은 나세르가 대답했다.

"항구 도시…… 좋지, 나도 단 두 번밖에 가 보진 못했지만."

"어라? 가 보셨어요?"

나세르가 고개를 끄덕였다.

"그래. 신전에서였다. 체험 학습을 위해 고대 섬의 유적지를 방문한 적이 있었지. 그때 오며가며 들렀다."

"체험 학습……."

마냥 신도들을 가둬 놓고 경전만 읽히는 줄 알았더니, 그런 것도 하는군.

지엔이 또다시 빛의 신에게 무례한 생각을 하던 찰나, 감회에 젖은 눈빛을 하고 있던 나세르가 다시 말했다.

"항구 도시의 풍경은…… 내게도 모든 것이 새로웠다. 뱃사람들과 장사꾼, 무희, 배와 마주 보듯이 세워진 집집마다 창문을 열고 시끄럽게 뭔가를 외쳐대던 사람들…… 그리고 바다가."

"아."

"무엇보다도 바다가 좋았다. 확실히 지엔 너도 좋아할 것 같군."

그렇게 말하고 뭘 이해한 건지는 모르겠지만, 홀로 고개를 주억거린 나세르는 다시 지엔을 돌아보았다.

"항구 도시, 좋은 선택이다. 그리고 또?"

계속되는 질문에 지엔은 고개를 기울였다.

"그리고 또'라니? 우리가 노후 계획 세우자고 이 자리에 모인 건 아닐 텐데.'

더군다나 살벌한 북부 원정의 와중이었다.

간신히 거점을 얻긴 했지만 이조차 마을 사람들을 죽이고 빼앗은 것이고, 제라드의 문제도 아직 해결되지 않았고, 게다가 원정대는 뿔뿔이 흩어지기까지.

상황은 시작보다 나빠졌으면 나빠졌지, 결코 좋아지지 않았다. 시시각각 생환율이 뚝뚝 떨어지고 있는 상황이었다.

그런데 이런 상황에서 대뜸 은퇴하면 어디에서 살 거냐니? 아무리 위기 끝에 몰린 사람이 희망을 찾게 된다지만 이것은 그것과도 거리가 멀었다.

'아, 혹시.'

지엔의 머릿속에 퍼뜩 한 가지 가능성이 스쳤다.

'날 안심시키려고.'

확실히 지엔이 범상치 않은 전생을 가졌다는 것을 모르는 나세르의 눈에 그녀는 평범한 하녀로 보일 것이고, 그랬다면 패닉 상태일 거라 생각하는 것도 이해는 갔다.

물론 나세르와 만났을 적부터 이미 헤카테에게 '네 인생 망했다.'며 최종 선고를 받은 지엔은 전혀 그렇지 않았지만.

'뭐, 하지만 나세르 님은 내가 불안해 할 것을 불안해하고 계실 테니, 적당히 어울려 주도록 할까.'

순전히 나세르를 달래려는 의도에서, 지엔은 순순히 질문에 대답했다.

"제국의 동쪽 끝에는 '태양 사막'과 이어지는 교역 도시, 솔리덴이 있다고 하더라고요."

지엔은 대화를 끊지 않기 위해 태연한 목소리로 아무 말이나 지껄였다.

"또 마리의 고향 말락타도. 아, 마리가 누구냐 하면, 저와 같은 브리지트 백작령 하녀예요. 하녀들 중에서는 제일 친했는데, 아마 잘 지내고 있을 거예요. 걔는 밖에 메테오가 떨어져도 '어머, 지엔! 저것 좀 봐, 운석이 정말 커.' 할 정도로 긍정적인 애였거든요. 제 뺀질…… 아니, 요령을 유일하게 좋게 봐준 것도 그 애였어요."

"그렇군."

"걔가 맨날 어찌나 제 고향이 살기 좋다고 자랑을 하던지, 언젠가 기회가 닿으면 한 번쯤 가 보는 것도 나쁘지 않겠더라고요. 무엇보다 호수가 예쁘대요. 호수의 이름도 말락타라서 마을 이름이 그렇게 됐다고."

"호수라. 나도 좋다."

그러다가 갑자기 굴러떨어진 말에, 지엔은 말하던 것을 멈추고 휙 고개를 돌렸다.

휘둥그레진 그녀의 눈에 꿈결처럼 웃는 나세르의 모습이 담겼다.

"왜 그러지?"

다시 미소를 지운 나세르가 어리둥절하게 되묻자, 지엔은 잠시 멍하니 있다가 제 뺨을 퍽퍽 쳤다. 나세르가 당황하며 말렸지만 멈추지 않았다.

지엔은 진심으로 위기감을 담아 생각했다.

'미모에 홀려서 말아먹은 건 전생만으로 충분해. 정신 차리자.'

마침내 간신히 정신을 차린 지엔은 어설프게 웃으며 대답했다.

"아, 아니, 제가 방금 이상한 소리를 들은 것 같아서요. 나세르 공자님이 어째서인지, 제가 은퇴할 마을에 대해서 하나하나 감상을 남기는 것 같은……."

그러자 다시금 옅게 미소 지은 나세르가 대꾸했다.

"네가 은퇴할 마을인데 안 가 볼 수는 없겠지."

"아, 하하. 하긴, 그렇지요? 여행을 다니실 수도 있는 거니까."

지엔은 아직도 두근대는 가슴께에 살짝 손을 올렸다.

'와, 같이 가자는 얘기인 줄 알고 정말 놀랐네. 하긴, 수도에서의 탄탄대로가 예정된 나세르 님이 뭐하러 나와 같이 항구 도시나 교역 도시, 관광지도 안 되는 말락타 같은 변두리를 돌아다니시겠어?'

그리고 지엔의 안색이 잠깐 어두워졌다.

'어차피, 북부 원정이 끝나면 이번에야말로 다시 볼 사람이 아닌 걸.'

그때 나세르가 다시 침묵을 깨고 입을 열었다. 지엔은 화들짝 놀라 고개를 들었다.

"그럼, 지엔. 난 이만 들어가 보도록 하지."

"아, 네, 공자님. 그렇지요, 공자님도 흩어진 원정대를 모으는 데 힘을 보태고 계시니까. 또 내일 일찍 마을을 나서려면 얼른 들어가서 쉬셔야지요."

"데려다주고 싶은데."

"괜찮아요, 제가 알아서 돌아갈게요."

지엔이 부러 씩씩하게 꺼낸 말에 나세르가 못내 머뭇거렸다.

"하지만……"

그는 마지못한 듯 지엔을 돌아본 다음, 발을 끌 듯 천천히 자리를 떠났다. 그가 두세 걸음에 한 번씩 이쪽을 돌아볼 때마다 지엔은 어린애를 달래듯, 웃으며 손을 흔들어 주었다.

나세르의 모습이 사라지고 나서야, 지엔은 고개를 떨어뜨리며 중얼거렸다.

"저 웃는 얼굴에는 정말이지 매번 놀라게 된다니까."

꿈에서 전생의 나세르는 항상 찡그린 얼굴이거나 혹은 돌처럼, 바위처럼 무표정한 얼굴이었다. 심지어 이쪽은 보지도 않고 항상 앞만 쏘아보았다.

그러다 심기에 거슬리는 일이 있으면, 그제야 이쪽을 돌아보며 산 사람 같은 반응을 했다. 미간을 잔뜩 일그러뜨리고, 입술을 피가 안 돌도록 하얗게 깨물며 비로소 큰 소리를 냈다.

그때는 금욕적인 가풍인 무가의 여식이라서 그런다는 추측을 어렴풋이 했던 것 같지만, 지금 와 생각해 보면 나세르가 어려서부터 자란 빛의 신전 본단도 전생보다 더했으면 더했지 덜하진 않았다.

요컨대, 나세르의 환경은 전생이나 현생이나 크게 차이가 없다는 뜻이었다.

생각에 잠겨 있던 지엔의 이마가 얼핏 일그러졌다.

'그런데도 저런 표정을 자꾸만 보여 주는 건.'

본인도 자각 못 한 꿈결 같은 미소를 언뜻언뜻 보여 주는 건 역시…….

지엔은 나세르의 마지막 말을 반추했다.

— 나는 그가 증오스럽고, 경멸스러웠다.

두 손은 뒷짐 지고 몸을 굽힌 채, 한 발로 괜히 바닥의 흙을 파내던 지엔이 마침내 말했다.

"……역시 나세르 님의 고백을 받아들여서는 안 되겠지."

그녀가 꺼질 듯한 목소리로 덧붙였다.

"내가 설령 그를…… 좋아하게 될지라도."

바로 그때였다.

부스스하고 근처의 풀이 흔들리는 소리에 화들짝 놀란 지엔은 고개를 들었다.

미처 처리하지 못한 마을의 잔당인 걸까? 아니, 그럴 리는 없으니 인기척의 정체는 분명 이 마을에 머무르는 원정대의 일원, 자신도 아는 사람일 터인데.

그의 정체를 본 순간, 지엔은 미간을 큰 폭으로 일그러트릴 수밖에 없었다.

'댁이 거기서 왜 나와?'

황태자, 벨하르트가 나세르가 처음 나타났던 그 자리에 서서 지엔을 지그시 쳐다보고 있었다.

방금만 해도 간지러운 분위기가 흐르던 공터에 스산한 침묵이 내려앉았다.

지엔은 일순 표정 관리조차 하지 못하고 일그러진 얼굴로 벨하르트를 보았고, 벨하르트도 이 만남이 달갑잖은 얼굴인 것은 마찬가지였다.

그러나 결국에는 생존본능의 승리였다. 지엔은 예의 바르게 고개를 숙였다.

"제국의 작은 태양을 뵙습니다."

"……한배를 탄 사이이니 그런 인사 같은 건 하지 않아도 좋다."

한 걸음 다가오며 벨하르트가 차분히 말했다.

"다음부터는 약식 경례로 그치도록."

"예."

"네 주인과 꽤 친한가 보군."

주종 간의 긴밀한 대화는 들었어도 못 들은 척하는 게 예의이거늘, 그렇게 말하며 나세르가 사라진 방향을 힐끗 보는 벨하르트의 모습에 지엔은 다시 미간을 구겼다.

'도대체 무슨 상관이세요?'

일전에 숲에서 '네 주인을 사랑하나?'라고 자신에게 물은 것도 그렇고, 지엔은 이쯤 되면 인정할 수밖에 없었다.

저 황태자는 자신에게 지나치게 관심이 많았다.

자의식 과잉 같은 말이었지만 실제로 그랬다.

'나한테 쓸 신경 같은 게 있으면 발리아 님께나 쓰실 것이지.'

지엔의 마음을 알 수 있을 리 없는 벨하르트가 몇 걸음 다가와 지엔의 앞에 섰다.

희미한 달빛 아래로 차갑게 빛나는 금빛 눈동자를 본 지엔은 일순 숨 쉬던 것을 멈추었다.

뭔가를 가늠하듯 지엔을 물끄러미 내려다보던 벨하르트가 특유의 낮은 목소리로 물었다.

"이미 그와는 미래를 약속했나?"

"네?"

"들을 생각은 아니었지만, 원정이 끝난 미래의 얘기를 하더군."

그 물음에 지엔의 얼굴이 다시 일그러졌다. 왜 이렇게 답지 않은 짓만 하는 걸까?

자신이 아는 황태자는, 결코 엿들은 얘기를 남 앞에서 직접 물을 만큼 품위 없는 사람이 아니었다.

그러나 그놈의 직위가 문제였다.

지엔은 차분히 대답했다.

"아니요, 공자님과 저는 아무런 사이도 아닙니다."

"그래?"

"그렇습니다."

"그가 너를 사랑한다고 하여도?"

순간 지엔은 비명이 나올 뻔한 것을 겨우 눌러 참았다.

지엔은 휙 고개를 돌렸다.

'도대체 어떻게 눈치챈 거지?'

벨하르트의 무표정한 얼굴을 보면, 그에게 도무지 남의 마음을 알아챌 수 있는 눈치 같은 게 존재할 것 같진 않았다.

'미행이라도 했나? 감시? 아니, 그럴 리 없지.'

순간, 수도에서 자신을 따라다니던 수상한 복면인들에 생각이 미친 지엔은 재빨리 고개를 내저었다.

아니, 그 정체가 다른 누구는 다 되더라도 벨하르트만은 아닐 것이다. 그가 귀하디귀한 자신의 시간을 쪼개 한낱 하녀 따위를 감시할 이유가 없으니.

'아무튼 증거는 없을 거란 말이지. 순전한 넘겨짚기.'

그렇게 생각한 지엔은 태연하게 대답했다.

"공자님은 절 사랑하시지 않습니다."

"그런가? 그럼 질문을 바꾸지."

벨하르트가 예리하게 빛나는 눈으로 지엔을 보며 다시 물었다.

"네가 네 주인을 사랑한다 하여도?"

"그 또한 오해이십니다, 전하. 저와 나세르 공자님과의 관계는 주인과 충직한 부하, 그뿐입니다."

로아나의 표현을 잠시 빌린 말에 벨하르트의 한쪽 눈썹 끝이 치켜 올라갔다. 그가 말도 안 된다는 듯 뇌까렸다.

"충성심이라고."

"그렇습니다."

"그대는 충성심을 위해 목숨까지 바치나."

"물론 그렇습니다!"

아예 충성스러운 하녀 컨셉을 밀고 나가기로 한 지엔이 뻔뻔하게 외쳤다. 그러자, 일순 벨하르트의 입가에 희미한 미소가 깃들었다.

'미소?'

지엔이 눈을 크게 뜨는 찰나, 그가 대뜸 상체를 굽혀 지엔과의 간격을 순식간에 좁혔다.

눈 깜짝할 새 그의 얼굴이 코앞에 다가오자 지엔은 흠칫 놀라 숨을 들이켰다.

그가 기이하게 빛나는 눈으로 말했다.

"그럼 그대는, 나를 위해서도 목숨을 바칠 수 있나?"

그 물음에 지엔은 차마 대답하지 못했다. 그럴 수 있다고 대답했다가는 벨하르트가 이 자리에서 당장 자신의 목을 뚜껑 따듯 딸 것 같았기 때문이었다.

대답이 없음에도 불구하고 벨하르트는 홀로 묻고 홀로 답했다.

"질문의 의미가 없군. 물론 그렇겠지. 나는 장차 이 제국의 주인이 될 터, 이 제국의 살아 숨 쉬는 모든 것은 나의 것. 그러니……."

말을 잇던 벨하르트의 눈이 가늘어졌다.

"내가 한낱 네 목숨 따위 갖지 못할 리 없지. 안 그런가?"

"아, 네……."

"아니면, 네 목숨은 이미 주인이 있다고 하며 거부할 셈인가."

그렇게 말한 벨하르트가 눈을 내리깔아 지엔을 빤히 내려다보았다. 지엔은 차갑게 식은땀이 등줄기를 타고 흐르는 것을 느꼈다.

'아니, 이미 결론은 혼자 내려놓고 나더러 뭘 어쩌라고. 듣기 좋은 말이라도 들려 달라는 거야, 지금?'

아무튼 지엔으로서는 나라의 주인인 벨하르트를 거부하는 것도, 그렇다고 전생에 이어 현생에서까지 큰 빚을 지고 있는 나세르를 거부하는 것도 못 할 짓이었다.

한참 만에 지엔은 애써 평소처럼 웃으며 검지를 치켜올렸다.

"저의 하찮은 목숨 따위, 필요하시다면 얼마든지 드릴 수 있지만…… 이런 하찮은 목숨 따위를 갖고 싶어 하신다면, 황태자님께 목숨을 바칠 기회를 제게 뺏긴 사람들이 무척 화를 낼 것 같습니다!

하하, 아하하."

그 대답이 마음에 들지 않는 듯, 벨하르트는 자못 위협적으로 고개를 기울였다

"그래서?"

지엔은 애써 웃음을 잃지 않고 대답했다.

"나세르 님도 제 목숨이 필요하시다고 하신다면, 어디 보자……서, 선착순으로 할까요?"

그러자 지엔을 보던 벨하르트의 눈이 또 한 번 가늘어졌다.

이윽고, 그는 상체를 뒤로 물려 지엔에게서 떨어졌다.

속으로 안도의 한숨을 내쉬던 지엔에게 그가 다시 말했다.

"끝까지 그냥 주겠다는 말은 안 하는군."

'과연 제국 황태자. 남의 집도 아니고 남의 목숨을 공짜로 갖고 싶어 하다니, 날강도 짓도 스케일이 다르다.'

순간 상황도 잊고 속으로 감탄하던 지엔에게 벨하르트가 말을 이었다.

"나도 네 목숨 따위는 쓸 데도 없다. 공연한 말장난에 시간만 허비했군."

'아니, 남의 목숨을 말장난하는 데 쓰다니. 실제로 실행하실 무력도 권력도 있는 분이 그러는 거 아닙니다.'

지엔이 생각을 읽는 마법이 있다면 사형당할 만한 생각만 계속하는 가운데, 벨하르트는 '날이 춥다. 이만 들어가 보도록.' 하고 대뜸 축객령을 내렸다.

그래도 황태자라고 배운 예법이 있어서인지, 염려하는 듯, 한 마

디 덧붙이긴 했지만 결국 이젠 여긴 내가 차지할 테니 넌 꺼지란 소리였다.

"네, 그럼 힘없고 슬픈…… 아, 아니, 하녀는 이만 물러가 보겠습니다."

아차, 속마음을 그만 입으로 뱉어 낼 뻔한 지엔은 두 손으로 입을 틀어막고 황급히 종종걸음쳤다.

'설마 듣진 못했겠지?'

그런 우려 때문에 지엔의 걸음이 점점 빨라졌다.

점차 어둠 속에 파묻히는 지엔의 뒷모습을 보던 벨하르트는 고개를 뒤로 돌아보았다.

어둠 속에 반쯤 파묻혀 이쪽을 보고 있는 사람은 푸른 머리카락이 아름답게 굽이쳐 내리는 발리아였다. 달빛 속에서 스스로 빛나는 듯 보이는 그녀를 향해 벨하르트가 물었다.

"언제부터 거기에 있었나?"

"아시고서도 그런 얘기를 나누신 거로군요."

"상관없다고 여겼다."

자신의 약혼 상대가 미천한 신분의 하녀 따위와 얼굴을 가까이 맞대고 얘기를 나눈 상황, 그럼에도 그 모습을 엿본 발리아의 표정은 태연하기만 했다.

할 말 많은 푸른 눈으로 벨하르트를 물끄러미 올려다보던 그녀가 한 걸음 앞으로 나서자, 벨하르트는 그녀를 묵묵히 응시했다.

그런 가운데 발리아가 다시 입을 열었다.

"전하. 저, 드디어 알았어요."

"무엇을?"

"지엔에 대한 전하의 감정에 대해."

그렇게 말한 발리아가 천천히 희고 고운 손을 들어 올려 벨하르트의 뺨에 가져다 대었다.

평소라면 무례하게 여겼을 동작에도, 벨하르트는 그녀를 내치지 않았다.

그의 뺨을 느릿하게 매만지며, 발리아가 감미롭게 읊조렸다.

"전하, 전하께서는 지엔을……."

메인 챕터 2. 흑색의 성

원정대의 90퍼센트 이상이 다시 모인 것은 도망자들의 마음을 거점으로 삼아 수색작업을 진행한 지 딱 이 주가 날이었다.

그날 아침, 마침내 벨하르트는 수색작업을 중단하고 다시 북쪽 원정을 계속할 것을, '번개의 땅'을 지나 '검은 구'를 목표로 할 것을 천명했다.

말을 마친 벨하르트가 헤카테를 돌아보았다.

"제라드의 접근을 정말 감지할 수 있겠나?"

"네, 하지만 제가 제라드의 접근을 감지하는 데만 힘을 쏟을 경우, 마물들을 견제하기는 힘들어지기에 이전처럼 나세르 공자와 칼리스 공자를 보호하는 진형으로 가기는 어려울 겁니다. 성물의 주인인 두 사람이 적극적으로 전투에 가담해야 할 필요가 있습니다."

"어떤가, 할 수 있겠나?"

고개를 돌리며 묻는 벨하르트 앞에서 나세르는 한쪽 가슴에 손을 얹으며 고개를 숙였다.

"필요하다면 해내 보이겠습니다."

"저도 물론 괜찮습니다. 휴, 출중한 내 능력이 역사의 방관자가 되는 것을 허락하지 않는군."

치렁한 머리카락을 넘기며 칼리스가 하는 말에 벨하르트는 반응 없이 고개를 돌렸다.

칼리스의 옆으로 다가간 로아나가 그의 옆구리를 툭 쳤다. 그녀가 걱정스러운 목소리로 말했다.

"오라버니는 전사가 아니라 마법사니까, 아무리 빛의 성물이 있다고 해도 빛의 지팡이를 손에서 놓치기라도 해서 육탄전이 되면 위험합니다. 제 곁에 꼭 붙어 계십시오. 아셨습니까."

"거참 믿음직하네, 로이! 언제나 고마워."

"까불다 또 다치지 마시고요."

"그런 말은 좀."

투덕대는 칼리스와 로아나를 보던 지엔은 나세르를 향해 고개를 돌렸다.

이쪽을 내내 응시하고 있던 듯, 눈이 마주치자 나세르는 걱정하지 말라는 듯 옅은 미소를 보냈다. 그러나 지엔은 오묘한 표정을 지을 수밖에 없었다.

활이 주 무기인 지엔은 당연히 행렬의 후미인지라 나세르와는 거리가 무척 멀어질 수밖에 없었다.

잠시 망설이던 지엔은 나세르에게로 달려갔다.

"공자님, 이거."

지엔이 그렇게 말하며 대뜸 품을 뒤적거리자, 나세르는 놀랐다. 도대체 뭘 주려고 이러지?

잠시 후 그녀가 찾아서 내민 것은 다름 아닌 어린애가 실을 갖고 장난친 것 같은 조악한 수가 놓인 손수건 한 장이었다.

계속된 원정으로 제대로 씻지도 못해 몰골이 더러우니 닦으란 건가? 하지만 어차피 일행의 선두에서 마물과 싸운다면 곧 마물의 피로 더러워질 얼굴이었다. 나세르는 고개를 내저었다.

"이런 것은 필요치 않다. 지엔 네가 쓰도록 해라."

"아니, 저, 그게 아니라. 이거, 제가 공자님을 수놓은 거예요."

그 말에 나세르는 하던 말을 멈추고 손수건을 빤히 보았다. 아무리 보아도 역시 노란색과 푸른색 실로 수놓인 괴악한 무언가가 그려져 있을 뿐이었다.

옆에서 흥미롭다는 얼굴로 고개를 불쑥 들이민 칼리스는 곧 죽을 듯이 웃음을 터트렸다.

"으하하, 으하, 하! 아, 지엔, 정말이지 넌 최고야. 이게 농담이 아니라 정말 저 목석의, 일견 천사 같다고 칭송받는 얼굴이란 말이지? 하하! 아이고, 나 죽네 나 죽어."

"그럼 칼리스 님 건 버릴게요."

"지엔, 추상파란 말을 들어 본 적이 있니? 겉으로 드러나지 않는 심오한 심상을 다루는 거장들의 분야인데 말이야."

대뜸 어깨에 팔을 걸치며 친한 척을 하는 칼리스를 보며 지엔은 다시 얼굴을 찡그렸다. 그녀가 손수건 또 한 장을 던지듯 내밀었다.

"그럼 가져가시든가."

"고마워! 나 왠지 북부 원정에서 돌아가도 천 년 만 년 장수할 수 있을 것 같은 기분이 드는데."

"오라버니, 제발 체통 좀."

골치 아프다는 표정으로 이마를 감싼 로아나는 지엔을 힐끗거리더니 이윽고 휙 몸을 돌렸다.

평소라면 이 사태의 원인인 지엔에게도 한두 마디 했을 텐데, 곧 원정이 시작되니 바쁘기도 하고, 지엔에게 나름대로 목숨의 은인에 걸맞은 대우를 하기로 한 것 같았다.

말없이 떠나는 로아나의 뒷모습을 보며 지엔이 히죽 웃던 찰나, 누군가 지엔의 손을 잡아끌었다.

돌아보자, 나세르가 이제까지 중에 가장 기뻐 보이는 얼굴로 그녀를 보고 있었다.

한쪽 손으로 손수건을 꽉 쥔 그가 다른 손으로 지엔의 손을 붙잡으며 말했다.

"지엔, 정말 고맙다."

"아, 아니에요. 원래 사냥 대회 때 드리려다 못 드린 건데요, 뭘. 전 그냥, 전통이기도 하고……."

"알겠다, 지엔."

나세르가 단호한 목소리로 지엔의 말을 끊었다. 알겠다니, 도대체 뭐가? 지엔은 어리둥절한 표정을 지었다.

"절대 다치지 않겠다."

"아, 아니. 공자님, 저는 그게 아니라요, 아…….."

"싸움터에 나가는 이의 무사 귀환을 염원하는 뜻에서 그의 상징을 수놓은 손수건을 선물한다, 내가 관례에 대해 잘못 알고 있는 것이 있나?"

입가에 미소를 걸친 나세르가 매끄럽게 말했다. 한참을 입만 뻐끔거리던 지엔은 결국 한숨과 함께 대답했다.

"네, 다 맞아요. 공자님 말씀이 다 맞습니다…….."

"다시 한 번 말하지. 정말로, 고맙다. 네가 날 위해 이런 것을 준비했다는 게 기뻐."

그렇게 말하며 뺨을 조금 붉히는 나세르를 바라보며, 지엔은 벨하르트가 나세르의 마음을 눈치챘을 리 없다는 생각을 정정할 수밖에 없었다.

'눈치챌 수 없기는 무슨, 이걸 보면 바보라도 눈치 못 챌 수 없을걸.'

아니나 다를까, 이쪽을 따끔따끔하게 찌르는 벨하르트의 시선을 느낀 지엔은 황급히 발리아 옆으로 몸을 피했다.

'원정대 유일의 정상인이시란 말이야.'

오늘도 혼자만 청량한 기운을 내뿜는 발리아 옆에 서서 숨을 들이마시니 마음에 강 같은 평화가 찾아왔다.

그것도 잠시, 지엔은 곧 얼굴을 굳혔다.

'아니, 이젠 꼭 그렇다고도 할 수 없나.'

벨하르트가 도망자 마을의 주민을 몰살했다는 칼리스의 말을 들은 뒤로, 지엔은 발리아를 예전처럼 거리낌 없는 마음으로 대할 수는 없었다.

그녀가 손에 피를 묻혔다는 것 따위가 문제가 아니었다. 그런 식으로 죄의 무게를 단다면, 지금 누구보다도 고개를 들 수 없는 사람은 자신일 터였다.

'그보다는, 발리아 님이 너무 빠른 속도로 변하고 계셔서……'

이제는 그녀가 황성에서 기꺼이 제게 말을 걸어 주었던 그녀와 동일 인물이 맞는지, 의심마저 될 지경이었다.

그때, 지엔의 시선을 느낀 발리아가 고개를 기웃하며 물었다.

"왜 그러니?"

"아, 아니에요. 발리아 님. 오늘도 아름다우셔서."

전생의 자신이 발리아와 마주치지 않은 것이 참으로 다행이란 말은 뺐다.

발리아는 후후 웃더니 새하얀 백마에 올라탔다.

"가자, 지엔."

"아, 네."

지엔 또한 활을 메고 말에 훌쩍 올라탔다.

*　　*　　*

일행이 다시 한 번 마물의 숲을 빠져나와 번개의 땅에 도달하기까지는 전보다 오랜 시간이 걸렸다. 그 이유는 전적으로 제라드의 추격을 피하는 데 있었다.

아무리 제라드가 신출귀몰한다고는 하나 그도 마물 군단 전부를 데리고 순식간에 이동할 수는 없었고, 헤카테가 그의 이동 경로를 예측하기만 하면 피하는 건 일도 아니었다. 다만 그 과정에서 직선으로 가야 할 길이 이리저리 구부러졌다.

그나마 시간을 단축할 수 있던 것은 빛의 성물들의 놀라운 효용이었다.

빛의 검과 빛의 지팡이는 눈부신 신성력을 뿜어내며 단단한 마물들을 순식간에 두 쪽으로 갈랐다.

지엔은 새삼 벨하르트가 왜 빛의 검의 주인이 나타나자마자 북부 원정을 강행했는지 알 수 있었다.

'지금까지 힘껏 싸워댄 게 허무할 지경이다.'

그렇게 생각하며 지엔이 원정대 일원을 돌아보자, 그들도 같은 생각인 것 같았다.

거대한 미노타우르스의 몸이 빛의 검에 의해 단숨에 두 쪽으로 쪼개지는 것을 보며 원정대 모두가 경악하던 그때, 묵묵히 그 모습을 보던 벨하르트가 입을 열었다.

"보아라. 번개의 땅이다."

"헛."

누군가 헛숨을 들이켰다.

갈라진 미노타우르스의 거체 사이로 번개의 땅이 모습을 드러내고 있었다. 물론 이번에는 환상으로 만들어진 것이 아닌 진짜였다.

알 수 없는 광석들이 삐죽삐죽 솟아난 땅 위에는 보랏빛 액체의

늪이 간혹 고여 있었고, 거대한 바위 몇 개가 웅크린 듯 자리를 지키고 있는 것을 제외하면 몸을 숨길 곳 따위 아무 데도 없었다.

아무것도 시야를 방해하지 않아 넓게 뚫린 지평선 위로 검은색 구가 웅장하게 솟아 있었다.

지금은 작아 보이지만, 가까이 다가가면 적어도 황궁만큼은 거대할 것이다. 원정대들은 물론이고, 지엔도 꼴깍 침을 삼켰다.

그녀는 문득 인상을 쓰며 이마를 부여잡았다.

'이상해. 이런 광경 따위 태어나서 한 번도 본 적이 없는데. 자꾸만 이 광경을 어디선가 본 것만 같아…….'

그때, 벨하르트가 헤카테를 돌아보며 물었다.

"이 땅에서도 제라드의 눈을 피해 이동하는 것이 가능한가?"

"엄폐물이 아무것도 없는 이런 곳에서는 불가능합니다. 마법을 써도 금방 들킬 겁니다. 최대한 빨리 주파하는 것이 답이지요."

망설임 없이 대답한 헤카테는 고개를 돌려 붉은 대지 저편을 바라보았다.

"문제는 번개입니다."

그 말을 들은 지엔 또한 다시 번개의 땅을 돌아보았다. 얼마 떨어지지 않은 곳에서 번개가 위협스레 내리치고 있었다.

과연 피할 수도 없을 만큼 빠른 데다가, 불규칙적이기까지 해서 원정대원 중 아무도 소실되지 않고 저 땅을 건너는 것은 거의 불가능해 보였다.

원정대원 중 하나가 물었다.

"맞으면 생명에 지장은 없습니까?"

"번개의 땅에 관해 설명하는 말을 듣지 않고 뭐 했나."

벨하르트가 언짢은 듯 되물은 말에 그는 힉 소리와 함께 입을 닫았다.

한숨을 내쉰 벨하르트가 말을 이었다.

"다행히 자줏빛 번개는 일반 번개처럼 금속에 반응한다. 그러나 우리가 지닌 모든 금속을 버리고 갈 수는 없어. 그래서는 제라드와 맞붙었을 때 제대로 싸울 수 없게 된다. 게다가 모든 금속을 버려 봐야 메마른 땅에 솟은 물체는 번개의 표적이 되지."

"그럼……."

"어느 정도의 금속을 준비했다. 그러나 검은 구까지 도달한 선례가 없어 검은 구까지의 거리를 알 수 없으니, 결국 중간에는 어떤 식으로든 떨어지고 말 거다. 그렇게 되면 어느 정도의 희생은 불가피해."

"그럴 수가……."

"다행히 저 번개는 우리를 흩어 놓기만 할 뿐, 그 이상의 작용은 하지 않지."

벨하르트가 고개를 돌리고 일행을 돌아보았다.

"때문에 번개의 땅에 흩어졌을 때 다시 모일 구심점이 필요하다. 누가 하겠나? 물론 구심점은 번개의 땅 어디에서도 볼 수 있을 만큼 눈에 띄어야 하기에, 제라드의 표적이 될 가능성 역시 높다."

"제가 하겠습니다, 전하."

로아나가 기다렸다는 듯 앞으로 나섰다.

지엔은 로아나의 용기에 감탄했으나, 다른 원정대원들은 그녀가 하지 않으면 누가 하냐는 듯 대수롭잖은 반응이었다.

벨하르트가 기꺼이 나선 로아나에게 붉은 망토를 넘겨주었다. 스스로 빛이 나는 특수한 재질로 제작된 망토였다.

다시 말 고삐를 잡은 벨하르트가 물었다.

"그럼 준비됐나."

"전하."

바로 그때, 헤카테가 던진 말에 모두가 그쪽을 돌아보았다. 무슨 일에든 담담하던 헤카테가 눈에 띄게 창백해진 얼굴로 말했다.

"옵니다. 그가 번개의 땅에 들어가기 직전인 우리를 발견했습니다."

"다들 출발해라!"

벨하르트가 다급히 말한 것과 동시에 모두가 우르르 땅을 박차고 나갔다.

일행에게 번개가 내리꽂히려는 찰나, 멀지 않은 지면에 푹 내리꽂힌 기다란 창이 주변 곳곳에 박히며 번개를 흡수했다. 지엔은 입술을 깨물었다. 저것이 아마도 벨하르트가 준비한 '방책'일 것이다.

그러나 그것은 오래가지 못했다. 지엔의 바로 뒤에서 달리던 사람이 '악'하는 단말마와 함께 번개를 맞고 순식간에 사라졌다. 화들짝 놀라 뒤를 돌아보는 지엔에게 발리아가 외쳤다.

"지엔, 피해!"

"앗."

지엔이 황급히 말머리를 돌리는 것과 동시에 위협적인 번개 한 줄기가 지엔의 발치에도 내리꽂혔다. 발리아가 비명처럼 외쳤다.

"지엔! 이미 늦었……."

그러다 말고 발리아는 눈을 휘둥그레 뜨며 말을 멈추었다. 왜 저러지? 지엔은 여전히 가쁘게 달리며 발리아를 향해 외쳤다.

"전 괜찮아요!"

"지, 지엔. 하지만 너, 방금 분명히 번개에 맞지 않았니……?"

"네? 아슬아슬하게 피한 게 아니라요?"

"그래? 이상하다."

입술을 매만지며 중얼대던 발리아가 곧 말했다.

"하긴, 그렇겠지? 번개에 맞았다면 다른 곳으로 이동하지 않을 리 없으니까."

"그보다 발리아 님, 우리 이러다 선두를 놓치겠어요! 빨리 뒤쫓아 가요!"

"응!"

황급히 외친 그들이 고삐를 당기며 속도를 높였다. 지엔이 달리는 말 위로 고개를 쭉 빼고 바라보니, 다행히 아직 나세르와 칼리스, 헤카테와 로아나 모두 무사했다.

벨하르트는, 솔직히 별 알 바 아니지만 일단 중심인 그가 없으면 원정대가 와해되기에 지엔은 예의상 그의 안위를 살폈다. 그 역시 아직 무사한 것 같았다.

그 찰나, 벨하르트의 외침이 귓가에 꽂혔다.

"대열의 왼쪽은 모두 오른쪽으로 말을 피해라!"

"예?"

지엔이 어안이 벙벙하게 되물으며 고개를 돌리던 찰나, 소름 끼치는 자줏빛 창이 지엔의 옆을 스쳐 지나갔다.

달리던 말의 목이 그대로 갈라지며 온몸에 피가 묻은 용병이 땅바닥을 굴렀다.

"으아악."

보랏빛 늪에 빠진 그가 괴로워하며 바닥을 나뒹굴었다. 다른 원정대원들이 황급히 그를 구출해 말에 태웠다.

그 모습을 보며 지엔은 얼굴을 굳혔다. 방금, 그 자줏빛은 분명 번개의 땅에서 발생한 것이 아니었다. 지엔은 먼 곳을 돌아보았다.

"제라드!"

나세르가 비명처럼 외쳤다. 로아나가 바짝 긴장하며 검을 고쳐 쥐는 가운데, 헤카테가 외쳤다.

"다시 옵니다! 이번엔 오른쪽입니다!"

"으아악!"

앞서 제라드의 자줏빛 창의 위력을 실감한 이들이 비명을 지르며 황급히 몸을 피했다. 그럼에도 아슬아슬하게 몸 한 곳을 베이거나 부상을 입는 이들이 속출했다.

설상가상으로 번개를 흡수할 창마저 떨어지고 말았다. 이제 날아오는 번개는 모두 스스로 피할 수밖에 없었다.

그런 와중에 제라드의 공격까지 피해야 한다니, 원정대원들은 몸이 두 개라도 남아나질 않았다.

검은 구와 가까워지긴커녕, 수세에 몰려 자꾸 방향을 꺾는 원정대를 간신히 뒤쫓던 지엔은 갑작스러운 외침에 고개를 돌렸다.

"지엔, 피해라!"

도대체 그 먼 곳에서 어떻게 본 것인지, 나세르가 자신을 향해 외치고 있었다. 고개를 돌린 지엔은 이제야말로 자줏빛 번개가 자신을 향해 직격하는 것을 보고 얼굴을 굳혔다.

'아차, 제라드의 창에만 신경을 쓰느라!'

사실 따지고 보면 그가 자신을 다치게 할 리가 없는데! 멍청한 짓을 했다고 후회하며 지엔은 눈을 질끈 감았다.

정적이 흐르고, 지엔은 눈을 번쩍 떴다. 당연히 달라진 풍경이 자신을 반길 것이라 기대하며.

그런데, 눈을 뜬 지엔을 반긴 것은 입을 반쯤 벌린 채 말을 멈추고 있는 발리아의 모습이었다.

"발리아 님?"

왜 여기에? 자신과 같이 이동된 걸까? 의아하게 되묻는 지엔을 발리아가 손가락으로 가리켜 보였다. 그녀의 목소리가 믿을 수 없다는 듯 떨렸다.

"지엔, 너 지금…… 번개를 맞고도 아무렇지 않은 거니?"

'응?'

지엔은 다시 고개를 돌렸다. 멀지 않은 곳에서 멍하니 이곳을 보고 있는 원정대원들이 보였다. 심지어 그러다 한 명이 번개를 맞고 악 소리와 함께 저 먼 곳으로 날아가기까지 했다.

지엔은 멍한 얼굴로 빈손을 쥐락펴락했다.

'번개를 맞아도 나만 멀쩡하다니? 어째서?'

깊게 생각하지 않아도 답은 금방 나왔다.

'항마력! 그게 이 번개에도 뭔가 작용을 하고 이는 거야! 그게 뭔

지는 도무지 모르겠지만.'

이제 지엔은 자신이 가진 힘이 단순한 항마력이 아니라 다른 것이라고 해도 믿을 수 있을 것만 같았다.

아무튼 이게 중요한 게 아니었다. 자신이 가진 힘을 깨달은 이상, 지엔은 그것을 적절히 쓸 방법을 찾아야 했다.

재빨리 말을 달려 일행의 선두로 다가간 지엔이 로아나에게 외쳤다.

"로아나 님, 망토!"

"뭐?"

"망토를 저에게 주세요! 허락만 하신다면 제가 앞장서서 길을 뚫겠습니다!"

믿을 수 없다는 듯 바라보는 로아나에게 지엔은 스스로를 척 가리키며 외쳤다.

"저는 번개를 맞아도 아무렇지 않아요. 이런 저만큼 일행의 선두를 이끌기에 좋은 사람이 있을까요?"

대답은 다른 곳에서 나왔다.

"과연 그렇군."

그 말과 함께 벨하르트가 로아나에게 명했다.

"발레노르 경, 망토를 벗어서 지엔에게 넘겨라."

로아나는 정말 이래도 괜찮나 하는 얼굴로 망토를 벗어 지엔에게 넘겼다.

로아나가 걸쳤을 때는 전설 용사의 것처럼 휘황찬란하던 망토는 지엔이 걸치자 어쩐 우스꽝스러웠다.

거기에서 그치지 않고. 지엔은 주위를 두리번거리다가 근처에 멍하니 서 있던 거대한 랜스를 든 기사에게 외쳤다.

"창!"

그러자 멍하던 것도 잠시, 그는 꼭 산적이라도 만난 듯한 기세로 재빨리 창을 헌납했다.

"드, 드리겠습니다!"

그런 다음 그는 스스로의 빈손을 내려다보며 의문에 빠졌다.

"내가 대체 왜 그랬지? 기사의 생명이라고도 할 수 있는 무기를 그냥 넘기다니?"

그가 중얼대는 것도 아랑곳하지 않고, 지엔은 힘차게 랜스를 치켜들었다.

지엔이 조금의 힘도 들이지 않고 거대한 랜스를 휘두르는 데 모두의 시선이 쏠렸으나, 지엔은 신경 쓰지 않고 외쳤다.

"다들 저만 따라오세요!"

위풍당당하게 외친 지엔이 망토를 휘날리며 빠르게 몰았다.

랜스를 하늘 높이 치켜들고 앞장서서 달리는 그녀의 머리 위로 벼락이 짧은 새 몇 번이나 내리쳤다. 그러나 번개는 지엔의 몸에 조금도, 아주 조금의 타격도 주지 못했다.

지엔이 선두에 서게 된 것의 장점은 하나 더 있었다. 제라드가 일행을 섣불리 공격하지 못하게 된 것이었다.

그는 난처한 얼굴로 입술을 깨물며 어떻게든 공격을 틀려 하였으나, 그때마다 귀신같이 지엔 뒤로 숨는 일행으로 인해 기껏 만든 마법의 창을 번번이 없애야만 했다.

그때, 신성 마법을 이용해 제라드를 견제하던 헤카테가 지엔에게 속삭였다.

"지엔, 검은 구를 향해 최대한 빨리 달리십시오."

"응?"

"제라드는 검은 구 안에서는 섣불리 싸우지 못할 겁니다."

그에 지엔 대신 대답한 것은 서슬 퍼런 얼굴의 로아나였다.

"어째서 그렇게 생각하시는 겁니까?"

"그는 저의 형이니까요. 제가 저자에 대해 많은 것을 알고 있는 것은 당연합니다."

헤카테의 매끄러운 말에 로아나는 뭐라 더 말하지 못하고 입술만 깨물며 고개를 돌렸다. 칫! 그녀가 혀를 차는 소리를 들으며 지엔은 속도를 높였다.

검은 구는 생각보다 빠른 속도로 가까워졌다.

그리고 어느 순간, 지엔은 랜스를 치켜든 채 검은 구의 장막을 넘었다. 순식간에 주위를 감싸는 것은 어둠…….

아니, 아니었다.

잠시 시야에 어둠이 들어차는가 싶더니, 곧 어둠을 뚫고 짙은 핏빛이 세상을 가득 메웠다.

지엔은 순간 상황도 잊고 주위를 두리번댔다.

여기가 세간에도 아직 정체가 밝혀지지 않은 검은 구의 내부.

검은 구의 땅은 '번개의 땅'처럼 붉은 토양 곳곳에 보랏빛 늪이 고인 황량한 모습이었다. 푸른빛 하늘을 반전시켜놓은 것 같은 고약한 핏빛 하늘도 똑같았다. 그리고…….

지엔은 한동안 석양은 보기도 싫어질 것 같다고 생각하며 뒤를 돌아보았다.

벨하르트가 무심히 중얼거렸다.

"성이로군."

그것을 기점으로 원정대원들이 기다렸다는 듯 기함하며 외침들을 토해 냈다.

"어, 어째서 검은 구 안에 성이?!"

"이제 틀렸어! 저기는 오래전 지상에서 사라졌다던 고위 마족들이 점거하고 있는 성일 거야…… 우리가 이곳에 들어온 걸 알면 그들이 우리를 가만두지 않을 거야! 단숨에 찢어 버릴 거라고!"

그들은 북부에서 마물들과의 끊이지 않는 싸움으로 인해 몸과 마음이 꺾여 있었다.

그들도 다들 한가락 한다는 기사나 검사, 용병들이었으나, 무엇보다 제라드가 데리고 있는 마물들이 너무 강하다는 게 문제였다. 그가 조종하는 마물들은 꼭 영악하고 사나운 것이 마물 모습을 한 인간을 상대하는 것 같아서, 원정 오기 전에는 꼿꼿하던 그들의 자신감은 자연스레 꺾일 수밖에 없었다.

그때, 헤카테의 낭랑한 외침이 혼란에 빠져 있던 원정대원들을 규합했다.

"다들 이제 번개는 더는 걱정 말고 달리십시오! 목적지는 저 성입니다, 어서요!"

"아무리 사제님 말씀이라도 그럴 수는 없습니다! 저 성안에 뭐가 있는지 어떻게 안단 말입니까!"

"어차피 저희는 마물의 공격적인 양태에 관련하여 진상을 파악하기 위해 이곳에 왔습니다, 아닙니까?"

순간 말문이 막혀 버린 그를 향해, 헤카테는 연이어 쏘아붙였다.

"그러기 위해서는 어차피 저 성에 필연적으로 들어가야만 할 것입니다. 그리고, 우리 뒤에 누가 쫓아오는지, 잊으셨습니까?"

순간, 원정대원은 오싹 소름이 돋아난 얼굴로 뒤를 돌아보았다.

멀지 않은 곳에서 투명한 벽을 뚫고 나타나는 것처럼 갑자기 나타난, 형형하게 눈을 빛내는 제라드의 모습에 그의 안색이 창백해졌다.

"으, 으아악!"

그의 단말마와 함께 다른 원정대원들 또한 힘껏 성으로 말을 내달렸다. 검정 일색의 고색창연한 성 앞에서 지엔은 잠시 숨을 죽였다.

'보기보다 그렇게 크지 않아.'

멀리에서 보고 생각했던 것보다도 훨씬 작았다. 오히려 엘레나의 고성 쪽이 조금 더 큰 편이었다고 생각될 정도였다.

'마치 성이라기보다는 간소하게 지은 신전 같…… 아니, 빛의 사제들이 들으면 경을 칠 테니 이 생각은 묻어 두자.'

지붕을 떠받치고 있는 거대한 기둥들과 위층으로 이어지는 계단이 전부인 홀로 일행들이 모두 들어가자, 헤카테는 마지막으로 문을 닫았다.

문이 닫히는 사이로, 악귀처럼 울부짖는 제라드의 목소리가 희미해졌다.

"헤카테, 네가 어떻게 감히! 버러지 같은 인간들을 그 신성한 공간에 들일 수가 있나! 그곳이 내게 어떤 의미인 줄을 알면서, 헤카테 네가 어떻게!"

그가 동공이 악마처럼 새카매진 채로 피눈물을 흘리며 울부짖었다.

"더는 너를 형제로 대우하지 않겠다. 너를 회유할 생각 따위는 집어치우도록 하마. 네가 그곳에서 나오는 대로 잔인하게, 세상에서 가장 괴롭고 잔인한 방식으로 죽일 것이다!"

"원하신다면 그렇게 하십시오. 단, 저희가 여기에서 나간다면 말입니다."

"이 개자식!!"

다분히 원색적인 욕을 마지막으로 성의 문이 쾅 소리와 함께 닫혔다.

재질이 무엇인지 겉으로 봐선 도무지 알 수도 없는 묵직한 검은 문이었다. 그것을 한참 올려다보던 지엔은 이윽고 사방을 살폈다.

성안에 빛이라고는 한 점도 없었다. 심지어 창문조차. 대신 알 수 없는 검은 색 물질로 만들어진 벽이 사방을 둘러싸고 있었고, 장식이라고 할 수 있는 것은 난간이나 벽의 무늬뿐이었다.

그럼에도 불구하고 성안에는 은은한 빛이 감돌았다. 원정대원 전부의 얼굴을 알아보기에도 무리가 없을 정도였다.

도대체 이 빛의 근원이 어디지? 지엔이 어리둥절하게 주변을 두리번거리던 찰나, 나세르가 물었다.

"여기는 도대체 어디지? 도대체 어디기에 저자가 저토록 심한 반응을……."

"들으셨다시피, 이 장소는 그에게 아주 중요한 의미를 갖는 장소입니다. 때문에, 그는 이곳에서는 감히 학살을 저지르려 하지 못할 겁니다."

그렇게 말하며 태연히 어깨를 으쓱한 헤카테가 제라드가 있는 바깥쪽을 눈짓했다.

"'버러지 같은' 인간들의 피를 감히 이 성소에 묻히고 싶지 않을 게 분명하니까요."

"도대체 네 형은 정체가 뭐지?"

눈을 내리깐 헤카테가 황급히 말을 돌렸다.

"글쎄요, 지금은 그것보다 더 급한 일이 있을 겁니다."

바로 그 순간, 기다렸다는 듯이 문이 쾅! 소리를 내며 뒤흔들렸다. 눈썹을 찡그린 헤카테가 두 손을 뻗어 문에 가져다 댔다. 그의 전신에서 흘러나온 밝은 빛이 이윽고 문 안으로 빨려 나갔다.

그 모습을 본 벨하르트가 물었다.

"막고 있는 건가? 제라드가 들어오지 못하도록."

"바로 그렇습니다. 창문도 없는 이 성에 유일한 출입구라고는 여기 하나입니다. 다른 곳으로 들어오려고 벽을 뚫거나 하면 이 성에 손상을 주게 될 테니, 그로서는 최대한 피하고 싶겠지요. 그래서 그가 아까 닫히는 문 앞에서 그토록 절망적인 표정을 지었던 겁니다."

그러자, 헤카테의 말을 오묘한 표정으로 듣고 있던 칼리스가 문득 입을 열었다.

"저기, 하지만 방금 네 형님께서, 아니, 제라드가. 분명히 네가 다시 나오는 대로 죽인다고 하지 않았나? 출입구가 이곳 하나뿐이면,

우리는 이제 어떻게 하지?"

그러면서 그가 손에 든 푸른 마석을 흔들어 보였다.

"텔레포트 마법석조차 짙은 마기로 가득한 이곳에서는 도무지
쓸 수가 없는데."

"그야 물론, 이곳으로 나가지 않으면 됩니다."

헤카테의 단호한 대답에 다들 저게 도대체 무슨 뜻인가 싶어 얼
굴을 찡그렸다.

벨하르트만이 동요 없이 대답했다.

"그 말은, 이곳에 비밀 통로 같은 게 존재할지도 모른다는 거군."

"바로 그렇습니다. 사실 그렇지 않더라도, 제라드는 바깥에서 계
속 싸우기 위한 마물들을 불러 모을 테고, 시간이 갈수록 문을 막는
것은 점점 버거워질 테니 비밀 통로는 안에 '있어야만' 하겠지요. 저
희가 살아서 돌아가기 위해서는."

"하하, 말 한번 살벌하게 하는군."

칼리스가 어색하게 웃으며 지껄였다. 헤카테가 다시 말을 이었
다.

"최후의 수단으로 텔레포트 마석이 있긴 하나, 말씀하셨던 것처
럼 마기가 이토록 짙은 땅에서는 잘 작동할지 알 수 없고, 더군다나
앞으로 마물들이 침공해 올지도 모른다는 사실을 생각할 때 빛의
성물을 이곳에 버리고 갈 수도 없는 노릇입니다. 제라드가 어떤 목
적으로 성물을 모으는지도 모르는 지금은 더더욱이요."

할 말이 없어진 얼굴로 고개를 주억거리는 원정대를 향해 헤카
테가 다시 말했다.

"그리고 일전에도 말했다시피 저희에게는 한 가지 목적이 더 있습니다. 이 고성이 어째서 마물의 땅 정중앙에 세워져 있는지, 이 고성의 주인은 누구인지, 그는 왜 이 고성이 버려지도록 버려뒀는지, 궁금하지 않으십니까."

"아."

"그거야말로 저희가 북부 원정을 떠나온 이유에 대해 해답을 줄 수 있을지도 모릅니다."

다시 자신이 짚고 있는 문밖을 본 헤카테는 미미하게 눈을 찡그리며 말했다.

"앞으로 세 시간. 제가 버틸 수 있는 시간입니다. 그마저도 제가 온 힘을 쥐어짜 내야만 버틸 수 있으니, 사실상 그보다도 적다고 봐야겠지요. 이 땅에서 제라드의 힘은 무한합니다. 아무리 저희가 다수이고 성안에 있다고 해도, 일단 문이 열리면 몰살당하기까지 수 시간도 걸리지 않을 겁니다."

몰살이라는 표현에 모두가 안색이 창백해진 가운데, 벨하르트가 다시 물었다.

"그럼?"

"앞으로 세 시간 안에 북부 마물들이 이상해진 원인을 찾고, 또한 비밀 통로까지 찾아내 형이 모르는 새 이 성을 탈출해야 합니다."

"촉박하군."

짧게 말한 벨하르트는 곧장 원정대원을 불러 모았다.

그는 칼리스에게 고성의 구조를 마법으로 살피게 하고, 일행들을 구역별로 적절히 배분했다.

고성은 지상 3층 지하 2층의 구조로, 세 시간 안에 다 둘러보려면 빠듯하겠지만 불가능한 것도 아니었다.

최악의 경우는 비밀 통로가 엘레나의 고성 때처럼 일종의 아티팩트 형태로 되어 있는 것이었지만, 마법사인 칼리스가 있으니 어떻게든 탐지가 가능은 할 것이었다. 일행들은 그 점을 염두에 두고 빠르게 움직였다.

일행들이 전부 흩어질 때까지도 멍하니 서 있던 지엔은 다급히 벨하르트를 불러세웠다.

"저, 저기, 전하."

"뭐지."

지엔은 민망한 얼굴을 하고 스스로를 가리켰다.

"제게는 아무런 역할도 주시지 않은 것 같은데요."

잠시 침묵하던 벨하르트가 눈을 내리깔며 말했다.

"……그대는 번개의 땅을 선두로 뚫고 온 것만으로 충분한 공을 세웠다. 그대에게 누구보다도 휴식이 필요하다는 건 원정대원들 모두가 인정하고 있을 터."

그렇게 말한 그가 문을 막고 선 헤카테를 돌아보았다.

"마침 빛의 대사제와도 친분이 있으니, 문에서 떨어질 수 없는 그를 곁에서 지키고 문제가 생기지 않도록 살피도록. 그대가 할 일은 그것이 전부다."

"아, 네."

지엔이 떨떠름하게 대답하자, 휙 몸을 돌린 벨하르트가 금세 시야에서 사라졌다.

잠시 멍하니 있던 지엔은 문득 머리를 매만졌다.

'어쩌면 나세르 님이 말씀하셨던 것처럼 북부 원정에서 공로를 인정받고 포상과 함께 은퇴하는 일, 가능할지도 몰라.'

인생이 이렇게 잘 풀려 본 적이 없는 지엔은 이 모든 게 수상하기만 했다.

그러나 그것도 잠시, 일단 의심을 접어 두기로 한 지엔은 빠르게 걸음을 옮겨 헤카테의 곁에 섰다.

"헤카테, 어때? 할 만해?"

지엔의 여느 때와 다름없는 말투에 헤카테의 입가에 미소가 번졌다. 그가 파리한 입술을 움직여 물었다.

"지금 그걸 말이라고 하십니까."

"벽 너머에 마물들이 얼마나 있는지, 혹시 느껴져?"

"네, 대충은요."

"얼마나 있는데?"

그에 헤카테는 다시금 입꼬리를 비틀어 올리며 대답했다.

"들으시지 않는 편이 좋을 겁니다."

"윽……."

결국 대답 듣는 것을 포기한 지엔은 한숨을 내쉬며 바닥에 털썩 소리 나게 주저앉았다.

아무리 강철 체력의 지엔이라지만, 오늘 하루 벌써 반나절 정도를 쉬지 않고 말을 탄 터라 온몸이 욱신거렸다.

맘 같아선 이대로 널브러져 한바탕 잠이나 자고 싶었다. 하지만 지엔도 어디까지나 명령을 받은 입장, 임무를 수행해야 했다.

'그나저나 헤카테가 안색이 파리해진 채로 저러고 있으니까 보는 내 마음도 안 좋네.'

지엔은 혹시나 뭐라도 나오지 않을까 싶어 주머니를 뒤졌다. 전처럼 먹다 숨겨 둔 빵 같은 게 나오지 않을까?

나세르 때와는 달리 이번에는 충분히 나눠 줄 용의가 있었다.

그러던 지엔은 문득, 주머니 속에서 굴러다니는 호두알만 한 것을 찾아내고 탄성을 터트렸다.

"헤카테, 이거 봐라!"

단숨에 달려간 그녀는 주머니에서 찾아낸 것을 헤카테의 코앞에 들이밀었다. 그러자, 급박한 와중에도 눈을 찡그린 그가 물었다.

"뭡니까? 아니, 아니, 잠깐. 말씀하지 마십시오. 설마 이것은……."

"빛의 펜던트인가 봐! 너희 어머니, 아, 미안, 음, 아무튼 묘소에서 내가 주워 왔어."

"그런 건 아무렇지도 않습니다. 기억도 안 나는 일이니 신경 쓰지 마십시오. 그보다 뭐라고요? 빛의 펜던트?"

헤카테가 골치 아프다는 표정으로 되묻자, 지엔은 황급히 고개를 끄덕였다.

"응. 황태자 전하께서 말씀하신 게 생각나서 챙겨 왔는데, 이거 잘한 거 맞지? 나 포상받을 수 있을까?"

지엔이 눈을 반짝이며 말했으나 헤카테의 반응은 몹시 좋지 않았다. 심지어 그는 얼굴을 잔뜩 찌푸리기까지 했다.

한동안 그러고 있던 그가 툭 내뱉었다.

"당신은 정말, 아무거나 줍는 것 좀 작작 하라고 제가 늘 말씀드리지 않았습니까."

"엥? 잘한 게 아니라?"

"빛의 세 성물, 그리고 당신까지. 제라드가 원하는 모든 것이 이성에 있는 셈이군요. 그 사실을 제라드가 알게 되어도, 과연 지금처럼 성을 최대한 보존하며 공격하려고 할까요?"

"아. 그것도 그러네."

골치 아프다는 표정을 짓는 헤카테를 보며 지엔이 멍하니 내뱉었다.

바로 그때였다.

— 누가 날 깨운 거지?

"으악! 깜짝이야."

빛의 검 때처럼 갑자기 귓가에서 울린 목소리에, 지엔은 화들짝 놀라 빛의 펜던트를 던져 버렸다.

빛의 펜던트는 아무것도 없는 바닥 위를 데굴데굴 구르다가 이윽고 멈추었다.

그에 황당한 듯 눈을 깜빡이던 헤카테가 물었다.

"뭐하신 겁니까? 지금…… 제 잔소리가 듣기 싫다고 시위하시는 겁니까?"

"아, 아니야! 그게 아니라, 누가 방금 나한테 말을 걸었어. 못 들었어, 헤카테?"

"말을 걸다니요? 아니요, 그런 소리는 전혀 듣지 못했습니다만…… 아니, 잠깐."

말을 멈춘 헤카테는 고개를 휙 돌려 바닥에 놓인 펜던트를 싸늘하게 노려보았다.

그것도 잠시, 헤카테가 지엔의 등허리를 툭 치며 그쪽을 가리켰다.

"지엔, 주워 오십시오."

"뭐?"

"가서 주워 오라고요. 그럼 빛의 삼 대 성물을 바닥에 방치하실 셈입니까. 누가 보면 저도 당신도 곤란해집니다."

"아, 알았어. 알았다고."

지엔은 곧장 걸음을 옮겨 빛의 펜던트를 주웠다. 왠지 개가 된 기분이라고 투덜대는 것도 잊지 않았다.

그때, 아까의 목소리가 다시금 지엔의 귓가에 파고들었다.

─ 내가 얼마나 잠든 거지? 그리고 너는? 으음, 아주 친숙한 영혼이로군. 헌데…… 나는 너처럼 형편없는 걸껍데기를 가진 자는 알지 못한다. 빛의 지팡이가 널 보았다면 당장 놓으라며 욕을 퍼부었겠군.

뭐라고? 성물에게 대놓고 욕먹었다는 것에 미간을 구기는 지엔에게, 헤카테가 물었다.

"펜던트가 뭐라고 말합니까?"

지엔은 이마를 구기면서도 성실하게 대답했다.

"자기가 얼마나 잔 거냐고 물어보는데. 그리고 자기는 나처럼 형편없는 사람은 모른대."

"그야 그렇겠지요, 무엇보다 시대도 다르고. 그에게 마지막으로 기억하는 시대를 물어보십시오."

"빛의 펜던트야, 혹시 내 말 들리니?"

조심스럽게 묻는 지엔에게 예의 아까의 목소리가 다시 울렸다.

— 게다가 멍청하기까지. 난 역시 너 같은 인간은 모른다. 왜 내가 잠에서 깨어났는지 도무지 알 수 없군.

빛의 펜던트가 다시 말했다.

— 내가 마지막으로 기억하고 있는 시대가 언제냐고? 글쎄, 모르겠군…… 내가 기억하고 있는 것은 내 첫 주인의 기억뿐이다.

"첫 주인이라면?"

— 빛의 사제들에게 나를 만들도록 시킨 자. 하여간 그 자도 정상은 아니었지…… 그런데 너를 보는데 왜 그자가 떠오르는지 모르겠군.

그때였다. 지엔의 손목을 덥석 잡으며 헤카테가 낮게 속삭였다.

"지엔, 당장 빛의 펜던트를 주머니에 다시 집어넣으십시오. 누가 볼지 모릅니다."

"뭐? 하, 하지만."

지엔은 눈을 깜빡거렸다.

"이거 황태자 전하께 가져가야 하는 거 아니었어?"

"왜 그래야 하지요? 빛의 펜던트가 당신에게 말을 건 이상, 빛의 펜던트의 주인은 당신입니다."

"뭐?"

말문이 막힌 지엔에게 헤카테가 차분히 대꾸했다.

"모르십니까? 본래 빛의 성물들은 주인이 된 자가 아니고서는 소통할 수 없습니다."

"하, 하지만 난 빛의 검과도 소통했는데?"

그러자 멍하니 입술을 달싹거린 헤카테가 중얼거렸다.

"그건…… 확실히 당신에게만은 어떤 예외가 적용되고 있는지도 모르겠군요. 하지만 어차피 황태자 전하께 펜던트를 넘겨 봐야, 빛의 펜던트가 제 주인을 찾는다는 보장이 없습니다. 그렇다면 또 몇백 년을 빛의 신전 본단에서 썩어 문드러질 것, 적어도 대화라도 할수 있는 당신이 갖고 있는 편이 훨씬 낫겠지요."

그에 입을 뻐끔거리던 지엔은 다시 자신을 가리키며 물었다.

"자, 잠시만, 헤카테. 왜 황태자 전하께서 내가 그대로 갖고 있게해 줄 거란 가능성은 무시하는 거야?"

지엔으로서는 제법 그럴듯한 의문을 제기했다고 생각했지만, 헤카테는 한심하다는 표정을 지으며 대꾸했다.

"지엔, 수도를 떠나고 싶어 하지 않으셨습니까? 전하로부터도, 칼리스 공자로부터도, 나세르 공자로부터도, 골치 아픈 모든 인연들로부터 멀리멀리."

"그, 그런데?"

더듬거리며 되묻는 지엔에게 헤카테가 대답했다.

"평생 수도에 있는 빛의 교단 본단에서 성녀로 추앙받고 싶으신거라면 말리지 않겠습니다."

그 대답에 지엔은 당장 몸을 넙죽 엎드리며 외쳤다.

"분부대로 하겠습니다! 그러니까 제발 누구한테 알리지만 마십쇼, 헤카테 님!"

— 뭐야, 이 건방진 인간이! 나도 너와 평생 함께하는 일 따위는 사양이다! 게다가 성녀라니, 누가 너에게 그런 지위를 허락할 것 같아?! 내 목소리를 듣는다고 해서 모두 내 힘을 쓸 수 있는 건 아니야! 두고 봐, 내가 네 부탁만큼은 절대…….

어째 익숙한 투덜거림을 들으며 지엔은 빛의 펜던트를 주머니 안에 쏙 집어넣었다. 몸을 접하지 않고도 말할 수 있었던 빛의 검는 달리, 빛의 펜던트는 크기가 작아선지 어째선지 주머니에 집어넣자 조용해졌다.

그에 지엔은 안도의 한숨을 내쉬는 한편 중얼거렸다.

'도대체 빛의 성물들은 성격들이 다들 왜 이런 거야…….'

주변에 빛의 신과 관련된 사람 중에 성격이 멀쩡한 사람, 아니, 존재는 나세르 정도밖에 없는 것 같았다.

게다가 빛의 지팡이라니? 지엔은 미간을 좁혔다. 자신의 외모가 형편없는 것과 빛의 지팡이에게 욕을 먹는 것 사이에 무슨 연관이 있단 말인가?

그러다 말고, 빛의 지팡이의 현재 주인이 다름 아닌 누구보다도 훌륭한 외모를 지닌 칼리스란 사실을 떠올린 지엔이 다시금 침음성을 흘렸다.

"으음……."

아무튼, 이로써 지엔은 제국에 단 세 개뿐인 성물의 주인이 된 셈이었다. 그러나 하나같이 성격들을 봐서는 성물보다는 마물에 가까운 것 같으니, 지엔으로서는 전혀 기쁘지 않았다.

그때, 지엔의 표정 변화를 지켜보던 헤카테가 불쑥 말했다.

"지엔."

"어?"

퍼뜩 고개를 든 지엔은 문에 한 손을 대고 버티고 있는 헤카테의 안색이 이전보다 더욱 창백해졌다는 것을 깨달았다.

놀란 표정을 짓는 지엔에게, 헤카테가 입술을 짓씹으며 말했다.

"제가 나이가 들고 성장하며, 형 또한 그랬다는 사실을 간과한 것 같군요…… 이대로라면 제가 예정한 시간보다도 훨씬 빨리, 아니, 채 반도 버티지 못하고 문이 열릴 겁니다."

"그, 그럼 어떡해? 무슨 방법이……."

칼리스를 불러야 할까? 이 중 헤카테 다음으로 상황에 잘 대처할 수 있는 것은 그일 터였다. 지엔이 벌떡 일어나는 찰나, 창백해진 얼굴에서 땀을 뚝뚝 흘려대던 헤카테가 다시 입술을 달싹였다.

"지엔, 잘 들으십시오. 지하 2층의 서재입니다."

속삭이는 듯한 그의 말에 지엔은 그에게 가까이 몸을 기울였다.

"뭐라고 했어, 헤카테?"

"지하 2층의 어딘가에…… 책이 가득한 방이 있을 겁니다. 뭔가를 발견할 수 있다면 그곳일 겁니다. 누구에게도 알리지 말고, 당신만이 알고 계십시오. 가서 최대한 빨리 찾아내세요."

'헤카테가 그런 걸 어떻게 알고 있는 거지?'

지엔은 묻고 싶었으나, 입술을 깨물고 전보다 더 창백해진 얼굴로 식은땀을 뚝뚝 흘려대는 헤카테의 모습에 다시 입을 다물었다.

그가 다시 외쳤다.

"지엔, 어서 가십시오!"

결국, 지엔은 아무 말도 하지 못하고 뒤돌아 뛰기 시작했다.

헤카테가 누구에게도 알리지 말고 자신만 알고 있으라고 한 이유야 자명했다. 이런 수상한 공간을 잘 안다는 사실 따위, 빛의 사제인 헤카테에게 있어 몹시 중대한 약점이 될 것이 분명했다.

헤카테는 그것을 감수하고 지엔에게만 비밀을 알려 준 것이다. 원정대를 제라드의 손에서 살아서 돌려보내기 위해.

헤카테가 지금까지 그 사실을 숨겼다는 것은 지엔에게 있어 중요하지 않았다.

아무튼 헤카테가 위기 앞에서 결국 그 사실을 지엔에게 털어놓았다는 것과 그것이 자신과 원정대 모두를 위한 것이라는 것만이 중요했다.

헤카테가 원한다면, 지엔은 그 비밀을 끝까지 지켜 낼 자신이 있었다.

'헤카테에게 내가 유일한 존재이듯이, 현재로서는 내게도 헤카테가 유일한 존재니까.'

그렇게 중얼거리며, 지엔은 미지의 어둠 속으로 거침없이 뛰어들었다.

*　　*　　*

무슨 원리인지 알 수 없지만 온 성 가득 빛이 퍼져 있기에 별다른 광원은 필요치 않았으나, 지하만은 달랐다.

방에는 전부 불이 밝혀져 있었지만 복도는 전부 캄캄했다. 그러다 보니 지하 탐사에는 좀 더 강하고 예기치 못한 상황에 대처할 수 있는 자들, 빛의 성물의 주인인 나세르나 칼리스, 로아나 정도가 자원하게 될 수밖에 없었다.

지하 2층의 탐색을 맡은 나세르는 느리게 걸음을 옮겼다.

신중하게 살핀 후, 아무 데도 인기척이 없다는 것을 깨달은 나세르는 일행들에게 방을 하나씩 맡기고 자신도 가장 가까운 방 안으로 걸음을 옮겼다.

그는 주위를 두리번거리며 중얼거렸다.

'정말 이상한 곳이군. 사람이 살던 곳이 분명한데, 이런 곳이 마물의 땅 한가운데 있다니. 게다가 어째서 아무도 없는 거지?'

아무것도 없는 마물의 땅 한가운데에 성을 짓고 살았다면 필시 어마어마한 강자일 터, 그랬던 자가 갑자기 성을 버리고 떠날 이유 따위는 생각나지 않았다. 하지만 지금은 그런 것보다도 탈출이 우선이었다.

솔직히 말하자면 나세르는 마물의 침공이고 뭐고 그런 건 아무런 관심도 없어졌다. 그에게 중요한 것은 한참 뒤에 있을 마물 침공을 막는 것이 아니라, 당장 지엔을 무사히 돌려보내는 것뿐이었다.

'비밀 통로를 찾아야 해. 그래야만 지엔을 안전하게 돌려보낼 수 있어.'

그렇게 다분히 희생적이고, 또 이기적이던 생각을 하던 나세르의 앞에 불쑥 고색창연한 서가가 모습을 드러냈다.

천장에 닿을 만큼 높고 거대한 책장이 사방을 가득 채우고 있었고, 책장에는 수많은 책이 빈틈없이 꽂혀 있었다. 누군가 평생 이곳에 박혀 있었다 해도 결코 전부 읽지 못했을 만큼 방대한 분량이었다.

그 모습에 나세르는 다시금 의문을 떠올렸다.

'도대체 누가 이 마물의 땅에 저렇게 많은 책들을 옮겨 놓은 거지?'

이곳으로 오기까지는 마물의 숲은 물론이고, 번개의 땅을 거쳐야 할 텐데. 이 많은 책들을 옮기는 데는 틀림없이 수레가 필요했을 것이다.

그런데, 그 많은 수레를 이끌고 단 하나의 손실도 없이 번개의 땅을 지난다고? 그런 건 불가능하다.

그렇게 결론 내렸던 나세르는 잠시 후 생각을 바꾸었다.

'아니, 잠깐. 가능할지도 모른다.'

번개의 땅의 번개에 깃든 텔레포트 작용이 만약 자연적인 것이 아니라 인위적인 것이라면.

검은 구로 향하는 누군가의 침입을 막고자 만들어진 것이라면.

거기까지 생각한 나세르는 문득 뒷덜미가 서늘해지는 것을 느꼈다.

'하지만, 그렇게 막대한 마력을 가진 사람이라면 틀림없이……'

사람은 아닐 터.

바로 그 순간, 거대한 서가의 사이로 문득 누군가의 그림자가 스쳤다.

길게 휘날리는 검은 머리, 길게 끌리는 옷자락과 우아한 걸음걸이, 언뜻 보긴 했지만 틀림없는 사람이었다.

'기척을 살피고 아무도 없을 거라 판단했는데, 착각이었나?'

성급한 판단을 후회하며 황급히 검을 고쳐 쥔 나세르가 몸을 숨겼다.

그러면서 그는 고민했다.

'밖에 나가서 일행들을 불러와야 할까?'

아니, 하지만 아마도 저 남자는 원정대가 이 성에 침입했다는 사실을 아직 모르고 있을 것이었다. 그러니까 틀림없이 침입자가 성에 바글거리는데도 태연히 서재에 머물러 있는 거겠지.

그렇다면, 이대로 조용히 나가는 것이 답일지도 모른다.

'하지만. 이 방 어딘가에 비밀 통로가 있다면?'

그 가능성이 나세르의 발을 묶어 두었다.

바로 그때, 등 뒤에서 전혀 예상치 못한 목소리가 날아왔다.

"이런, 생각지도 못한 손님이 있었군."

나세르는 온몸에 전율이 이는 느낌과 함께 뒤돌아섰다. 누군가 등 뒤에 다가오는데도 기척을 전혀 읽지 못하다니.

마나를 깨우치기 전이라면 모를까, 마나를 배우고 나서는 이런 적은 한 번도 없었다. 헤카테의 냉혹한 훈련 아래 나세르의 기감은 누구보다도 예리하게 가다듬어졌다.

'그런데도 저 남자의 접근 하나 눈치채지 못했다니……'

비로소 나세르는 남자의 얼굴을 자세히 바라보았다.

그의 얼굴은 기이할 만큼 창백했다. 뺨에는 핏기 대신 푸른 핏줄이 얼핏 비쳤으며, 검은 옷자락 아래로 드러난 손과 다리 역시 마찬가지였다.

로브라고 생각한 것은 사실 폭이 넓은 천 하나를 온몸에 감고 있었던 것뿐이고, 팔과 다리에는 아무런 장신구도 끼고 있지 않았다. 하다못해 신발조차 없었다.

마찬가지로 장식 하나 없는 검은 머리를 발목까지 길게 늘어뜨린 남자였다.

그 수수하다 못해 하잘것없는 모습에도 불구하고, 그의 온몸에서 풍겨 나오는 기이한 분위기가 나세르로 하여금 그를 얕볼 수 없게 만들었다.

적대감 가득한 나세르의 얼굴을 본 그는 빙긋 웃으며 두 팔을 벌렸다.

"이런, 수백 년 만의 손님이 그런 표정을 짓다니 슬프군. 사실 그런 표정을 지어야 하는 건 내가 아닌가? 느닷없이 불청객을 맞게 되었으니."

그의 목젖을 향해 흔들림 없이 검 끝을 겨눈 나세르가 물었다.

"누구냐."

그런 나세르의 태도에도 불구하고, 남자는 오히려 미소 지었다.

"나 말인가? 글쎄……."

그가 긴 머리를 쓸어내리며 천연덕스럽게 대꾸했다. 꼭 일행 중에 다른 누군가를 떠올리게 하는 태도였다.

남자가 태연히 뇌까렸다.

"이름을 댈 수 있다면 좋겠지만, 내겐 이름이 없으니."

"뭐?"

눈썹을 찌푸리는 나세르의 앞에서, 남자는 손톱을 가다듬으며 노래하듯 읊었다.

"'어둠은 빛보다 먼저 태어났으니, 그는 오랜 시간을 홀로 다른 생명이 태어나길 기다려야만 했다. 그러니 그의 곁에 이름 붙여 줄 이 아무도 없었으니. 후대에 난 자들이 그를 보고 이름 붙이기를 그가 바로 마왕이니라'."

대뜸 성서의 일부를 읊는 그를 보며 얼굴을 찡그리기도 잠시, 마지막 말에 눈을 크게 뜬 나세르가 뱉어냈다. 설마.

"나는 그대들이 내게 붙인 이름이 마음에 들지 않아. 그럼에도 나를 인간들의 법도에 맞춰 소개하려면 어쩔 수 없으니."

어둑한 빛 속에서 창백한 남자가 희미하게 웃었다. 꽃처럼 흐드러진 미소와 함께, 그의 아름다운 이목구비도 새삼스레 빛을 입었다.

도무지 태고의 어둠, 모든 마물들의 창조주라고는 믿을 수 없는 모습으로 남자가 말했다.

"그대, 나를 마왕으로 부르려는가?"

〈다음 권에서 계속〉